U0437341

ENDER'S GAME

安德的游戏

▷ ［美］奥森·斯科特·卡德 著
▷ 李毅 译

浙江文艺出版社
Zhejiang Literature & Art Publishing House

果麦文化 出品

CONTENTS

CHAPTER 01　多余的孩子
/ 001 /

CHAPTER 02　彼得
/ 008 /

CHAPTER 03　舰队里来的格拉夫上校
/ 015 /

CHAPTER 04　进入太空
/ 027 /

CHAPTER 05　战斗学校的第一天
/ 038 /

CHAPTER 06　巨人的饮料
/ 055 /

CHAPTER 07　火蜥蜴战队
/ 067 /

CHAPTER 08　野鼠战队
/ 097 /

CHAPTER 09　洛克和德摩斯梯尼
/ 119 /

CHAPTER 10　飞龙战队
/ 152 /

CHAPTER 11　所向披靡
/ 170 /

CHAPTER 12　邦佐的阴谋
/ 195 /

CHAPTER 13　与华伦蒂的重逢
/ 221 /

CHAPTER 14　最后的战役
/ 248 /

CHAPTER 15　尾声——死者代言人
/ 296 /

CHARACTER

战斗学校

希伦·格拉夫上校 Colonel Hyrum Graff
（战斗学校指挥官）

安德森少校 Major Anderson
（战斗学校教官，上校的副手）

沈 Shen
（来自日本的小个子学员）

阿莱 Alai
（来自穆斯林的学员）

邦佐·马利德 Bonzo Madrid
（火蜥蜴战队队长）

佩查·阿卡莉 Petra Arkanian
（火蜥蜴战队唯一女孩）

大鼻子罗斯 Rose the Nose
（野鼠战队队长）

丁·米克 Dink Meeker
（野鼠战队小组长）

豆子 Bean
（安德最有天赋的学生）

地球

安德·维京 Andrew "Ender" Wiggin
（本书主角）

彼得 Peter
（安德的哥哥）

华伦蒂 Valentine
（安德的姐姐）

指挥学校

马泽·雷汉 Mazer Rackham
（第二次虫族入侵时拯救人类的传奇英雄）

殖民地星球

艾博拉 Abram
（殖民地男孩，跟随安德）

CHAPTER 01

多余的孩子

"他能看见什么,能听见什么,我全都知道。我告诉你,他就是我们要找的人,至少,非常接近我们要找的人。"

"以前你对他哥哥也是这样评价的。"

"他哥哥测试不合格,是因为其他方面的原因,和能力无关。"

"他的姐姐也是如此。我很怀疑他会不会也一样。性格太软了点儿,很容易屈服于别人的意志。"

"但不会对他的敌人屈服。"

"那么我们怎么办?让他时时刻刻处于敌人的包围中?"

"如果有必要的话,就得那样。"

"我还以为你喜欢那孩子呢。"

"如果他落到虫人手里,虫人会把我衬托得像个好心肠的大叔。"

"好吧,毕竟我们是在拯救世界。就他吧。"

管监视器的太太温柔地说:"安德鲁,我想你一定已经烦透了这个讨厌的监视器。有个好消息告诉你,今天我们就把它拿掉。相信我,一点都不疼。"

被叫做安德鲁的男孩点了点头。安德鲁是他的本名,但男孩的姐姐从小就叫他安德。安德(Ender)的意思是终结者。不疼?当然是撒谎,他想。大人说不疼的时候肯定会疼,他很清楚。很多时候,谎言比真话更可靠,更值得信赖。

"过来,安德鲁,坐在检查台上,医生一会儿就来看你。"

监视器关闭了。安德试着想象这个小仪器从他后颈上拿掉以后的情形,在床上翻身时不会再硌脖子,洗澡时也再不会因为安装的地方肌肉渗水而脖子疼。而且,从此以后彼得也不会再恨我了。我要回家让他看看,我跟他一样,是个普通孩子了。这倒不坏,他会原谅我的,尽管我比他晚一年拿掉监视器。我们会继续住在同一所房子里,但不会是朋友,决不会。彼得太危险了,我们不是敌人,不是朋友,只是兄弟。他想玩太空战士打虫族游戏时,我就得陪他玩,或许我应该多看看书。

但即使在他这么想着时,安德也很清楚,彼得是不会让自己好受的。只要彼得发起火来,他的眼神里就会出现某种东西。安德只消看看他的眼神,他眼中的怒火,就知道彼得要修理自己了。安德的脑海中响起彼得的叫喊声。我在弹钢琴,安德,过来帮我翻乐谱。哦?你这个监视器小子忙得连你哥哥都顾不上了吗?还是你太聪明,不屑于做这种小事?忙着杀虫人对吧,太空战士安德?不,不,我才不要你帮忙呢,我自己会做,你这个杂种,你这个多余的杂种!

"一眨眼就过去了,安德鲁。"医生说,"趴在这里。"

安德点点头。

"要拿掉很容易,不会感染,不会危害身体,不过会有点发痒。有些人离了它,会觉得身上好像少了点什么,莫名其妙地总想找点东西,却又不知道到底在找什么。你可能也会有这种感觉。我告诉你吧,其实你要找的就是监视器。它怎么没了?过几天这种感觉就会消失的。"

医生在安德后颈上拨弄着。安德突然感到一阵剧痛,好像有根针从他的脖子一直刺到肚子里!他的脖子抽搐着,身体向后猛地一挺,头扬起来又落下去撞到台面。他感到自己的两条腿正不由自主地在台上乱蹬,双手紧抓着台面,手指扣得生疼。

"迪迪!"医生大叫,"快来帮忙!"一个护士气喘吁吁地跑进来。"帮他松弛肌肉,把那个递给我,快!还等什么!"

两人传递着什么东西,安德看不见。他朝检查台侧一歪,跌了下去。"我得把他拉起来!"护士尖叫着。

"用劲儿。"

"你自己来,医生,他力气太大,我拉不动。"

"不要全部注射,心脏会停跳的!"

安德感到一根针刺进身体,就在衬衣领子后面那个位置。针刺的地方火烧火燎般疼起来,也不知道注射的是什么。那股火向全身蔓延,安德感到自己的肌肉正慢慢松弛下来。他又疼又怕,到现在才能哭出声来。

"你还好吗,安德鲁?"护士说。

安德好像不知道怎么说话了。他们把他抬上检查台,检查他的脉搏,还有其他的什么。他一点儿也不明白。

医生的声音有点发颤:"他们把这东西留在这孩子体内三年!他们到底想知道些什么?这可能会弄死他,难道他们不知道吗?他有可能变成植物人啊!"

"麻醉剂什么时候失效?"护士问。

"把他留在这儿至少一小时,看着他,如果他十五分钟内还不能说话,马上叫我。我们可能给他造成了永久伤害,他又不是虫人!"

下课前的十五分钟,他回到彭小姐的课堂上,脚步还有点不稳。

"你还好吗,安德鲁?"彭小姐问。

他点点头。

"你病了?"

他摇摇头。

"你看上去好像不舒服。"

"我没事。"

"最好坐下休息一会儿,安德鲁。"

安德走向他的位子,突然在半路上停了下来。好像少了点什么东西。到底是什么东西呢?

"你的座位在那儿。"彭小姐说。

他坐了下来,还是感到身边少了某件东西,某件属于他的东西。我会找出来的,他想道。

"你的监视器!"坐在他后面的女孩轻声说。

安德耸耸肩。

"他的监视器没有了。"她小声对其他同学说。

安德摸摸自己的后颈,那儿有一块胶布,监视器不在了,现在他跟其他人一样了。

"被刷下来了吗,安德?"坐在过道对面的男孩问。安德想不起他的名字。彼得?不对。

"安静,史蒂生。"彭小姐说,史蒂生傻笑着。

彭小姐在讲乘法,安德在他的电子桌上涂鸦。他画了一座巨大岛屿的轮廓,让电脑从各个角度模拟出它的立体模型。彭小姐知道他没专心听课,但也不会管他。安德什么都知道,即使不听讲也知道。

忽然,电子桌上有一行字冒了出来,从屏幕的上端往下移动着。没等文字到达屏幕下端,安德就看清了内容——"多余的小屁孩!"

安德笑了。最先弄明白怎么发送信息,并让信息在桌面走来走去的人是他。他的对头在讽刺他,但却采取了赞美的手段。成为多出来的孩子不是他的错,这是政府的主意,只有他们才有这个权力。否则的话,像安德这样的多出来的孩子怎么可能上学读书？现在他的监视器已经拿下来了，说明政府的实验没有成功。他想，如果政府做得到的话，他们肯定会收回特许他出生的授权书。实验没有成功——删除实验品。

下课铃响了，学生们有的忙着关掉电子桌上的屏幕，有的仓促地往里面输入备忘录，还有的正往家中的电脑传输作业或数据。几个学生围着正在输出打印件的打印机。安德把手放在电子桌边沿的儿童小型键盘上，心想，成年人的大手用这种小键盘不知会是什么感觉。大人肯定会觉得自己的手又大又笨，指头粗粗手掌厚厚。当然，他们有大键盘，但那么粗的手指怎么也不可能画出非常细的线。安德却可以。他画的线条非常精细，从屏幕的中心到边缘，最多可以画七十九个同心圈，圈与圈之间绝不重合碰触。在老师无休无止地讲算术时，他就这样打发时间。算术？姐姐华伦蒂在他三岁的时候就已经教会他了。

"你没事吧，安德？"

"是的，彭小姐。"

"再不走就赶不上校车了。"

安德点点头站起来。其他学生都走了，他们应该在等车吧。现在，安德的监视器不再压着他的脖子，监视他看到、听到的一切。其他学生可以对他说他们想说的话，甚至可以打他，不会再有人监视这一切，也没有人会来救他。戴着监视器还是有好处的，他会想念那些好处的。

史蒂生，当然是他。他的块头并不比绝大多数孩子大，却比安德大，而且他跟一伙哥们儿在一起。他总是约一伙人替自己撑腰壮胆。

"喂，小屁孩！"

别搭理他。什么都别说。

"喂，小屁孩，跟你说话呢。小屁孩，喜欢虫人的小屁孩，我们在跟你说话，没听见吗？"

安德想不出应该怎么回答。搭话只会更糟，不管他说什么，都是别说话的好。

"喂，小屁孩，粪蛋儿。被刷下来了吧？你不是总以为比我们强吗？现在你那宝贝疙瘩没了吧？小屁孩，脖子上只剩下块胶布了。"

"你们能让我过去吗？"安德道。

"我们能让你过去吗？哎，咱们该不该让他过去？"一伙人全笑了，"行啊，让你过去。先让你一条胳膊过去，再放你的屁股蛋儿过去，然后嘛，没准儿还能让你过去一块膝盖。"

"小屁孩的宝贝疙瘩没喽。"大伙儿唱起来，"小屁孩没了粪疙瘩，小屁孩没了粪疙瘩。"

史蒂生开始伸手推搡，安德退后了两步，背后又有人把他朝史蒂生推过去。

"拉大锯，扯大锯。"有人在唱。

"打网球！"

"打乒乓！"

这样由着他们摆布，结果好不了。安德一横心，死也要拉个垫背的。史蒂生的胳膊再一次推来，安德伸手就抓。没抓着。

"哟，想干仗？啊？想跟我来一仗，小屁孩？"

安德背后的人揪住他，让他动弹不得。

安德一点儿也不想笑，但他硬是笑了出来。"瞧你们的意思，非得这么多个才对付得了一个小屁孩？"

"我们不是小屁孩，粪蛋儿。你那把力气，跟个屁差不多。"

但史蒂生他们还是把他放开了。他们刚撒手，安德拼命飞起一脚，正踹在史蒂生的胸口上。他摔倒了。安德反而吓了一跳，他没想到一脚就能把史蒂生踢倒在地。有一个因素安德没料到，史蒂生压根儿没把他放在眼里，根本没准备好应付对方的拼死一击。

有一会儿工夫，其他人连连后退，史蒂生倒在地上一动不动。大家都觉得他肯定是死掉了。安德开始考虑怎么对付这一伙人日后的报复，别让他们明天来个一拥而上。非来个一家伙赢彻底不可，不然的话，每天都得打，一天比一天糟。

虽然只有六岁，安德也知道打架的不成文规则：对手倒下后不能再打——只有畜生才会做这种事。

安德走近仰面朝天躺在地上的史蒂生，狠狠一脚踢在他的肋骨上。史蒂生惨叫一声，滚着躲到一边。安德绕到他另一侧，又是一脚。这一脚踢在胯下，史蒂生疼得叫都叫不出来，身体一折，蜷缩起来，眼泪滚滚而下。

安德抬起头，冷冷看着其他人，说："要是你们明天早上一起来打我，我多半会被你们打得很惨。但你们别忘了，我是怎么收拾欺负我的人的。只要你们敢打我，你们就得小心，看我什么时候报仇，看我怎么揍死你们。"他一面说，一面又一脚踢在史蒂生脸上。鲜血涌出史蒂生的鼻子，喷在旁边地上。"我对付你们的时候可不会就这样算了，"安德道，"还要狠得多。"

安德转过身向远处走去。没有一个人追上来。他转过拐角，走进通向车站的走道。随后过来的男孩们远远地站在他身后，议论纷纷。"天哪，瞧瞧他，被安德干掉了。"安德把头靠在墙上，哭了起来，直哭到校车开来。我跟彼得没什么区别，没有了监视器，我跟彼得一模一样。

CHAPTER
02
彼 得

"好了，监视器已经除下来了，他现在情况如何？"

"过去这些年，我就像住在他体内一样，一住几年，都习惯了从他的角度看问题。现在面对面地看他，还真看不出来他在想什么，也看不习惯他的面部表情，过去我都是在感受那些表情。"

"得了吧，我们又不是在做心理分析。我们是军人，不是心理医生。他把那群坏小子的头儿揍了个屁滚尿流，你也看到了。"

"他的手段很彻底。不止是打，而是朝死里狠打，就像马泽·雷汉在——"

"得得，饶了我吧。这么说，委员会的意思是他通过了？"

"大多数人是这个意思。现在，我们看看他怎么在没有监视器的情况下对付他哥哥。"

"他哥哥？他哥哥会怎么收拾他，你就一点儿不担心吗？"

"我们干的不是毫无风险的行当，这话可是你自己告诉我的。"

"我看了以前录的几盘带子。不忍心啊。我喜欢这孩子，我觉得我们这么做是在折磨他。"

"我们当然是在折磨他，这是我们的工作。我们就是邪恶的巫婆，许诺的是小姜饼，到头来却把那小可怜活生生吃掉。"

"真替你难过，安德。"华伦蒂看着他后颈上的胶布，轻声说。安德靠在墙上，门在他身后自动关闭。"我不在乎，我喜欢没有监视器。"

"什么没有了？"彼得走进客厅，咬了一大口涂满花生酱和黄油的面包。

在大人们看来，彼得是个年仅十岁的小男孩，一头浓密的、乱糟糟的黑发，一张俊脸酷似亚历山大大帝。可安德不是这么看的。安德看彼得时，只注意他是不是心情不佳、无聊厌烦。这些情绪非常危险，几乎必然给安德带来痛苦。现在，彼得的视线落在他脖子上的胶布上，眼里现出那种很说明问题的怒火。

华伦蒂也看出来了。"现在他跟我们一样了。"她说，希望在彼得发作之前能让他平静下来。

但彼得不想平静。"跟我们一样？他一直戴着那个破玩意儿，直戴到六岁！你是什么时候除掉它的？才三岁。我是五岁之前！他才不像我们呢，这个小杂种。"

骂没关系，安德想，继续骂吧，彼得，骂骂没事。

"好了，现在你的守护天使不在身边了。"彼得说，"没人会再知道你的痛苦，再听到我对你说的话，看到我对你做的事。对不对？对此你有什么感想？"

安德耸耸肩。

彼得突然笑起来，嘲弄地欢呼着，还拍着巴掌。"我们来玩太空战士打虫人。"他说。

"妈妈去哪儿了？"华伦蒂问。

"她出去了。"彼得说，"这里我说了算。"

"我要打电话告诉爸爸。"

"你去呀,"彼得说,"你知道他从来不管的。"

"好吧,我玩。"安德说。

"你扮虫人。"彼得说。

"让他扮一次太空战士吧。"华伦蒂说。

"放屁,你滚开,"彼得大怒,"上楼去,选武器。"

这游戏是不会好玩的,不是输赢的问题。孩子们在走廊里玩这场游戏的时候,虫人向来不可能赢,有时候玩着玩着就会变成欺负人。而在安德他们家的公寓里,这游戏更是从一开始就是欺负人,扮虫人的不能像真实战争里的虫人一样逃走,虫人必须一直被太空战士追打,直到太空战士不想打了为止。

彼得打开他的抽屉,拿出虫人面具。彼得买它的时候妈妈很不开心,但爸爸认为就算将虫人面具藏起来,或禁止孩子接触玩具激光枪之类的东西,战争也不会自动消失。还是任由他们玩打仗游戏,这样当虫族再次发动战争的时候,孩子们活命的机会也许就会大一些。

不用等到战争,也许游戏里我就会送了命,安德想。他戴上面具,感到面具紧紧贴着皮肤,像一只手挤压着他的脸。虫人不会是这种感觉,安德想,虫人不会戴这种面具,虫人天生就长着面具这样的脸。在它们那个世界里,不知它们的小孩会不会戴上人类的面具来玩类似的游戏呢?它们的小孩会把这种游戏叫什么呢?虫人打黏人?虫人管我们叫黏人,因为我们跟它们相比太过柔软,体内有太多的液体。

"看招,黏人!"安德说。

他只能通过面具的眼孔看到彼得。彼得笑道:"黏人?怎么样啊?哼,臭虫人!看我怎么打烂你的脸!"

面具挡住了安德的部分视线,安德看不到彼得的打击方向,只能约略感到他在移动。突然间,脑袋一侧一阵剧痛,那里肯定挨了一记分量不轻的击打。他失去平衡,倒了下来。

"看不大清楚，对不对，虫人？"彼得说。

安德开始摘面具。彼得一脚踩在他肚子上，说："不准摘面具。"

彼得的脚一用力。剧痛传遍安德全身，他不由得蜷起身子。

"躺着别动，虫人，我要解剖你，死虫子。活捉虫人以后，我们非好好瞧瞧你们的身体内部构造不可。"

"彼得，住手。"安德说。

"'彼得，住手。'很好，看来你们虫子能猜出我们的姓名。你想假扮成一个可怜兮兮的小孩子，让我们都来爱你，对你好。没用的，我看得出你的真面目，大家以为你是人类，是个小屁孩，其实你是个虫人，现在总算暴露了。"

他抬起腿，跨前一步，跪坐在安德身上，用膝盖紧紧压迫着安德胸口和肚子之间的地方。他越来越用力，安德渐渐难以呼吸了。

"我可以像这样杀了你。"彼得轻声说，"就这样压着，直到你断气，然后我可以说我不知道这样做会伤害你，我们只是闹着玩。人们会相信我的。我不会有什么事，你却没命了。"

安德说不出话来，他无法呼吸。彼得可能真要这么干；不，可能只是说说而已；不，他的确真要这么干。

"我真要这么干。"彼得说，"不管你怎么想，我就是要干。政府看中的本来是我，觉得我有前途，这才批准你出生。但他们没选我，认为你会比我干得更好。他们觉得你比我强。可我不想要一个比我强的弟弟，安德，你这个小屁孩。"

"我会揭发你的。"华伦蒂忽然出现在门口。

"没有人相信你。"

"他们会相信的。"

"那你也会没命的，亲爱的小妹妹。"

"噢，对呀。"华伦蒂说，"他们会相信你的话的，你可以说：'我不知道这样会弄死安德。他死了以后,我还是不知道这样会弄死华伦蒂。'"

气氛稍微缓和了一点。

"今天算你们走运,总有一天,等你们俩不在一起时,准会出事。"

"吹牛。"华伦蒂说,"你不会当真的。"

"我不会?"

"知道为什么你不会吗?"华伦蒂说,"因为你想以后进政府当官,你想人家选你。可大伙儿是不会选你的,因为竞争对手会翻出你的老底,会发现你的弟弟妹妹很小的时候死于一场非常可疑的事故。还有,我已经把你做的事写在信里,把信放在了一个秘密的地方,等我死的时候这封信就会被打开!"

"少跟我胡扯。"彼得说。

"信里说,我不是正常死亡,我是被彼得杀死的。如果他还没有杀死安德,他很快就会这样做的。这些话不够给你定罪,但足够让你一辈子也不会被选上。"

"现在你成他的监视器了。"彼得说,"最好看紧他,无论是白天还是晚上,你最好别离开他。"

"我和安德都不是笨蛋,我们每件事都做得和你一样好,有时候做得比你还好。我们都是非常聪明的孩子。你不是最聪明的一个,只是最大的一个而已。"

"哼,我知道。但总有一天你会忘事,不在他身旁。然后你突然想起来,冲向他,结果发现他没事。下一次你就不会那么担心了,你会放松警惕。再下一次,他还是安全的。几次以后,你会觉得是我忘记了收拾他。日子慢慢过去,但总有一天我会弄死他。当大家找到他的尸体,我会为他大声哭泣。那时候你再想想我说的话,华伦蒂,你以为我已经改变了,以前的话不过是小孩子吵嘴,可我的话绝对是真的。你等着,他死定了。你做什么都没用,没用。你以为我仅仅是最大的一个?尽管以为你的好了。"

"你是最大的混蛋！"华伦蒂说。

彼得跳起来冲向她，吓得她躲到一边。安德趁机扯下面具。彼得突然蹦回床上，大笑起来。他看上去真的很开心，笑得眼泪都流了出来。"哈，你们真好玩，你们是世界上最大的笨蛋。"

"快说你刚才只是开了个玩笑。"华伦蒂说。

"不是玩笑，是游戏，我能让你们相信任何事情，我能像耍木偶一样把你们耍得跳来跳去。"彼得学着怪物的声音说，"我会杀了你们，把你们切成一小块一小块撒在垃圾堆上。"然后又大笑起来，"你们两个可真是整个太阳系最大的大笨蛋！"

安德站在那里看着他大笑，他想起史蒂生，想起痛打他的滋味。眼前这家伙就欠那样一顿狠揍。真该狠狠痛打他一顿。

华伦蒂好像知道他在想什么，低声说："安德，别。"

彼得突然在床上一滚，翻身下地，摆出打架的姿势，说："来呀，安德，我随时奉陪。"

安德抬起右脚，脱下鞋子。他举起鞋子说："看这儿，鞋尖上，看见血了吗？彼得。这血可不是我的。"

"噢，噢，我快死了，我快死了，安德杀了人，现在要来杀我了。"

这一招对他不管用。在内心深处，彼得是个敢杀人的危险人物。除了华伦蒂和安德外，没有别人知道。

妈妈回来了。她很同情安德，因为人家把他的监视器取掉了。爸爸回来后，又议论了一阵，说简直太妙了，他们的孩子如此出色，政府吩咐他们生三个，现在却一个都不要。这下子家里有三个孩子，比别人家还多了一个。真是太妙了……安德真想冲他大喊，我知道我是多余的，我明白。要是你想的话我会离开的，那样你就不会在别人面前觉得没面子了。没有了监视器我很抱歉，现在你有三个孩子，却没办法向别人解释，真是太丢人了。我很抱歉，抱歉抱歉抱歉。

深夜，他躺在床上，抬头望着上方的黑暗。他听见彼得在上铺不停翻身，接着滑下床铺走出房间。过了一会儿，洗手间传来冲水的声音，接着门口出现了彼得黑色的剪影。

他以为我睡着了，他要来杀死我了。安德想，继续装睡。

彼得向床这边走来。他没有爬上自己的床铺，而是站在安德床边。

可他没有拿起枕头闷死安德，手里也没拿武器。

他看着黑暗中的安德，轻声地说："安德，对不起，我很抱歉。我明白你的感受，我很抱歉，我是你哥哥，我爱你。"

过了很长时间，听到彼得睡熟时平稳的呼吸声后，安德从自己后颈撕掉了胶布。一天之内，他第二次哭了出来。

CHAPTER 03
舰队里来的格拉夫上校

"我们的薄弱环节是他姐姐,他很爱她。"

"我知道。她可以把我们的努力毁于一旦。他是不会愿意离开她的。"

"那么,你想怎么办?"

"说服他,让他更希望跟我们走,而不是留在他姐姐身边。"

"你打算用什么办法?"

"骗他。"

"如果不管用呢?"

"那我就告诉他真相。紧急情况下我们有权这样做。你知道的,我们不可能算无遗策。"

吃早饭时安德觉得没什么胃口。他一直在想回到学校后会遇上什么情景,怎样面对昨天刚跟自己打了一架的史蒂生,史蒂生和他的铁哥们儿会怎么对付自己。或许会没事吧,但他不敢肯定,所以不想上学。

"你怎么还不吃饭,安德鲁?"妈妈说。

彼得走进厨房。"早,安德,谢谢你把脏毛巾留在洗澡间里。"

"特意留给你的。"安德咕哝着。

"安德鲁，你得吃东西。"妈妈又说。

安德伸出手腕，比划了个姿势，意思是说你用针头打进来吧。

"不好笑。"妈妈说，"我是关心你们，可你们这些天才孩子却不领情。"

"我们成为天才百分之百靠的是你出色的基因。"彼得说，"我们那些好基因，肯定不是从爸爸那儿传下来的。"

"我可全听见了。"爸爸说，他没抬头，一直在看电子桌面显示的新闻。

"你要是没听见，我的话不是白说了？"

桌子"哔"的一声响，提示前门外有人过来。

"谁呀？"妈妈问。

爸爸按了一下按钮，一个身穿军装的男人形象出现在显示屏上。现在的地球上只剩下一种样式的军装，这就是 IF，也就是国际联合舰队（International Fleet）的军装。

"我还以为事儿都完了。"爸爸说。

彼得没有说话，只管将牛奶倒进他的麦片粥里。

安德想的是，或许今天我终于可以不用去上学了。

爸爸按了下开门的按钮，从桌旁站起来。"我去看看。"他说，"你们留在这儿，继续吃吧。"

其他人都留在厨房里，却没有继续吃东西。过了一会儿，爸爸走了回来，朝妈妈招招手。

"你有麻烦了。"彼得对安德说，"他们发现了你在学校打架的事，现在来抓你进监狱了。"

"我只有六岁，笨蛋，我是未成年人。"

"你是多余的孩子，臭家伙，什么权利都没有。"

华伦蒂走了进来，起床后还没梳头，头发乱糟糟地披在脸旁。"爸爸妈妈呢？我病了，不能上学。"

"又要做口腔检查了吧？"彼得说。

"闭嘴，彼得。"华伦蒂说。

"你应该放轻松点，享受享受生活乐趣。"彼得说，"比这更糟的事儿多着呢。"

"我不知道还有什么更糟的事儿。"

"比如肛门检查。"

"呸呸，"华伦蒂说，"爸妈呢？"

"正和那个从 IF 来的家伙说话。"

华伦蒂本能地望向安德。他们一家已经等了几年，等着有人来告诉他们安德通过了测试，被正式征召入伍。

"做得对，是该看他。"彼得说，"但被选中的也可能是我，你知道。他们可能最后认识到了，咱这一伙里还是我比较优秀。"彼得的自尊心有点儿受伤害，每到这种时候他就会变得越发蛮横起来。

厨房门开了。"安德，"爸爸叫道，"你过来一趟。"

"不是你，彼得。"华伦蒂嘲笑道。

爸爸瞪了她一眼，说："孩子们，现在不是瞎胡闹的时候。"

安德跟着爸爸走进客厅。两人进来时，那个 IF 军官站了起来，但没有把手伸给安德。

妈妈不安地转动着她的结婚戒指。"安德鲁，"她说，"我从来没想到你是会打架的孩子。"

"那个叫史蒂生的男孩进了医院。"爸爸说，"你把他打得很严重，还用脚踢人家。安德，这可不公平。"

安德摇了摇头，犹豫着是否该说点什么。他以为会是学校的人来告状，谁知竟是舰队的军官。看来事情比他想象的更严重。可就算这样，他仍旧不知道当时还能采取什么别的做法。

"你对你的所作所为有什么解释吗,年轻人?"军官问。

安德再次摇摇头,他不知道该说什么。恐怕自己无论说什么,都会加深别人的印象,把他当成一个凶狠的孩子。无论什么惩罚我都会接受的,他想,来吧。

"我们愿意考虑你当时的处境,看能不能从轻处罚。"军官说,"但我必须告诉你,情况对你很不利,你在那个男孩倒下时还不断踢打他的小腹和面部。从这种行为看,你好像很喜欢打人。"

"我不喜欢打人。"安德低声申辩。

"那你为什么这样做?"

"他还有一大群哥们儿在旁边。"

"那又怎么样?那就能开脱你的责任吗?"

"不能。"

"告诉我,你为什么不断踢他,你不是已经打赢了吗?"

"把他打倒只赢了一场,我想一次性打赢以后所有场,好让他们害怕,从此不敢再惹我。"安德哭了起来。他实在忍不住,心里很恐慌,也为自己的行为感到羞愧。安德不喜欢哭,也很少哭,但现在,不到一天的时间,他居然哭了三次,而且一次比一次哭得厉害。特别是在爸妈和这个军官面前哭鼻子更让他倍感羞耻。"你们拿走了我的监视器,"安德说,"我只好自己照顾自己了,不是吗?"

"安德,你应该向大人求助。"爸爸说。

但那个军官站了起来,走向安德,还伸出手说:"我的名字是格拉夫,安德,希伦·格拉夫上校。我负责星环战斗学校里的基础训练。我来是为了正式邀请你加入这个学校。"

到底来了。"但监视器的事——"

"观察你在没有监视器的情况下怎么适应环境,是对你的最后一项测试。我们不是经常这样做,但你的情况不同——"

"他通过了测试?"妈妈不敢相信,"把史蒂生打得进了医院就能通过测试?如果安德杀了他你们怎么办?给他发块勋章?"

"之所以让安德通过,不是考虑他做了什么,维京夫人,而是考虑到驱使他作出这种行为的原因。"格拉夫上校递给她一沓文件,"这是征召通知,你的儿子已经正式通过IF征召选拔。当然,这个项目正式启动前你们已经签署了文件表示同意,否则他根本不会出生。从那时起他就是我们的人,只要他够格。"

爸爸的声音颤抖着,"你们让我们觉得你们不会要他,现在又要带他走,这么做太过分了。"

"还有那场戏,史蒂生那件事。"妈妈说。

"那件事不是演戏,维京夫人。在了解安德这样做的动机之前,我们无法确定他会不会又是一个——我们必须知道他为什么那样做,知道安德当时是怎么想的。"

妈妈开始抽泣。"你非得叫他那个愚蠢的绰号吗?"

"很抱歉,维京夫人。但他自己也总是这么叫自己。"

"你打算怎么办,格拉夫上校?"爸爸问,"现在就带他走?"

"那要看——"格拉夫说。

"看什么?"

"看安德自己愿不愿意。"

妈妈的抽泣变成一声尖利的冷笑。"噢,这么说,最后还是全凭自愿?真是太好了!"

"对你们俩来说,还没怀上安德时你们就作出了选择;但对安德来说,他还没有作出决定。征来的兵当炮灰还行,但是军官不同,必须志愿入伍。"

"军官?"安德问。他一开口,其他人都不做声了。

"是的。"格拉夫说,"战斗学校是专门训练未来的战舰舰长、分舰队司令和舰队司令的地方。"

"你们别糊弄他了！"爸爸生气地说，"战斗学校出来的学员最终能当上舰长的有几个？"

"很遗憾，维京先生，这是机密。但我可以告诉你，我们的学员，只要撑过第一学年不被淘汰，没有一个不会取得军官资格；等他们退休时，这些人中职衔最低的也是星际战舰的副舰长。即使是我们自己太阳系的本土防御部队里，获得这一职位也是极高的荣誉。"

"撑过第一学年没被淘汰的人有多少？"安德问。

"只要下定决心不被淘汰的人，都不会被淘汰。"格拉夫说。

我去！安德差点脱口而出，但他控制住了。去那里就可以不上学了——可这个念头太傻了，学校的麻烦过几天就不存在了。去战斗学校可以离彼得远远的，这才是更重要的原因，可能是生死攸关的大事。但要离开爸爸和妈妈，特别是华伦蒂，还得成为一个战士，就有点让他觉得为难。安德不喜欢争斗，他不是彼得那种恃强凌弱的人，但也不喜欢自己现在的这个样子，只能仗着聪明戏弄傻瓜。

"我想，"格拉夫说，"安德和我应该私下谈谈。"

"不行。"爸爸说。

"我不会连句话都不让你跟他说就把他带走。"格拉夫说，"不过说句老实话，就算我这么干了，你也管不了。"

爸爸狠狠地瞪了格拉夫一会儿，站起身来走出客厅。妈妈捏了捏安德的手，走了出去，顺手带上房门。

"安德，"格拉夫说，"如果你和我一起走，你会很长时间都不能回到这儿来。战斗学校没有假期，也不允许探访。在那要经过一段不间断的持续训练，直到十六岁才有第一次探亲假。某些情况下可以提前到十二岁。相信我，安德，六年、十年间，人们的改变非常大。比如你姐姐华伦蒂，如果你现在跟我走，再见到她时，她已经是个大姑娘了。你们俩会成为陌生人。你仍然会爱着她,安德,但你不会再了解她了。你瞧,我没有骗你说跟我走会很轻松。"

"妈妈和爸爸呢?"

"我很了解你,安德,我经常看你的监视器录下的碟子。你是不会想念爸爸妈妈的,至少不会很想,就是想也不会很经常。他们也一样,不会经常想你的。"

泪水止不住地流出安德的眼睛。他转开脸,不肯伸手擦眼泪。

"但他们确实是爱你的,你必须明白,为你的出生他们付出了相当大的代价。知道?他们出生在信奉宗教的家庭。你爸爸的受洗名是约翰·保罗·维佐里克,他是天主教徒,是一家九个孩子中的第七个。"

一家九个孩子,对安德来说,这实在难以想象,按现在的法律那就是犯罪。

"是的,为了宗教人们会做出奇怪的事情。你知道政府的生育核准制度,在你爸爸小的时候还不像现在这么严格,但也小看不得。只有前两胎孩子才能享受免费教育,而且每生一个孩子,纳税都会大幅增加。你爸爸十六岁时援引违规家庭法,与自己的家庭脱离了关系。他改了自己的名字,放弃自己的宗教信仰,并发誓遵守生育指标,只生两个,绝不多生。他是认真的,并且发誓不会让自己的孩子经受他童年时代受过的歧视和侮辱。你明白吗?"

"他不想生下我。"

"是的,现在没有人想生第三个孩子了,你不能指望他们会高高兴兴。你父母的情况比较特殊,他们都信仰过鼓励多生的宗教。你妈妈原来是摩尔门教徒。但实际上他们的态度比较暧昧,并不乐意要第三个孩子。你知道什么是暧昧吗?"

"摇摆不定。"

"对。他们都出生在违规家庭里,为此他们深感羞愧,所以隐瞒了自己的家庭背景。你妈妈甚至不肯告诉别人自己来自犹他州,唯恐别人猜出她过去是摩尔门教徒。你爸爸则隐瞒了自己的波兰血统。所以你看,即使是在政府的直接指示下,生下第三个孩子仍然破坏了他们的努力。"

"我明白。"

"情况其实还更复杂一些。你爸爸按正规的宗教传统给你起名,实际上,在你们三人一出生后他就亲自为你们做了洗礼。你妈妈反对这样做,每次提起这件事都会跟你爸爸争吵,她不是不想让你受洗,而是不想让你成为天主教徒。他们并没有真正放弃自己的宗教信仰。对他们来说,你是骄傲的象征,因为他们战胜了法律,生下了第三个孩子;但你同时也象征着懦弱,因为他们不敢公开地坚持在内心深处认为正确的违规行为。另外,有了你,他们也会因别人的目光感到羞耻。不管他们怎么努力,只要你在他们身边,他们就难以融入正常社会之中。"

"这些你是怎么知道的?"

"我们在你哥哥姐姐身上也装过监视器。安德,要是你知道那个监视器有多么灵敏,你会大吃一惊。有了那东西,我们相当于直接联系着你的脑袋瓜,你听到的任何声音我们都能听到,不管你自己有没有注意那些声音,也不管你懂不懂那些发生在你身边的事。你可能不懂——我们懂。"

"这么说,爸爸妈妈既爱我,又不爱我?"

"他们是爱你的。问题是他们想不想你留在这儿。你待在这所房子里对他们来说是持续不断的折磨,是引起矛盾的根源。你明白吗?"

"引起矛盾的人不是我。"

"这不是因为你自己做了什么,安德,是你的存在本身。你哥哥恨你是因为你的存在证明了他不够出色,父母怨恨你是因为他们试图逃避过去的一切。"

"华伦蒂爱我。"

"她的确是全心全意、没有保留、没有条件地爱你,你也爱她。我说过,离家远行不是件容易的事。"

"学校那儿是什么样的?"

"非常艰苦。也要学习,像这儿的学校一样,但我们会教给你更深奥的数学和电脑知识,还有战史、战术与战略。更要紧的是在战斗模拟室做训练。"

"那是什么?"

"就是模拟战斗。所有的孩子都要编入战队,在无重力状态下,一天又一天模拟战斗,无休无止。没有伤亡,但胜负非常重要。每个人开始时都是普通士兵,接受命令。大一点的孩子是你的长官,他们的责任就是训练你、在战斗中指挥你。我不能告诉你更多情况了,总之,和玩太空战士打虫人的游戏一样,只是有几点区别:你拥有真正的武器,你的队友与你并肩战斗,你自己的将来、人类的将来都取决于你学得怎样,你打得怎样。这种生活十分严酷,你会因此失去正常的童年。当然话又说回来,有你这样的聪明脑袋,加上又是个老三,无论如何也不会有正常的童年了。"

"所有的学生都是男孩?"

"也有少数女孩子,女孩很难通过选拔测试,人类社会的发展历史给她们造成了不少不利条件。她们不会像华伦蒂那样对待你,但你会在那里找到兄弟的,安德。"

"像彼得那种兄弟?"

"我们没要彼得,原因嘛,和你恨他的原因一样。"

"我不是恨他,我只是——"

"怕他。唔,你知道,彼得并不是坏得不可救药。测试他时,我们已经很长时间没发现他那么好素质的孩子了。后来我们请求你的父母第二胎生个女孩,希望她像彼得一样出色,性格更善良。可她太善良了,因此我们再次要求你父母生下你。"

"还得一半像彼得，一半像华伦蒂。"

"如果事情发展如我们所想的话。"

"那么我是那样的吗？"

"从我们的观察分析来看，你是的。我们的测试手段很先进，安德，但这些手段不能把一切都告诉我们。提起这个，说实话，测试能提供的信息实在少得可怜，但有总比没有强。"格拉夫俯下身，拉住安德的手，"安德·维京，如果现在只是替你选择一个最好、最幸福的将来，我会告诉你最好留在家里。留在这儿，继续成长，快乐地生活。你是个老三，有个拿不定主意自己到底愿意当个好人还是当一头豺狼的哥哥，但是，世上比这个难过得多的事多着呢。战斗学校就是其中之一。我们需要你。虫人对你来说或许只是个游戏，安德，可它们上次只差一点点就把人类彻底消灭了。当时它们把我们打了个措手不及，数量比我们多得多，武器也比我们先进，全凭一个优势我们才免遭毁灭：上一次我们拥有人类历史上最杰出的统帅。命运也好，上天庇佑也好，傻人有傻福也好，随你怎么叫，上一次我们有马泽·雷汉！

"但我们现在不再拥有他了，安德。人类竭尽所能，拿出了一支舰队。跟它一比，以前虫人派来攻击我们的舰队就像孩子放在游泳池里的玩具一样。另外我们还发明了一些新式武器。但这些恐怕还不够。自上次战争以后已经过了八十年，它们的准备时间和我们一样久。我们需要找到最优秀的人员和武器，而且得快。或许你不会为我们工作，或许你会为我们工作，或许你会在压力下崩溃，或许这会毁了你的生活，或许你会恨我今天来到你的家，但只要有这种可能：我们的舰队里因为有了你，人类得以幸存，虫人永远不敢再来骚扰我们——只要存在一丝这种可能，我就要请求你加入我们，和我一起走。"

安德无法把注意力集中在格拉夫上校身上。上校似乎离得很遥远，看起来很小，仿佛可以用镊子把他夹起来放进口袋。离开这儿的一切，到一个没有乐趣、充满艰辛的地方，没有华伦蒂，没有妈妈和爸爸——安德简直无法想象这一切。

这时，他想起一部每年必看的关于虫人的纪录片，里面展现的是发生在 X 国的惨剧，星环上的战斗，充满死亡、痛苦和恐惧。影片里还讲到马泽·雷汉以他的军事天才，指挥着弱小的人类飞船，摧毁了数量和火力两倍于他的敌军舰队。就像孩子和成人打斗，最后，胜利的是人类。

"我很害怕。"安德轻声说，"但我会和你走的。"

"理由不充分，再说一遍。"格拉夫说。

"就是为了这个，我才能够出生，对不对？如果不去，我凭什么活着呢？"

"还是不够好。"格拉夫说。

"我不想去。"安德说，"但我会去的。"

格拉夫点点头。"你可以改变主意，直到跟我上车前你都可以改变主意。但只要你上了我的车，从此以后你就得听凭国际联合舰队的吩咐。你明白吗？"

安德点点头。

"好吧，我们再跟你父母谈谈。"

妈妈抽泣起来，爸爸紧紧抱了一下安德，彼得跟他握了握手。"你这个幸运的小笨蛋。"华伦蒂吻了安德，把泪珠留在他的脸上。

"不用打点行装，不用带个人物品。一切都由学校提供。至于说玩具，那儿只有一种游戏，模拟战斗。"

"再见。"安德对他的家人说，他伸手抓住格拉夫的手，和他一块儿走出家门。

"帮我多杀几个虫人！"彼得大喊。

"我爱你，安德鲁。"妈妈说。

"我们会给你写信的。"爸爸说。

钻进静静等在车道上的汽车时,安德听见华伦蒂突然伤心欲绝地哭喊了起来:"一定要回来呀,我永远爱你!"

CHAPTER 04
进入太空

"在安德的问题上,我们必须把握好平衡。一方面,要让他保持一定程度的孤立,使他的创造性不至于消失,否则他就会彻底认同这个体制,我们就会失去他的天赋;另一方面,我们也必须确保他有足够的能力去领导别人。"

"有了军衔,就能管人。"

"没那么简单。马泽·雷汉大可以一个人指挥他那支小舰队,并且赢得胜利。但下一场战争爆发时,军队的数量要多得多,即使天才也会应接不暇。司令官手下的飞船不计其数,他必须掌握和下属紧密合作的本领。"

"啊,太妙了。这就是说,他必须既是个天才,同时又有一副好心肠。"

"不是好心肠,好心肠会把我们葬送在虫人手里。"

"这么说,你要把他孤立起来?"

"不等到达学校,我就要让他在其他孩子中间彻底孤立。"

"对此我一点儿也不怀疑。我等着。我看过他收拾史蒂生的录像,你带来的这小家伙可不是什么甜心宝贝。"

"这你就错了,他是个非常惹人喜爱的孩子。但不用担心,用不了多久我们就能把他那些招人疼的毛病去除个一干二净。"

"有时我觉得，你挺喜欢打击这些小天才。"

"这是一门艺术，而我在这方面非常非常棒。但要说喜欢，或许吧。当这些小天才经受过我的打击后，他们重新站起来时会变得更加强大。"

"你真是个恶魔。"

"谢谢夸奖，不知这是否意味着涨我的薪水？"

"只有一枚勋章。我们的预算不是无限的。"

据说失重状态会导致方向感丧失，特别是方向感还不十分健全的小孩子。安德甚至没等脱离地球引力就已经晕头转向了。

安德和一起出发的其他十九个男孩被编成一个新兵队。他们排队走出汽车，进入电梯。大伙儿聊着笑着吹着，安德却一声不吭。他发现格拉夫和其他教官正观察着他们，好像在分析什么。安德认识到，在教官们看来，孩子们的一举一动都说明了某些问题。教官们可以从伙伴们的嬉闹中作出分析，也可以从没有说说笑笑的自己身上找出线索。

他很想表现得像其他男孩一样，但他想不起任何笑话，再说，他们说的笑话都不好笑。不管引起他们发笑的根源是什么，安德在自己身上完全找不到这些根源。他很害怕，恐惧使他变得严肃。

教官们给他发了连裤的制服。腰上没有皮带的衣服让人感觉怪怪的，穿上去觉得全身松松垮垮，有一种赤身裸体的感觉。有人带着摄像机过来录像。摄像师弯着腰钻来钻去，肩头蹲着像动物似的摄像机。他移动得很慢，动作像猫，目的是为了让拍摄到的图像更加平稳。

安德开始想象自己出现在电视里的情景。记者问他，你感觉怎么样，维京先生？很好，就是有点饿。饿？噢，对了，发射前20小时他们不让你吃东西。真有意思，我以前从来没听说过这种事。说实话，我们都很饿。采访过程中，安德和那个记者在摄像机镜头前轻快地走动着。电视台的记者们让安德代表全体孩子讲话，可他连代表自己讲话都说不利索。安德第一次有想笑的感觉，于是他笑了。旁边的其他男孩刚好因为别的原因大笑起来。他们会认为我是被他们的笑话逗乐的，安德想，其实我心里想的事更好笑。

"一个接一个爬上梯子，"一个教官说，"沿走道进去，两边是空椅子。随便找个位置坐下，反正里面没有窗口位。"

这是个笑话，其他男孩大笑起来。

安德排得很后，但不是最后。那台摄像机还在拍，华伦蒂会看到我上航天飞船吗？他很想跑到摄像机镜头前大叫："我可以和华伦蒂说声再见吗？"有件事他不知道：即使他这样做了，拍下的画面也会被剪掉——大家都把这些飞向战斗学校的孩子当作英雄，英雄是不会挂念任何人的。安德不知道有这种审查制度，但也知道不能由着性子跑到摄像机镜头前，那将是个错误。

安德通过一段短短的舰桥，走进飞船舱门。他发现右边的墙壁上像地板一样铺着毯子。这说明他已经开始丧失方向感。他一旦觉得墙壁像地板，顿觉自己像在墙上迈步前进。上了梯子，他发现它后面的垂直表面也铺着毯子。爬来爬去没离开地板，他一边想一边拉住扶手，一步一步往上爬。

安德假装自己正从墙上往下爬，觉得这样想很好玩。念头一闪，大脑立即完成想象。虽说实实在在的重力证明他所想象的完全不对，但大脑还是将想象当成事实。他走到一张空着的座椅前，因为还有地球的引力，一屁股坐下，毫无问题。但由于头脑中的想象，他发现自己对这种引力放心不下，双手死死抓住椅子不放。

其他男孩在他们的座位上蹦蹦跳跳，互相打闹。安德很细心，找到安全带，琢磨了一会儿，弄明白了该怎么用它扣住胯部、腰部和双肩。他想象飞船这时正在地球上空晃晃悠悠地飘着。地球伸出引力这只巨手，紧紧抓住飞船不放。但是我们会从它手中滑脱的，他想，我们会摆脱这颗行星的。

这时他还不明白这个想法的意义，但以后他会想起来，甚至在离开地球之前，他就已经把地球看成一颗行星，和别的行星一样，而不再把它当作自己的家另眼相看。

"哦，这么快就弄明白安全带了。"格拉夫说，他正站在梯子上。

"你也和我们一块儿走吗？"安德问。

"一般情况下我并不亲自下来招收新学员。"格拉夫说，"我算是那个地方的负责人吧，学校主管，相当于校长。他们非让我下来招人，说不然就要开掉我。"他笑着说。

安德也笑了。他和格拉夫在一起很愉快。格拉夫人很好，还是战斗学校的校长。安德觉得轻松了些，他在那边毕竟有了个朋友。

很多孩子没像安德那样摆弄好安全带，大人们就过去帮他们系好。大家接着坐在那里等了一个小时，飞船前端的电视播放着影片，向他们介绍飞船飞行的原理和太空飞行的历史，还有他们在国际联合舰队那些了不起的星际战舰上可能会有的辉煌前程。全是无聊玩意儿，这些东西安德早就看过了。

不过从前可不像现在这样系着安全带坐在飞船里，飞船还飘在地球肚皮上。

飞船发射还算顺利。开始有一点点吓人，颠簸了几下，每次都让孩子们陷入一片恐慌，以为这将成为早期宇航之后第一次发射失败。影片里没有说升空时仰面朝天躺在软椅上会承受多大冲击力。

接着就没事了，他真的被吊在了安全带上，处于失重状态。

格拉夫沿梯子倒退着爬了过来，好像他本来是要爬向飞船前部。安德没有感到惊讶，因为他已经调整了自己的方向感，对于格拉夫做出的下一个动作也没有大惊小怪。格拉夫用脚钩住一级横档，手在面前的舱壁一撑,突然垂直挺立在梯子上,这一下他的身体变成了和飞船船身的纵向成直角,就像是站在一架普通飞机的机舱里似的。

方向感丧失对于有些人的影响特别大,有个男孩呕吐起来,安德明白了为什么不许他们在发射前二十小时内吃东西。失重状态下呕吐可不是件好玩的事。

不过安德觉得格拉夫在零重力状态下的动作很有趣。他顺着这个思路继续想下去,想象格拉夫头下脚上倒立在中间过道上,又在脑子里描绘出他脚踩墙壁、平平悬在空中的情景。没有重力,随便怎么站都行,想怎么样就怎么样。只要我换个位置,格拉夫就成了拿大顶,而他还一点也不知道呢。

"在想什么这么好笑,安德?"

格拉夫的声音严厉,怒气冲冲。我做错什么了,安德想,我笑出声了吗?

"我在问你,士兵!"格拉夫呵斥道。

哦,对了。这是训练课程的开始。安德在电视上看过一些军队纪录片,开始的时候他们总是训斥人,后来士兵和军官就成了好朋友。

"是,长官。"安德说。

"既然知道,还不回答!"

"我在想象你头下脚上倒立的情形,我觉得很好笑。"

听上去傻透了,尤其是现在,格拉夫冷冰冰地看着他。"对你来说可能很好笑。这里还有没有人也觉得好笑?"

四周传来一片咕哝声:"没有。"

"为什么没有?"格拉夫轻蔑地瞪着大伙儿,"笨蛋!这就是我们招到的学员,一群白痴。你们中间只有一个人还有点脑子,能够意识到失重状态下方向可以任意假设。你懂吗,夏夫?"

被问到的孩子连连点头。

"不，你不懂，你当然不懂。你不仅仅是个笨蛋，还是个骗子。你们这些学员中只有一个人还算有点头脑，这个人就是安德·维京！好好看看他，小东西们。等他当上司令，你们恐怕还裹着尿片待在战斗学校呢。因为他知道如何在失重状况下思考，而你们却只知道呕吐。"

这和电视上说的可不一样。安德想，格拉夫应该批评他而不是赞扬他，他们应该一开始互相敌对，以后才成为好朋友。

"你们中的大部分将会被无情地淘汰。接受现实吧，小东西们。你们大多数人的前程只能到战斗学校为止，因为你们根本没长能在太空驾驶飞船的脑子。你们绝大多数人的价值还顶不上把你们送上来的花费。根本不是那块料。也许有些人还有培养的余地，还能对人类做点贡献，不过，别把赌注押在这上头。我要是打赌，赌注只押在一个人身上。"

格拉夫突然来了一个后空翻，一把抓住梯子，双腿则甩到跟梯子垂直的方向。如果梯子所在的方向算作"下"的话，那他现在就是在双手倒立。如果把梯子所在的方向看成"上"，那他现在就是双手吊在梯子上晃荡着。接着，他双手轮换着抓住一级级梯子横档，沿着中央走道晃悠回了他的座位。

"听起来好像你已经当上了司令。"坐在他旁边的男孩低声说。

安德摇了摇头。

"怎么，都不屑于和我说话了？"那个孩子说。

"那些话又不是我让他说的。"安德低声说。

头顶突然挨了一下狠揍，接着又是一下。背后传来咯咯的笑声，坐在安德后排下一个位置的那个男孩一定是已经解开了他的安全带，所以够得到安德。安德头上又挨了一下。滚开，安德想，我又没招惹你。

又是一下。孩子们一片哄笑。格拉夫没看见这一切吗？为什么不出来阻止？又一下重重的敲击。真疼。格拉夫在哪儿？

接着他明白了，这一定是格拉夫蓄意造成的。这比电视节目里演的情况更糟。教官越是斥责你,其他人越是喜欢你,但如果教官宠爱你,其他人非恨透了你不可。

"嗨,你这个吃大便的家伙。"身后传来低低的声音。安德的头又挨了一下。"喜欢吗?嗨,超级脑袋,好玩吗?"又被打了一下,这次被打得太狠,安德忍不住轻轻叫了一声。

如果格拉夫故意陷害他的话,那么除了他自己,没有人会来帮助他。安德一动不动,算计着下一击什么时候到来。来了,他想。果然,又挨了一下。这一下很疼,但安德的注意力全部集中在估算下一击到来的时间上。来了,没错,很准时,这下我可逮住你了!安德想。

在下一击刚要打中安德时,安德双手猛地后伸,一把抓住打他那孩子的手腕,狠狠向前用力一拽。

正常重力状态下,那个孩子会撞在安德座位的后背上,撞得胸口生疼。但是在失重状态下,他全身都被拖出了座椅,向舱顶直飞过去。安德没想到会这样,他不知道在失重状态下,哪怕一个小孩子微弱的力量也会被放大到危险的地步。那个孩子滑过空中,撞在头顶方向的舱壁上,反弹下来击中另一个座位上的孩子,接着又飞进中间的过道。他的双臂胡乱摆动着,尖叫一声撞在舱室前面的墙壁上,左边胳膊扭曲着压在身子底下。

这一切只发生在几秒钟时间内。格拉夫迅速地赶到了。他从空中一把抓住那孩子,利索地推着他穿过中间过道,把他送到另一个教官身边,"左臂,我想是骨折。"他说。那孩子立刻被喂下一粒药丸,安静地飘在空中,那个教官则迅速替他的手臂包上夹板。

安德觉得自己快吐出来了。本来只想揪住那孩子的胳膊——不,不是那样的,自己的确想伤害他,而且使出了全身力气拽他。安德根本没想闹得这么大,但那孩子确实如安德所愿,受了重创。失重使我露出了真面目,就是这么回事,我成了彼得,跟他一个德性。安德真恨自己。

格拉夫站在船舱前部。"你们是怎么回事？学点东西这么慢！你们那些低能的小脑袋瓜里，连这么一个小小的事实都没认识到吗？你们是来当兵的。在以前的学校、以前的家庭里，你们或许是老大，或许挺机灵，但我们选拔的是天才中的天才，你们以后打交道的就是这样的人。我告诉过你们，安德·维京是这个新兵队里最出色的！明白了吗？笨蛋。别招惹他，战斗学校里不是没出过学员死亡的事故。清楚了吗？"

新兵队中一片沉寂。安德身旁的孩子一下子变得小心翼翼起来，生怕碰到安德。

我不是个凶狠的人，安德一遍又一遍地对自己说。不管他说什么，我不是彼得，我不会变得凶狠残暴，不会！我是在自卫，我忍了很久，我是有耐心的，我不是他说的那种人。

扬声器里传来一个声音，告诉他们学校就要到了。飞船花了二十分钟减速进入船坞。安德走在其他人后面。他们也巴不得让他落在最后，匆匆忙忙沿着梯子往上爬——如果是按起飞前的方向来看，现在是向下爬。一条窄窄的管状通道连接着飞船和战斗学校，格拉夫等在通道口。

"旅途愉快吗，安德？"格拉夫兴致勃勃地问。

"我还以为你是我的朋友。"尽管安德想控制自己的愤怒，但他的声音还是颤抖起来。

格拉夫露出一副困惑的样子，说："你怎么会有这种想法呢，安德？"

"因为你——"因为你对我很亲切，而且很诚实——安德本想这么说，但他忍住了。"你没有对我说谎。"

"我现在也没有说谎。"格拉夫说，"我的工作不是交朋友，而是塑造全世界最优秀的军人，整个人类历史上最优秀的军人。我们需要拿破仑，需要亚历山大——尽管拿破仑以失败告终，亚历山大年纪轻轻就撒手人寰。我们需要恺撒大帝，尽管他成了独裁者，并因此丧命。我的工作就是要塑造出这样一个伟大统帅，塑造出辅助他迈向成功的幕僚。这份工作里没有要求我一定要和小孩子做朋友。"

"你让他们恨我。"

"是吗？那你又打算怎么办呢？找个墙角躲起来？还是亲吻他们的小屁股，好让他们喜欢你？只有一个方法能让他们不再恨你，那就是每一件事都做得出类拔萃，让他们不敢小看你。我告诉他们你是最出色的，你他妈的最好给我成为最出色的。"

"如果我做不到呢？"

"那就太糟了。听着，安德，如果你觉得孤独、害怕，那么我很抱歉。但是别忘了，虫人还在威胁着我们，它们有成百上千亿甚至千万亿，这仅仅是我们所知道的。它们还有同样数量的战舰，还有我们所不了解的武器，而且它们想用这些武器将我们消灭得一干二净。不是说整个地球都处于危机之中，安德，只是我们，身处险境的只有人类！至于地球上其他生物，它们大可以没有我们，照样能适应，照样进化得挺好。但是我们人类不想灭亡。作为一个种族，为了生存，我们不断进化，进化的方法就是拼命加油干，最后，隔上若干代，诞生一些天才。他们就是那些发明轮子、电灯和飞机的人，就是那些建造城市、建立国家甚至帝国的人。你明白吗？"

安德觉得自己懂了，但又有点拿不准。他什么都没说。

"不，你当然不会明白。让我直截了当地告诉你：人是自由的，但全人类都需要他的时候例外。也许人类现在就需要你，需要你做一番事业。我觉得人类也需要我，需要我发掘你的能力。可能我们两人都不得不做一些卑鄙的事情，安德，但是，只要能让人类生存下来，我们就是出色的工具。"

"就这些？我们只是工具？"

"每一个单独的个人都是工具，其他人利用我们这些工具来维持人类的生存。"

"这不是真的。"

"不,有一半是真话,另一半等我们打赢这场战争再操心吧。"

"不等我长大,人类就会灭亡。"安德说。

"我希望你是错的,"格拉夫说,"还有,我要提醒你,和我说话只会给你带来麻烦,别的学员一定会说安德正在那儿拍格拉夫的马屁。如果大家都认为你是老师的跟屁虫,那你一定会被孤立起来。"

安德明白格拉夫的意思——走开,别再烦我了。"再见。"安德说。他攀着梯子爬了上去,其他学员早已经离开了。

格拉夫望着他离去。

旁边的一个教官问:"他就是我们一直在寻找的那个人?"

"天知道。"格拉夫说,"如果安德不是那个人,他最好早点表现出来。"

"可能我们理想中的那个人根本不存在。"那个教官说。

"可能吧。不过要是这样的话,安德森,那我就要说他妈的上帝站在虫人那边,他自己就是一只烂虫子。你写报告的时候可以引用这句话。"

"我会的。"

他们又默默站了一会儿。

"安德森。"

"唔?"

"那孩子错了,我是他的朋友。"

"我知道。"

"他心地纯洁,充满正义感,是个好孩子。"

"我看过报告。"

"安德森,想想我们要让他吃的苦头吧。"

安德森充满信心地说:"我们会让他成为有史以来最优秀的统帅。"

"然后让他一肩挑起整个世界的命运。为了他好,我真希望他不是那个人。我真是这么想的。"

"振作点,可能不等他毕业,虫人就已经把我们全干掉了。"

格拉夫笑道:"说得对,我已经觉得好多了。"

CHAPTER 05
战斗学校的第一天

"我对你真是佩服得五体投地。竟让他把一个孩子搞断了一条胳膊,下手真够狠的。"

"那是个意外。"

"真的吗?可我已经在报告里把你夸了一通。"

"效果不错,这下子那个受伤的小杂种变成了英雄,很多孩子得到了教训。我本以为他当时会找教官处理的。"

"找教官?我还以为你最看重他这一点呢:有本事自己解决自己的问题。如果他在太空中被敌人的舰队包围,喊破嗓子也没人帮他。"

"谁能想到那个小混蛋会从座位上飞出去?谁能想到他会撞在舱壁上?"

"这只不过是你们这些军人愚蠢无能的另一个范例罢了。要是你还有点头脑的话,就该去干点真正的事业,比如推销人寿保险什么的。"

"你也一样,大天才。"

"面对现实吧,你我只是二流人才,手里却掌握着人类的命运。权力的滋味真妙,是吧?还有个好处,如果我们失败了,那就大家死光光,没人能活着追究我们的责任了。"

"我从没这么想过。咱们还是不要失败的好。"

"全看安德的了。如果他完了,应付不了,下一个是谁?我们还能找谁?"

"我会列个名单。"

"列名单的同时,好好想想怎么才能不失去安德。"

"我跟你说过,不能打破他的孤立状态。一定不能让他产生有人会帮助他脱离困境的想法。一旦产生依赖别人的念头,他就完了。"

"你是对的。如果让他觉得自己有朋友,那就糟了。"

"朋友倒可以有,绝不能有的是时时惦记父母。"

安德来到宿舍的时候,别的孩子已经选好了他们的铺位。他站在门口,找到唯一剩下的那张床。天花板很低,安德伸手就能够着。这是一间为小孩设计的房子,下铺紧挨地面。其他孩子偷偷打量着他。当然,只有紧靠门边的下铺是空着的。有一会儿工夫,安德认为忍气吞声等于邀请别人进一步欺负自己,可他又不能强占另一个人的铺位。

所以他咧开嘴笑了。"嗨,谢谢。"他说,一点儿也没有嘲讽的语气。他说得很自然,好像他们留给他的是最好的铺位一样。"我本来以为得求别人才能得到靠门口的下铺呢。"

他坐下来,看了看床尾那个开着的柜子,柜门后贴着一张纸条,上面写着:把手放在床头的识别器上,念两遍你的姓名。

安德找到了识别器,那是一个不透明的塑料显示屏。他把左手放在上面说:"安德·维京,安德·维京。"

识别器的屏幕闪了一会儿绿光。安德把柜子关上,再试着打开,却没有成功,他把手放在识别器上说:"安德。"柜门自动弹开了。其他三个柜子也是用这种方式来控制的。

其中一个柜子里躺着四件连衣制服,颜色和安德身上穿的一样,还有一件白色的。另一个柜子里装着一台小型电子书桌,和学校里用的一模一样,看来在这里也要学习书本知识。

真正的好东西放在最大的柜子里。初看像一件太空服,配有头盔手套,似乎可以完全密封。但实际上它并不是太空服,也不是密封的,不过仍然可以有效地包裹全身,衣服里还衬着厚厚的垫子,显得有点僵硬。

衣服上还配有一支枪,末端是由透明的固体玻璃制成,看上去像是激光枪。但是他们肯定不会把致命武器交给小孩子。

"不是激光枪。"一个人说。安德抬头望去,看见一个以前没见过的人正在说话,年纪不大,态度友善。"但是它的光束非常细,聚焦性能极好。瞄准一百米以外的墙,落在墙上的光束周长只有三英寸。"

"干什么用的?"安德问。

"模拟战斗训练时用的。还有别的人把柜子打开了吗?"那个人四周望望,"我的意思是,你们按指示完成掌纹和声音识别了吗?不这么做是打不开柜子的。你们在战斗学校学习的头一年里,这间屋子就是你们的家。你们可以找一个自己喜欢的铺位住下来。通常情况下,我们会让你们自己选出一个领头的队长,让他睡在门边的下铺上。不过显然这个铺位已经有人住了,识别器又不能重新编码。你们好好想想要选谁。七分钟后吃饭,沿着地板上的灯光标志走。你们的灯光标号是红黄黄。无论什么时候,拨给你们的路线都会以红黄黄为标志——三个亮点排在一起——只要沿着灯光的指示前进就行了。你们的颜色是什么,孩子们?"

"红黄黄。"

"很好。我的名字叫戴普。接下来的几个月我就是你们的妈妈。"

孩子们哄笑起来。

"想笑就笑吧。不过要记住,如果你们在学校里迷了路——这是很有可能的——别随便打开门,有的门是通向太空的。"又是一阵笑声,"你们只要告诉别人你们的妈妈是戴普,他们就会来找我。或者说出你们的颜色代码,他们会用灯光给你们指出一条回家的路。有什么问题就来找我。人家付薪水给我就是要我善待你们,这样的人学校里只有我一个。记住这一点。但是请别把我想得太好了,谁要是胆敢凑过来亲我一下,我就打烂他的脸。明白吗?"

他们又笑了。戴普现在有了一屋子的朋友,惊吓中的孩子总是很容易收服。

"哪儿是下,谁来告诉我?"

他们一齐指向下方。

"很好,但是这个方向是指向外面的。战斗学校不停地自转,所以你们感觉的'下方'实际上是离心力的方向。这里的地板也朝这个方向弯曲。如果你们沿着一个方向走上足够长的距离,就会返回出发点。不过请别这么做,因为这个方向是教官居住区,那个方向住着高年级学员。他们不喜欢新兵闯进他们的地盘。你们可能会被连推带打地赶出来。事实上,你们肯定会被人家推搡一番。真要出了这种事,不要找我哭鼻子,明白吗?这里是战斗学校,不是幼儿园。"

"那我们该怎么办?"一个孩子问,他睡在安德附近的上铺,是个黑人,年龄相当小。

"如果你们不想被别人推搡,就自己先想想该怎么做。但是我警告你们——谋杀和故意伤害都是严重的罪行。我知道在你们上来的路上差点儿出了人命,有个孩子的胳膊被打折了。如果再发生类似情况,有人就会被打入冷宫,明白吗?"

"打入冷宫是什么意思?"那个手臂上裹着夹板的孩子脱口问道。

"打入冷宫,就是送回地球,赶出战斗学校。"

没有人看安德。

"所以,孩子们,如果你们中间有谁想制造麻烦,至少干机灵点儿,懂吗?"

戴普走了,还是没有人望安德一眼。

安德感到恐惧在心底隐隐升起。那个摔断胳膊的孩子,安德并不觉得对不起他。他是史蒂生的翻版。像史蒂生一样,他已经拉拢了一帮人,一小群个头比较大的孩子。他们在房间另一头有说有笑,每过一阵就有一个人扭过头来盯安德一眼。

安德满脑子都是回家的念头。这里发生的一切和拯救世界有什么关系。现在没有了监视器,又成了安德一个面对一个团伙,这次他们还和安德住在同一个房间。简直和跟彼得相处一样,却没有华伦蒂在旁边照顾了。

恐惧感一直伴随着他,在餐厅吃饭时没有一个人坐在他身边。其他孩子都在一起谈论——墙上的积分榜、饭菜、高年级学员等等。安德只能孤独地看着他们。

积分榜上有战队的排名、胜负记录,还有最新积分。有些高年级学员显然在拿最近一场比赛打赌。有两支队伍——蝎狮战队和蝰蛇战队没有最新的分数,显示成绩的方格在不停闪动。安德认为他们现在一定正在比赛。

他注意到高年级学员分成许多群体,身上的制服各不相同。有些身着不同制服的人坐在一块儿聊天,但是一般说来,每个群体各有自己的地盘。新兵们——他们这个小队和两三个由年龄大一些的孩子组成的小队——穿着不起眼的蓝色制服,而属于不同战队的高年级学员穿的制服却华丽得多。安德试着猜测哪种制服对应哪支战队,天蝎战队和蜘蛛战队很容易识别出来,火焰战队和潮水战队也不难分辨。

一个高年级学员走过来坐在他身边。他比安德大得多,看上去有十二三岁,正开始发育成一个男人。

"嗨。"他说。

"嗨。"安德说。

"我叫米克。"

"安德。"

"这是个名字吗?"

"从小我姐姐就这么叫我。"

"这个名字在这儿倒不错,安德——终结者,嘿嘿。安德,你是你们队里的害虫吗?"

安德耸耸肩。

"我看见了,吃饭的时候没人搭理你。每个小队里都有这么一位没人搭理的孩子。有时候我觉得这种事是教官们故意弄出来的。教官们待人可不怎么样,你会知道的。"

"噢。"

"这么说,你们队里的害虫就是你啰?"

"我想是吧。"

"喂,用不着为这种事儿哭鼻子。"他把自己的圈饼递给安德,又走安德的布丁,"多吃些有营养的东西,长得壮壮的。"米克埋头大嚼布丁。

"那你呢?"安德问。

"我?我什么都不是。我是空调房里的一个臭屁,持久不散,可大部分时间里没人觉察到。"

安德勉强笑了笑。

"呵呵,有意思吧。这不是说笑话,我在这儿已经没地方去了。年龄越来越大,他们很快就会把我送到另一所学校去。肯定不是战术学校。你看,我从来没当过头儿,只有当过头儿的人才有希望进战术学校。"

"怎么才能当头儿?"

"喂,我要是知道,还会弄成现在这样子吗?你看看,在这里有多少个和我一样大的孩子?"

不太多……安德心想,嘴上却什么都没说。

"只有几个。我不是唯一一个处于半开除状态的家伙,这样的还有几个。其他的家伙——他们都成了指挥官,和我一起进校的那批人现在都指挥着自己的战队,除了我。"

安德点点头。

"听着,小家伙,我是在指点你。多交朋友才能当头儿,必要时得拍拍别人的马屁,但如果别的家伙敢小瞧你——你知道我的意思吗?"

安德又点点头。

"才不,你根本什么都不懂。你们这些新来的都是这个样子,什么都不知道。脑子空空,什么都没有。别人一敲你,你就碎了。看着我,等你落到我这个地步的时候,别忘了有人提醒过你,这可是最后一次有人好心帮你。"

"那你为什么帮我?"安德问。

"你以为你是谁,快嘴的家伙?闭上嘴,吃饭。"

安德闭上嘴继续吃饭。他不喜欢米克。他心里清楚,自己决不会落得这个下场。也许教官们是这么计划的,但是安德决不会让他们得逞。

我不会成为队里的害虫,安德想,离开华伦蒂和父母到这儿来,不是为了让他们开除我。

叉起食物送到嘴边时,他忽然产生了一种感觉,觉得家人正环绕在自己身边,就像以前那样。他知道往哪个方向转头可以看见妈妈叮嘱华伦蒂吃饭的时候不要咂嘴。他知道爸爸会坐在哪儿,一边浏览桌面显示的新闻,一边时不时插上一句,表示他也加入了餐桌上的谈话。彼得会假装从鼻眼儿里抠出一粒碎豌豆——有时候,就连彼得也挺有意思。

不该这时候想起他们,喉咙里一阵哽咽,安德强压下去。泪水涌进他的眼睛,连盘子都看不清了。

他不能哭,在这里他得不到同情,戴普并不真的是妈妈。任何软弱的表现都会告诉他的敌人,这个孩子是可以击倒的。和以前彼得欺负他时一样，安德开始在心里用乘2的方法数数：1、2、4、8、16、32、64、继续，直到他能算出的最大数值：128、256、512、1024、2048、4096、8192、16384、32768、65536、131072、262144，算到67108864乘2的时候他拿不准了。是不是漏掉了一位数？他算出来的数应该是六千万、六百万，还是六亿？他试着再往下乘，结果没算明白。应该是1342什么什么，134216几几，还是134217728？忘了，再来一遍吧。安德继续算着，直到算出他能得到的最大一个数。痛苦消失了，泪水止住了，他不会再哭了。

那天晚上熄灯以后，他听到房间里几个孩子啜泣着念叨他们的妈妈爸爸、家里养的小猫小狗。他再也控制不住自己了，嘴里默念着华伦蒂的名字，还能听见她的笑声从楼下的客厅里传过来，似乎近在咫尺。他能看见妈妈经过他的房间时推开门察看状况的样子。他能听见爸爸边看电视边笑的声音。一切如此清晰，但是这些永远也不会重现了。等我再次看到他们时，我肯定已经长大了。获准离校最早也得十二岁。我为什么要答应来这里？为什么这么傻？去学校上学其实不是什么大事，即使天天面对史蒂生也没关系。还有彼得，他是个傻瓜。安德不怕他。

我想回家，他小声说。

这种声音和彼得折磨他时他发出的呻吟声一样，细不可闻，或许他根本没有叫出声来。

尽管他的泪水不受控制地淌到被单上，他还是极力抑制自己的抽噎，不让床铺有丝毫摇动，尽力让别人完全听不见他发出的细微声音。但痛苦是如此真切，泪水堵塞了他的喉咙，流淌在他脸上，他的胸中一片炽热，泪水在眼眶中打转。我想回家。

那天晚上，戴普走进房间，在床铺间走来走去，轻轻拍着每一个孩子。他走到的地方哭声不但没有减弱，反而更响了。在这个陌生的地方，一点点温柔的触摸已经足以让一些强忍泪水的孩子哭出声来。但是安德没有这样，戴普走过来的时候，他已经不再啜泣，面颊已被抹干。以前彼得欺负他，而他又不敢让爸爸妈妈知道的时候，就是这张脸帮他隐瞒了真相。为了这个我得谢谢你，彼得。谢谢你，为了这双干涩的眼睛和无声的啜泣。是你教会了我隐藏自己的情感，现在，我比任何时候都需要这种本领。

战斗学校也是学校，每天的课程一个小时接一个小时，无休无止。阅读、算术、历史。要看好多太空血战的纪实片：士兵们在虫族战舰上肝脑涂地；舰队间的殊死战斗却显得干净利落，战舰像一团团焰火般炸开，战机在黑暗的天幕下熟练地互相搏杀。需要学习的东西太多了，安德像其他人一样使出了浑身解数。对于这些天才儿童来说，这是平生第一次需要竭尽全力，他们平生第一次和与自己同样聪明的同学较量。

还有模拟战斗，也就是所谓的游戏——这才是他们生活的中心，从一睁眼到入睡，模拟战斗几乎占据了他们的全部时间。

第二天戴普就领他们去了游戏室。他们从生活和学习的这一层舱室沿着梯子向上爬，重力逐渐减弱，然后进入一个巨大的舱室，里面训练用的游戏机闪着令人眼花缭乱的光。

有些游戏他们见过，有些在家里还玩过，有简单的也有高难度的。安德走过一排排简单的二维模拟游戏机，开始研究高级学员们玩的东西——真正的全息游戏，所有图像全都悬浮在空中。他是房间这一角落唯一的新兵，时不时便有一个高级学员将他一把推开，你在这里干什么？滚开，给我飞一边去！在低重力下，他真的飞了起来，双脚离地在空中滑翔，直到撞上别的什么人或什么东西才停下。

但是每一次，他都折回来，换个地方，从另一个不同角度观察他们玩游戏。他个头太小了，看不见操纵游戏的控制台。但是没关系，反正能看见空中的立体图像，能看见玩家们在一团黑暗中划出道道闪光，敌方飞船则四处追踪这些闪光，一旦盯住便穷追不舍，直到击毁对方飞船。玩家可以设下陷阱：地雷、漂流炸弹，或者引力陷阱——敌人的飞船一飞进去就会在力场中无休止地旋转。有的玩家玩得相当好，也有的很快便败下阵来。

安德比较喜欢看两个玩家对战。在这种模式下，游戏双方的主要挑战是适应对方的打法。用不了多长时间就能发现对战双方哪一个更有战略头脑，更精于此道。

看了约莫一个小时之后，这个游戏在安德眼里开始变得乏味了。安德已经明白了其中的规律和电脑的思维模式。现在，只要学会怎么操控，他肯定能耍得敌人团团转。敌人这样的时候就螺旋前进，敌人那样的时候来个原地盘旋，伪装自己的陷阱，等着敌人上钩，或者连放七个陷阱，再冲出去诱敌深入。现在这个游戏已经毫无挑战性了，只不过电脑的速度越来越快，直到人类的反应跟不上为止。没什么意思。他想战胜的对手是人，是别的孩子。那些孩子和电脑打得太熟练了，互相对战的时候也是只知道竭力模仿电脑的战略，思维变得和机器一样刻板，缺乏灵活性。

我可以用机动灵活的战术打败他们，我能打败他们。

"我想和你玩一局。"他对一个刚刚取胜的孩子说。

"天哪，这是什么玩意儿？"那个孩子说，"是怪胎还是虫族幼虫？"

"刚刚新来了一帮侏儒。"另一个孩子说。

"这东西居然会说话，新家伙会说话，以前你听说过吗？"

"我看出来了，"安德说，"你不敢跟我玩三局两胜。"

"打败你，"那个孩子说，"就跟洗澡时撒尿一样简单。"

"乐子还赶不上洗澡撒尿的一半。"另一个孩子说。

"我叫安德·维京。"

"听着，呆瓜。你啥都不是，明白吗？懂吗？啥都不是。接受训练之前你根本啥都不是。明白吗？"

他哇啦哇啦满嘴行话骂了一大通，这些行话安德学得很快："我真要啥都不是，那你为什么不敢跟我三局两胜？"

其他孩子开始不耐烦了："快点儿，赶快把这小子做掉，让他知道你的厉害，咱们好接着玩。"

于是安德坐上了位子，摸到了陌生的控制台。他的手很小，但操控装置很简单，试几下就明白了哪个按钮控制哪种武器，控制飞船移动的是一只三维轨迹球。刚开始的时候，他的反应有点慢，那个还不知姓名的孩子很快占了上风，但是安德学得很快，游戏结束的时候他已经有点上手了。

"满意了吗，新兵蛋子？"

"三局两胜。"

"我们没三局两胜的规矩。"

"这是我第一次玩这个游戏，你才能打败我。"安德说，"要是你不能再赢我一次，那就根本不算数。"

他们又较量了一局，这次安德熟练多了。他施展了一些那个孩子显然从未见过的小把戏，对方脑子里的死套路开始应付不过来了，安德艰难地取得了胜利。

高年级学员停止了说笑。第三局进行的时候周围一片死寂。这一次安德很快就把对手打了个落花流水。

游戏结束时，一个高年级学员道："他们真该把这台机子换掉，游戏太简单，现在连小屁孩儿都能玩得这么明白。"

安德走开的时候，周围没有一句祝贺的话，仍然是一片寂静。

他没有走远。安德来到稍远处，眼看着下一个玩游戏的人试着重复他刚才用过的战术。小屁孩儿？安德无声地笑了，他们会记住我的。

安德的心情很好。他取得了胜利，而且击败的是高年级学员。虽然他可能不是他们当中最优秀的,但是现在,他不再有前几天那种力不从心的恐慌,不再担心自己应付不了战斗学校的一切。他只需细心观察,弄清楚游戏规则,就可以操控游戏,直到胜过游戏。

最难熬的是等待和观察,在这期间他必须忍耐。摔断胳膊的那个孩子每时每刻都在琢磨着怎么报复他。安德很快便知道那个孩子名叫伯纳德。他念自己的名字时带点法国腔,这是因为自负的法国人坚持他们的孩子必须先学法语,到四岁才允许学习世界语,到那时法语已经是根深蒂固了。伯纳德的法国口音让他带点异国风情,挺有意思;断臂让他成了个英雄;残酷的本性又使他成为一个核心,周围聚集了一伙喜欢欺凌弱小的人。

安德成了他们的公敌。

他们用来整安德的都是小把戏:每次进出踢他的床,打饭时故意撞翻他的盘子,上下楼的时候给他下绊子。安德很快学会了把所有东西都锁在箱子里,还学会了怎么迅速移动脚步以保持身体平衡。"呆鸟。"有一次伯纳德这样叫他,这个绰号很快就传开了。

有时候安德非常生气。当然,伯纳德不值得安德发火,他就是那种天生喜欢折磨别人的家伙。真正让安德愤怒的是,其他人竟然心甘情愿地追随他。他们知道伯纳德的报复是不公正的,也知道在飞船上是他先动手招惹安德,安德只是以牙还牙,但他们却假装成好像压根儿不知道有这么回事似的。就算真的什么都不知道,单凭伯纳德的言行也能看出他是个阴险狠毒的家伙。

还有,他并不仅仅欺负安德一个人。伯纳德想要建立自己的小王国。

安德冷眼旁观,看伯纳德怎么看人下菜碟,一步步树立自己的权威。有的孩子对伯纳德有用,他就无耻地巴结他们;有的孩子自愿充当他的奴仆,他就毫不客气地辱骂他们,即便这样,他们还是心甘情愿地为他跑腿,让干什么就干什么。

但是也有一些人对伯纳德的统治心怀怨恨。

从旁观察的安德知道谁恨伯纳德。沈的个子很小，自尊心却很强，特别敏感。伯纳德很快就发现了这一点，给他起了个外号叫蠕虫。"因为他小得跟虫子差不多。"伯纳德说，"还会蠕动，不信你看，他走路的时候屁股一扭一扭的。"

沈气得扭头就走。笑声更响了。"瞧他的屁股！回见，蠕虫！"

安德没有立刻和沈说话，那样就太明显了，别人会看出他在组织自己的抵抗力量。他坐着没动，膝头放着电脑，装出很勤奋的样子。

其实他没在学习，只命令电脑隔三十秒就向中断队列里插入一条信息，持续发送。这条消息发送给所有人，简洁明了，直插要害。难办之处在于不能让人知道这条消息是从哪里发出的。这一点教官办得到，但学员们发送出去的信息总是在结尾处自动附上他们的名字。安德还没有破解教官的电脑系统，无法用教官的身份发消息。他可以做到的是，创建一份假的学生档案，并且给这个子虚乌有的学生起了个异想天开的名字——上帝。

一切准备就绪。现在可以给沈一个暗示了。他这会儿正像其他孩子一样看着伯纳德和他的亲信们又说又笑，开数学老师的玩笑。那位老师经常一句话说到一半便断了线，一脸茫然地东张西望，好像忘了自己在什么地方似的。

过了一会儿，沈偶然向四周扫了一眼。安德朝他点点头，指指自己的电脑，笑了笑。沈瞧上去有点摸不着头脑，安德把自己的电脑稍稍抬高一点，朝它指了指。沈伸手拿过自己的电脑。就在这时，安德送出信息。沈立刻看见了，读了一遍，放声大笑起来。他询问似的看看安德，是你干的吗？安德耸耸肩，意思是说，我也不知道是谁干的，反正不是我。

沈又笑了起来。一些和伯纳德关系比较疏远的孩子也到自己的电脑旁看究竟是怎么回事。每过三十秒钟，这条消息便在所有电脑上显示一次，在屏幕上迅速绕行,随即消失。孩子们都开始哈哈大笑。

"什么事这么好笑?"伯纳德问。他扫视着整个房间,安德没有露出丝毫笑容,而是装出和别人一样的害怕表情。沈当然是笑得最痛快的一个,丝毫没有掩饰挑衅的意思。过了片刻,伯纳德叫他的一个手下拿来一台电脑,他们一起看着这条消息:

小心你的屁股,伯纳德喜欢看那个。——上帝

伯纳德气得满脸通红。"这是谁干的?"他大叫道。

"上帝。"沈说。

"肯定不是你这个混蛋。"伯纳德说,"你这条蠕虫根本没这个脑子。"

五分钟后,这条信息消失了。没过多久,安德的电脑上显示出一条来自伯纳德的消息:

我知道是你。——伯纳德

安德连头都没抬,好像根本没看见这条消息一样。伯纳德只是想诈我,看我会不会露馅。其实他不知道捉弄他的是谁。

当然,知不知道都一样。为了巩固自己的地位,伯纳德肯定会变本加厉地整他。他最不能忍受的就是别人对他的嘲笑,一定要让大家看清楚谁是老大。那天早上,安德在浴室被人撞倒在地。伯纳德的一个手下假装绊倒在他身上,趁机用膝盖狠狠顶了他的小腹一下。安德默默忍了下来,安德继续观察着。他才不会公开跟伯纳德干仗呢。

但是在另一条战线,在电脑战场上,他的第二次进攻已经准备就绪。安德从浴室回来的时候,伯纳德正气得发狂,愤怒地踢着床铺,冲着大伙儿大喊大叫:"不是我写的!都给我闭嘴!"

一条消息正在每个人的电脑上反复闪现：

我爱你的屁股。让我亲亲它吧。——伯纳德

"我根本没写这条消息！"伯纳德咆哮着。他吼叫了一会儿，戴普出现在门口。

"你吵什么？"他问。

"有人用我的名字发送消息。"伯纳德愠怒地说。

"什么消息？"

"是什么消息并不重要！"

"对我来说很重要。"戴普拿起最近的一部电脑，是安德上铺那个男孩的。他读了那条消息，不易察觉地微微一笑，把电脑还给了它的主人。

"有意思。"他说。

"你不想查出是谁写的吗？"伯纳德质问道。

"哦，我知道是谁写的。"戴普说。

没错，安德想。系统太容易攻破了。他们就是想让我们去攻破它，或者破坏它的某个部分。他们知道是我。

"是谁？"伯纳德大叫道。

"你是在冲着我大喊大叫吗，士兵？"戴普淡淡地说。

房间里的气氛顿时一变。无论是愤愤不平的伯纳德的同党，还是高兴得快要抑制不住的其他人，忽然间全都吓得悄然无声，戴普准备显示他的权威了。

"不是，长官。"伯纳德说。

"人人都知道，系统会自动在消息末尾附上发送者的名字。"

"不是我写的！"

"还叫？"戴普说。

"昨天有人发了一条消息，署名是上帝。"伯纳德说。

"真的吗？"戴普说，"我还不知道他老人家也登录了咱们的系统呢。"他转过身走了。房间里顿时一片笑声。

伯纳德想成为统治者的努力失败了——现在只有一小撮人还追随着他，但他们也是最坏、最危险的一群人。安德知道，除非自己来个大打出手，这伙人就不会停止整他。但是电脑阻击已经成功，伯纳德的野心被遏制了。现在，稍有品行的孩子都已经脱离了他的团伙。最让安德高兴的是，他战胜了伯纳德，而又没有把他送进医院，这次的结局比上次好多了。

然后，安德开始着手一项重要的工作：为自己的电脑编写一套安全系统。学校自建的安全系统实在是不堪一击，既然一个六岁的孩子都能攻破它，那么很明显，它只是一件摆设而已，是教官们安排的另一场游戏。我正好擅长这样的游戏。

"你是怎么做到的？"吃早饭的时候沈问他。

安德不动声色，但他注意到了，这是第一次在吃饭的时候有同一新兵队的学员坐到他身边来。"做什么？"他问。

"用假名发消息，还有用伯纳德的名字发消息！真是太棒了，他们现在都管他叫'屁股观察员'，当着教官只叫他'观察员'，不过人人都知道他观察的是什么。"

"可怜的伯纳德，"安德低声说，"真是个敏感的人哪。"

"得了，安德。你攻破了系统。你是怎么做的？"

安德摇摇头，笑了起来。"谢谢你抬举我。我只是碰巧第一个看到那条消息，就是这么回事。"

"行啊行啊，你不用告诉我。"沈说，"不过，确实棒极了。"两人默默吃了会儿饭。"我走路的时候真的扭屁股吗？"

"没那事儿。"安德说，"只有一点点扭。别迈那么大步子就行了。"

沈点了点头。

"只有伯纳德才会注意这种事。"

"他是猪。"沈说。

安德耸耸肩。"其实,猪没那么坏。"

沈笑了。"你说得对,我不该侮辱猪。"

他俩一起笑了。另外两个新学员走近他们。安德的孤立状态被打破了,但这只是刚刚开始,前面的路还长。

CHAPTER 06

巨人的饮料

"过去咱们也失望过。一年又一年盼啊盼,只盼他们能挺过来。结果不行。安德有个好处,不会拖咱们那么久,估计过不了半年他就会被开除。"

"哦?"

"这儿的事你难道没看见?他迷上了智力游戏,在'巨人的饮料'那一关卡住出不来了。这孩子是不是有点自杀倾向?这你可从来没提过。"

"每个孩子早晚都会碰上巨人那一关。"

"可安德揪住巨人不撒手,和皮纽尔一样。"

"每个孩子都有可能在某些时候看上去有点像皮纽尔,自杀的却只有他一个。我不觉得这和'巨人的饮料'有什么关系。"

"你这是拿我的老命开玩笑。还有,你看看他把那个新兵队搞成什么样子。"

"不是他的错,你知道。"

"我不管是不是他的错,他正在破坏那个小队。本来他们应当拧成一股绳,可是现在他走到哪里,哪里就会裂开一道一英里宽的大口子。"

"不管怎么说,我并没打算让他在那儿待很久。"

"那你最好重新打算打算。这个小队要是出了问题,他就是祸根。他必须留在那里,直到问题解决为止。"

"我才是祸害的根源。要孤立他的是我,我的方法奏效了。"

"让他跟那队人马多待一段时间,看看他怎么收拾这个局面。"

"我们没有时间。"

"我们没有时间?我们正在对一个孩子连逼带赶,他成为军事天才的机会和成为魔头的机会一样大。"

"这是命令吗?"

"我们的谈话是被录音的,这你知道。你他妈的又在推卸责任,保住自己的屁股。你这个混蛋。"

"如果这是命令,那么我就——"

"这是命令。让他待在那儿,我们要看看他能不能控制小队的形势。格拉夫,你气得我胃溃疡都犯了。"

"你应该去管理你的舰队,别插手我的学校,这样就不会犯病了。"

"舰队需要司令。在你为我弄出一个之前,没什么好管理的。"

他们笨手笨脚地拥进战斗室,紧紧抓住墙上的扶手,好像一群头一次进游泳池的孩子。失重让人心惊胆战,分不清东南西北。他们很快就发现,保持双腿不动反而好过一点。

更糟糕的是,太空服也碍手碍脚,穿上之后很难准确地做出某个动作。因为太空服比起身体折转的速度总要慢半拍,穿这种衣服比平常穿惯的衣服要别扭多了。

安德握住扶手,活动着膝关节。他发现太空服虽然让人行动迟缓,却对人体动作有一种强化作用。举手投足要费很大力气,可一旦动起来,肌肉就再也不用使力,太空服会带动人的肢体,而且力道强劲,将人的力量提高了一倍。恐怕要先笨手笨脚适应一阵子,最好现在就开始练习。

他双脚用力一蹬墙壁，手仍然紧抓把手不放。

身体当即腾空翻了过来，双脚划过头顶，后背猛拍在墙壁上。反冲力大极了，好像比撞击力还大。双手被这股力道一拽，脱开把手。他横飞过战斗室，在半空中不停翻着筋斗。

有一会儿工夫他直犯恶心，竭力想保持头上脚下的习惯姿势，拼命地摆正自己，寻找着根本不存在的重力。紧接着，他强迫自己改变方向感。他正向一堵墙壁飞去——那个方向就是下。这样一想，他当即控制住了自己。既然不是在飞，而是落地，他当然可以选择落地的方式。

我的速度太快了，安德想，不可能抓住扶手停下来。不过可以想办法减缓落地时的冲击，如果落地时来一个翻滚，双脚蹬地再次飞弹出去，我就可以改变飞行角度——

结果和他预想的不完全一样。他确实在墙上反弹出来，飞向另一个方向，但是却和计划的方向相去甚远。由于没有思想准备，他猝不及防地撞上另一堵墙。但是，完全出于偶然，他发现了用双脚控制反弹角度的方法。现在他再次掠空而过，向仍然挂在墙壁上的孩子们飞去。这一次他总算把速度放慢了下来，足以让他抓住扶手。在别的孩子看来，他挂在那儿的角度简直太危险了，但他已经又一次改变了自己的方向感。现在对他来说，其他孩子并不是吊在墙上，而是躺在地板上，他自己的姿势也跟别的孩子一样正常，没什么好大惊小怪的。

"你想干什么，想找死吗？"沈问他。

"你也来试试。"安德说，"太空服能保护你，不会撞伤的。反弹的时候可以用两腿控制你的飞行方向，就像这样。"他把刚才的动作又演示了一次。

沈摇摇头——他才不会干那种傻事呢。正在这时，另一个孩子飞了起来，速度没有安德刚才那么快，因为他不像安德那样猛然一弹飞出去的，但是也不慢。安德不用看也能猜出那是伯纳德，紧随其后的，是伯纳德的密友，阿莱。

安德注视着他们穿过巨大的屋子。伯纳德把对面墙壁看成地板，以此为根据，拼命调整自己的身体姿势。阿莱则任凭惯性推动自己，专心准备在墙上反弹。难怪在飞船里时伯纳德会撞断胳膊，安德想，他飞翔的时候身体僵硬，绷得紧紧的。他慌了。安德记住了这条信息，也许将来能用得着。

还有另一条值得注意的信息。阿莱并不是紧紧跟着伯纳德、和他选择同一个飞行方向。他瞄准的是房间的一个墙角。两个人的路线越差越远，最后，伯纳德扑通一声，笨拙地撞在墙上反弹回来。与此同时，阿莱却在屋角的三面墙壁上做了个漂亮的三重反弹，墙壁吸收了绝大部分冲力，把阿莱反弹向一个令人意想不到的方向。阿莱兴奋得在空中放声大叫，那些注视着他的孩子也一齐叫好。有的孩子竟然忘了自己处于失重状态，松开双手鼓起掌来。结果，这些人立刻慢悠悠四处飘散开来，只能徒劳地挥舞手臂，还以为可以像在水里游泳一样。

这倒是个问题，安德想，飘在空中时该怎么办？找不到借力反弹的地方。

他不禁想让自己也飘浮在空中，摸索着解决这个问题。可他发现飘在空中的其他人已经使出了浑身解数，还是无法脱困。安德自忖，自己也想不出什么大家都没试过的妙招。

他一只手抓住扶手，另一只手心不在焉地摸着别在肩膀下方的训练枪，接着他想起陆战队员对敌方空间站实施登船突击时身背的推进火箭。他从太空服上拔出训练枪，检查了一下。他在宿舍里就已经试着按过上面所有按钮，但是那时训练枪没有任何反应。或许到了战斗室它就能用了。没人教过大家用枪，各种控制装置也没有注明，但它的扳机很容易找到——和别的孩子一样，安德从小就玩熟了玩具枪。枪柄上有两个按钮，握枪时大拇指正好可以按到。枪管下方也有几个按钮，但是不用双手握枪的话，几乎不可能碰上。显然，大拇指附近那两个按钮是最常用的。

他瞄准地板，将扳机向后一扣。他感到那支枪立刻热了起来，地板上立即出现一个小小的光圈。他松开扳机，枪立刻变凉了。

他用拇指按下枪柄上方的红色按钮，再次扣动扳机。然而还是和刚才一样。

接着他又按下白色按钮，训练枪射出一道白光，照亮了附近一片宽广的区域，但光的强度不及刚才射出的光圈。这个按钮按住不放时，不管怎么扣动扳机，手枪一直是凉冰冰的。

按动红色按钮训练枪就可以发出激光一样的射线——但不是真正的激光，戴普说过的——而按下白色按钮后手枪变成了一盏探照灯。可是要推动身体前进，这两样东西都帮不上什么忙。

所以一切全靠第一次推动，看你开始时如何设定飞行路线。这就是说，我们必须熟练掌握一开始的推动和接下来的反弹，否则就会落个不死不活、飘在空中的下场。安德向四周看去，有些孩子已经飘得离墙壁很近了，正拼命挥舞手臂想抓住扶手。绝大多数人则兴高采烈地飘来飘去，时不时撞到一起，然后哈哈大笑。也有一些孩子手挽着手，连成一个大圈转个不停。只有很少几个人像安德一样挂在墙上，冷静地观察着周围的一切。

安德注意到其中一个是阿莱，他停在离安德不远的另一堵墙上。安德一时冲动，一蹬墙壁，迅速向阿莱飞去。但是到了半空，他又犹豫着不知该说什么好。阿莱是伯纳德的朋友，自己和他之间能有什么话说呢？

但是现在已经不能回头了。他瞄准前方，微微移动手脚控制自己的飘行方向。太晚了，他意识到自己瞄得太准，不会在阿莱身边着陆——他要撞在阿莱身上了。

"嗨，抓住我的手！"阿莱喊道。

安德一把抓住他的手。阿莱承受了落地时的冲击，所以安德在墙上撞得不算重。

"真棒。"安德说,"我们都该好好练练这些技巧。"

"我也是这么想的,问题是一飘出去以后就借不上力。"阿莱说,"要是咱们一起飞出去会怎么样?我们可以互相朝相反方向推对方。"

"没错。"

"没问题吗?"

说这话也就是承认他们之间在其他方面还大有问题。我们能一块儿做点什么吗?安德的回答是伸出手握住阿莱的手腕,准备发力冲出去。

"好了吗?"阿莱说,"走——"

两人发力冲出去时力度不一样,他们开始绕着对方打转。安德轻轻摆动了几下手臂和腿,他们慢了下来。他又再做了一次,旋转停止了,现在两人平稳地在空中飘浮着。

"脑瓜里货色不少嘛,安德。"阿莱说,这是一句相当高的称赞,"趁着咱们还没撞上那堆人,互相推一下吧。"

"然后我们在那个墙角会合。"安德不愿意失去阿莱这个通向敌人阵营的桥梁。

"后到的人罚他用牛奶瓶收集臭屁。"阿莱说。

稳稳地,慢慢地,两人移动着身体,伸展开四肢,直到变成面对面,手对手,膝顶膝地朝着对方。

"推的时候需不需弓起身子?"阿莱问。

"我跟你一样,以前也没做过。"安德说。

两人猛地一推对方。推力所产生的速度比预想的大。安德一头撞上一堆飘浮着的孩子,最后落到一堵他没想去的墙上。他花了一点时间调整方向,找到那个他要和阿莱会合的角落。阿莱正在飞向那里。安德选择了一条包括两次反弹的飞行路线,避开最大的一堆孩子。

安德到达那个角落时,阿莱已经把双臂搭在两个相邻的扶手上,挂在那儿装作打瞌睡。

"你赢了。"

"我想看看你收集的臭屁。"阿莱说。

"搁你柜子里了,你没发现?"

"我还以为是我的袜子臭呢。"

"我们已经不再穿袜子了。"

"哦,是呀。"两人想起来了,他们都已经远离故乡。这种情绪把掌握空中飞行技术带来的兴奋冲淡了些。

安德拔出手枪,对阿莱演示他琢磨出来的两个按钮的作用。

"要是你朝人射击,又会怎么样?"阿莱问。

"我不知道。"

"咱们来试试。"

安德摇摇头。"可能会伤着人的。"

"我是说,我们可以互相朝腿上或者别的地方开一枪。我不是伯纳德,不会折磨小猫取乐。"

"哦。"

"肯定不会太危险,不然他们不会把这种手枪发给小孩子。"

"可我们已经是士兵了。"

"朝我脚上开一枪。"

"不,你朝我开一枪。"

"我们还是对射吧。"

他们开枪了。安德顿时觉得太空服的裤腿变成硬邦邦的,膝盖和脚踝处无法弯曲,动弹不得。

"冻住了?"阿莱问。

"硬得跟块木板似的。"

"我们去冻住几个家伙。"阿莱说,"咱们第一次开仗,我们和他们打。"

两人乐得合不拢嘴。安德道:"最好叫上伯纳德。"

阿莱挑起半边眉毛。"哦?"

"还有沈。"

"那个扭屁股的小家伙?"

安德觉得阿莱是在开玩笑。"嘿,你要不是老夹紧屁眼,你也会扭起来的。"

阿莱笑了。"走,叫上伯纳德和沈,把这些喜欢虫子的家伙统统冻住。"

二十分钟后,除了安德、伯纳德、阿莱和沈之外,屋子里所有人都被冻住了。他们四个坐在一面墙上,高兴得又叫又闹,直到戴普走进来为止。

"看来你们已经学会如何使用你们的装备了。"他说,随即摆弄了一下手里的一个控制器,所有的人都开始慢慢向他站着的那堵墙飘了过来。他移动进被冻住的孩子中间,在他们每个人身上碰一下,解冻他们的太空服。大家吵成一团,埋怨伯纳德和阿莱趁他们还没准备好就攻击他们,未免太不公平。

"那你们为什么还没准备好?"戴普问,"你们领到装备的时间和他们一样长,像醉鸭一样学着扑腾的时间也一样!少给我哼哼唧唧,开始训练。"

安德注意到,大家都以为这场战斗是伯纳德和阿莱领的头。嗯,这没什么。伯纳德心里清楚,是安德和阿莱一起发现了使用手枪的方法,而且安德和阿莱成了朋友。别人可能会觉得安德加入了伯纳德一伙,但事实却并非如此。安德加入了一个新的圈子——阿莱的小圈子,伯纳德同样入了这一伙。

变化并不是人人都明白。伯纳德仍然扯着嗓门嚷嚷,指使他的亲信干这干那。但是阿莱现在却和每个孩子的关系都很好。有时伯纳德气呼呼地要发作,阿莱就会开个小玩笑,让他平静下来。选举新兵队长的时候,阿莱几乎以全票当选。伯纳德生了几天闷气后也就不了了之，每个人都接受了这种新格局。这个小队不再划分成伯纳德的小圈子和圈外的安德等人，阿莱就是跨越这两个阵营的桥梁。

安德坐在床上，把笔记本电脑摆在膝头上。现在是自习时间，安德可以自选游戏。这会儿他在玩一个千变万化、让人着迷的游戏。在这个游戏里，学校的电脑不停地创造出新东西，设置迷宫供你探索。如果你喜欢某个游戏，你可以返回去玩一阵子，要是你很久不来玩，它们就会消失，代之以新的游戏。

有时候游戏很有趣，有时候很有挑战性，必须反应敏捷才能活下来。安德死了好多条命，但这没什么，玩游戏就是这样，你得死好多次才能掌握窍门。

他扮演的角色出现在荧幕上。一开始是一个小男孩，过了一会儿变成一只熊，现在又变成了一只大老鼠，长着细长灵活的爪子。他控制着老鼠从一大排家具底下溜过去。他在这里和电脑控制的猫玩过好多次，现在已经觉得乏味：太容易躲闪了，他对所有家具的位置都了如指掌。

这次我不钻那个老鼠洞，他对自己说，我讨厌那儿那个巨人游戏，那个游戏混蛋透顶，我不可能赢，不管我的选择是什么都是错的。

但他还是钻过老鼠洞，然后越过花园上的小桥。他躲开鸭子和俯冲下来的蚊子——他在这儿和它们较量过，但是觉得太简单了。另外，如果和鸭子玩得太久，他就会变成一条鱼。他不喜欢变成鱼，这让他想起在战斗室里被冻住时的感觉，全身僵硬动弹不得，一直要等到训练结束戴普才会替他解冻。因此，与往常一样，他又踏上了攀登滚石山的路。

山崩开始了。刚开始玩的时候他总是失手，埋在一股股夸张地从山石下面涌出来的泥石流下。但是现在他已经学会了如何跳过斜坡，避开泥石流。有个诀窍，就是选高处落脚。

也同往常一样，山崩最终停止了，留下一堆堆杂乱的石块。山峰的表面迸裂，里面露出的却不是岩石，而是一大团蓬松的面包，像发面团似的不停向外膨胀，将外面的岩石撑碎，碎石不断溅落。面包又软又有弹性，他的角色移动得更慢了。安德从面包上往下一跳，落在一张餐桌上面。现在他身后是一座面包山，旁边是一块巨型黄油，那个巨人双手支着下巴盯着他。安德所扮演的角色大约只有巨人的下巴到眉毛那么高。

"我要把你的脑袋咬下来。"巨人像往常一样说。

这一次安德既没有拔腿逃跑，也没有一动不动站在原地，他操纵着自己的角色爬上巨人的脸，照着它的下巴踹了一脚。

巨人舌头向外一伸，安德掉到了地上。

"来猜个谜怎么样？"巨人说。这样看来，无论怎么对待巨人，游戏情节都不会改变。它只会玩猜谜游戏。电脑真蠢，明明储存着无数场景情节，可这个巨人却只玩得出一个蠢头蠢脑的傻游戏。

巨人还是老一套，拿出两个高齐安德膝盖的巨大的玻璃杯，放在面前的桌子上。跟往常一样，两个杯子里盛着不同的液体。在这一点上电脑倒是挺精明，就安德所知，每次的液体都不一样，从不重复。这一次，一个杯子里是浓浓的奶油一样的液体，另一杯则咝咝地冒着气泡。

"一杯是毒药，一杯不是。"巨人说，"猜对了，我就送你去仙境。"

猜的意思是把脑袋扎到玻璃杯里喝一口。安德从来没猜对过。有的时候他所扮演的角色的脑袋在液体里溶解，有的时候身体着了火，有的时候整个人掉进杯子淹死，有的时候掉到杯子外，浑身发绿，腐烂掉……每次都死得很惨，巨人则在一旁哈哈大笑。

安德知道，不管他选什么，结果都是一死。电脑在作弊。死第一条命的时候，他的角色会再次出现在巨人的餐桌上，可以再玩一次；死第二条命的时候，他就退回到山崩那里；下一次则退到花园上的小桥；再下一次退到老鼠洞。这时，如果他还要跑到巨人这里来，再试一次，死了之后，电脑屏幕会变黑，几个大字穿过屏幕——"自选游戏结束"。安德则会躺在床上，气得浑身哆嗦，直到睡着为止。这游戏根本就是一个骗局，可是巨人还说什么送你去仙境！三岁蠢小孩的仙境吧，鹅妈妈、彼得·潘一类人物都在那种地方，根本不值得进去看。但他还是下定决心，一定要找到打败巨人的办法，上那个什么仙境看看去。

他的角色喝下了那杯奶油色的液体，身体立刻膨胀起来，像个气球一样向上升起。巨人在狂笑。安德的角色又死了。

他又试了一次，这次的液体像水泥一样凝固了，把他的脑袋卡在里面。巨人顺着脊椎把他剖开，像收拾鱼一样剔掉他的骨头。他不停地挣扎，舞动踢蹬着四肢，活生生地被巨人吃掉了。

安德在山崩那个场景复活。他决定不再玩下去了，故意让泥石流将他埋住。这时他已经玩得大汗淋漓，万念俱灰，可用下一条命时他仍然再一次跳上滚石山，直到它变成面包，然后站在巨人的餐桌上，面对盛着液体的两个杯子。

他注视着这两杯液体，有一杯冒着气泡，另一杯像大海一样泛着波涛。他猜想着它们各自会带来什么样的死亡方式。也许那像大海一样的杯子里会冒出一条大鱼，把我吞下去。那杯冒泡的液体可能会使我窒息。我恨这个游戏。一点也不公平，既愚蠢又丑恶。安德想。

他没有把自己的头扎进其中一只水杯，而是一脚踢翻一只杯子，接着又踢翻了另一只。巨人大喊："你作弊，作弊！"伸出大手向他抓来。安德躲开了，他跳到巨人脸上，吃力地爬上巨人的嘴唇和鼻子，然后向着巨人的眼睛里挖下去，一坨坨像新鲜奶酪一样的东西被他挖了出来。在巨人的惨叫中，安德的角色钻进他的眼睛里，不断往里钻，越钻越深。

巨人向后倒去，周围场景随之变化。当巨人最终倒在地面时，四周长出了繁茂的花树。一只蝙蝠飞过来，落在死去的巨人的鼻子上。安德操纵着自己的角色从巨人眼睛里钻出来。

"你是怎么到这儿来的?"蝙蝠问,"从来没有人来过这里。"

当然,安德无法回答它。于是他的手向下伸,捧起一把从巨人眼睛里刨出来的东西,交给了蝙蝠。

蝙蝠接过那些东西,一边飞走一边在空中叫着:"欢迎来到仙境。"

他成功了。他应该去探索这个场景。现在他应该爬下巨人的头颅,看看自己的成果。

他没有这么做。安德退出游戏,把电脑放回柜子,脱掉衣服,拉过毯子把自己蒙了个严严实实。他没有杀掉巨人的意思。这应该是一场游戏,而不是在可怕的死亡与更可怕的杀戮之间作出选择。我是个杀人狂,即便在玩游戏的时候我也是一个杀人狂。彼得一定会为我感到骄傲的。

CHAPTER 07

火蜥蜴战队

"安德做到了别人做不到的事,真是个好消息。"

"玩家的死亡总是令人沮丧的。我常想,'巨人的饮料'那个环节是整个心理游戏中最变态的部分。但他竟然挖巨人的眼睛!像这样的人,我们真应该让他指挥舰队?"

"他赢了没人能赢的游戏,这才是最重要的。"

"我想现在你要让他进入下一阶段了吧?"

"让他留在新兵队是为了观察他怎么处理和伯纳德的关系,他做得非常好。"

"也就是说,只要他熬过一个困境,你立即就要给他设置另一个更加难熬的困境。他有喘气的时间吗?"

"他还会和新兵队里的伙伴待上一两个月,或许三个月。对孩子来说这段时间已经相当长了。"

"你想过没有,这些孩子已经不像小孩子了?我观察过他们做的事、说的话,一点也不像小孩。"

"他们是世界上最有才华的孩子,每个人都有自己的过人之处。"

"但是总应该有点小孩样。他们这样太不正常了,他们的表现就像——历史上的大人物——拿破仑、威灵顿、恺撒、布鲁图斯等等。"

"我们是在拯救世界，不是在治愈心灵的创伤。你的同情心也太泛滥了。"

"列维将军是不会怜悯任何人的，瞧瞧他的录像资料就知道了。不过，别伤害这孩子。"

"你是开玩笑吗？"

"我的意思是，适度伤害，不要毫无必要地伤害他。"

晚餐时阿莱坐在安德对面。"我终于明白了你是怎么用伯纳德的名字发送信息的。"

"我？"安德问。

"得了吧，还能有谁？肯定不是伯纳德自己，也不会是沈，他对电脑不怎么上手。我自己知道不是我，剩下的还能有谁？算了，我已经弄明白怎样创建假的学员账号了，你建立一个名为'伯纳德'加空格的学员账号，伯—纳—德—空格，所以电脑没有把这个账号当作重复的账号删除。"

"听上去好像行得通。"安德说。

"行了行了，行得通。关键是，你竟然头一天就能这样做了。"

"你怎么没想到或许是别人做的呢？也可能是戴普，说不定他想打击伯纳德的霸道行为。"

"我还发现了一件怪事，这一手用你的名字不管用。"

"噢？"

"只要用跟安德沾边的名字注册，都会被系统踢出来，我根本进不了你的文件。你一定设置了自己的安全系统。"

"或许吧。"

阿莱咧嘴一笑。"我刚刚进系统破坏了一个家伙的文件。他在我之后也破解了这个系统。能破解系统的人越来越多了,我需要自我保护,安德,我需要你编的安全系统。"

"如果我把自己的安全系统给了你,你就会知道我是怎么做的,你会把我的文件也破坏掉的。"

"你说我?"阿莱问,"我?你最好的朋友!"

安德笑了。"我帮你装一个。"

"现在?"

"能让我吃完再去吗?"

"学校的饭你从来没吃完过。"

这倒是真的,每次晚餐结束时,安德盘子里总有剩下的食物。安德看看自己的盘子,决定还是不吃了。"我们走吧。"

两人回到宿舍,安德在自己床边坐下说:"把你的电脑拿过来,我做给你看。"但阿莱把电脑拿过来后,发现安德还坐在那里,他的柜子也没有打开。

"怎么了?"阿莱问。

安德没有回答,只把手掌按在他的柜子上。柜门没有打开,面上的屏幕显示"非法登录"。

"有人踩到你头上了。"阿莱说,"给了你劈面一耳光。"

"你现在还想要我的安全系统吗?"安德站了起来,从床头走开。

"安德。"阿莱喊了一声。

安德转过身,看到阿莱手里抓着一张小纸片。

"是什么?"

阿莱抬头看着他,说:"你还没看到?它放在你的床上。你刚才一定坐在它上面了。"

安德接过纸片。

上面写着:

安德·维京
分配到火蜥蜴战队
战队长邦佐·马利德
立即生效
颜色代码：绿绿棕
不携带个人物品

"你确实挺机灵，安德，可你在战斗训练室的表现不比我强。"

安德摇摇头。居然在这个时刻晋级，这是他能想到的最最愚蠢的事。从来没有人在八岁以前晋级，安德还不到七岁，而且一个新兵队总是一块儿晋级的，大多数战队同时再接收一名新兵。除他之外，别人床上都没有晋级指令。

事情刚刚顺利起来，伯纳德刚刚开始能和甚至包括安德在内的其他人和睦相处，安德刚刚交到阿莱这个真正的朋友，他的生活刚刚开始像个样子。

安德伸手把阿莱从床上拉起来。

"不管怎么说，火蜥蜴战队可是个人人争着去的地方。"阿莱说。

这个时候调动实在太不公平了。安德气极了，泪水在眼睛里打转。不能哭出来，他对自己说。

阿莱看见了安德的泪水，他人很好，没有说出来。"他们都是混蛋，安德，连你自己的东西都不让带走。"

安德笑了笑，到底没哭出来。"干脆我脱个精光，一丝不挂去报到，怎么样？"

阿莱也笑了。

一阵冲动之下，安德紧紧拥抱了阿莱，仿佛他就是华伦蒂，安德甚至想起了华伦蒂。真想回家啊。"我真的不想去。"他说。

阿莱也紧紧回抱着他。"我理解他们的做法,安德。你的确是我们中最出色的,或许他们想让你尽快学会所有东西。"

"去他的所有东西。"安德说,"我想知道的是有个真正的朋友是什么滋味。"

阿莱严肃地点点头。"你永远是我的朋友,永远是我最好的朋友。"他说,然后笑道:"去吧,把臭虫子剁个粉碎!"

"没问题。"安德也笑着说。

突然间,阿莱在安德脸颊上亲了一下,在他耳边轻声道:"赛俩目①"。随即红着脸转身回到自己在宿舍后头的铺位。安德猜想,那个亲吻和祝福可能是某种禁忌,也许源自某种被压制的宗教信仰,也可能那句祝福的话对于阿莱有着特殊的含义。不管它对阿莱意味着什么,安德知道这句话是神圣的,意味着阿莱把安德当成毫无保留的好朋友。安德很小的时候,还在政府将监视器装在他脖子上之前,妈妈也曾这样对他。那时她会把手放在他的手上,为他祈祷。她以为他睡着了,其实他没有。妈妈在没有一个人知道的情况下显示了对他的爱。安德从来没有对别人说过这件事,甚至没对妈妈说。他把这当作神圣的记忆,知道了妈妈是非常爱他的。阿莱刚才也给了他这种感觉,这份祝福是如此神圣,阿莱甚至不能让安德知道它的含义。

之后他们再也没有说话,阿莱上了床,转过身看了看安德。两人只对视了一瞬,兄弟般心意相通的一瞬。然后安德就离开了。

学校的这个区域不会出现"绿绿棕"的指示灯,只有公共区域才能看到。其他人快吃完晚餐了,他不想这时去食堂。游戏室现在应该没人。

---

① 伊斯兰教祝福语。

现在，游戏室里已经没有哪个游戏可以吸引他，于是他来到游戏室后面空着的那排公用电脑旁，登录进入，继续玩自己的独门游戏，"巨人的饮料"。他很快来到仙境，现在那个巨人已经死了。他小心地爬下桌子，跳到被巨人碰翻的椅子脚上，再跳到地面上。过了一会儿，一群老鼠跑来咬巨人的尸体，但安德从巨人破烂的衣服上拔下一根别针，杀死了一只老鼠，之后它们就销声匿迹了。

巨人的尸体已经腐烂了，食腐动物啃掉了能啃掉的部分，蛆虫掏空了它的脏腑。现在它已经成了一具干瘪的木乃伊，龇牙咧嘴好像在笑，眼部只剩下两个洞，手指蜷曲着。安德不禁想起这个恶毒狡猾的巨人还活着的时候，自己是如何挖进它眼睛的。虽然安德现在仍然觉得愤怒、灰心，但他还是暗暗希望再来一次。不过现在巨人已经成了场景的一部分，不能再对它发泄怒气了。

安德以前总是通过那座桥去"皇后之心"城堡，那里有很多适合他玩的游戏，但现在它们已经吸引不了他了。他从巨人尸体旁走过，沿着小溪溯流而上，来到一座森林。那里有一块操场，里面有滑梯、平梯、跷跷板、旋转木马，十多个孩子笑着闹着玩着。安德走了过去，发现自己在游戏里的角色变成了一个小孩，通常情况下他的角色都是大人。而且，现在他的角色比其他孩子还小。

他排进等着玩滑梯的队里，其他孩子没理他。他爬上滑梯顶，看着前面的男孩沿滑梯旋转着滑落到地面。他坐下来准备滑下去。

还没滑多久，安德突然从滑梯上栽了下来，摔在地上。滑梯不载他。

他也玩不了平梯。他沿着栏杆一级级地往上爬，但某一根栏杆会突然变成幻影，让他掉下来；玩跷跷板时，只要他升高到顶点，就会莫名其妙地摔下来；还有旋转木马，转速一快，他抓的扶手便会突然化为乌有，安德随即被离心力甩飞出去。

最可恨的是其他孩子都笑成一片，笑声真刺耳，真讨厌。他们围着他，指指点点取笑他，直等笑够了才回去接着玩他们的。

安德很想揍他们，把他们扔进小溪。但他没有，而是走进森林。他发现了一条小径。小径很快变成了一条用古旧的石砖铺成的路，杂草丛生，阴森黑暗，但是还能走人。路的两旁有些指示，可能指向别的游戏，但安德没有理会，他想瞧瞧这条路到底通向哪儿。

路的尽头是一片空地，中间有一口井，井边还有块牌子，写着"喝水，旅行者"。安德走上前，看看这口井。正在这时，四周传来一阵咆哮声，树丛中冲出十多头长着人脸的狼。安德认出它们就是刚才在操场里玩耍的小孩，现在却长出了能把人撕碎的獠牙。手无寸铁的安德很快就被大卸八块。

像往常一样，同一地点出现了他的第二条命。这次安德想钻进井里，但仍然被狼群吃掉了。

第三条命出现了，但这次是在操场上。那些孩子又在嘲笑他。随你们笑吧，安德想，我知道你们是什么东西。他推开一个女孩，她愤怒地追赶他。安德将她引上滑梯。他理所当然地掉了下去，那个女孩追得太紧，也跟着掉了下去。摔到地面时她变成了一头狼，瘫在地上，不知是死了还是昏了。

安德一个接一个将他们全部诱进陷阱，但没等他结果最后一个孩子，狼群开始苏醒了，而且没有再变回小孩。安德再一次被撕成碎片。

安德气得发抖，全身大汗淋漓。这时他发现自己的角色在巨人的桌子上复活了。我应该退出游戏了，他对自己说，应该去新的战队报到。

但他还是控制着角色跳下桌子，走过巨人的尸体来到操场。

这一次，那些孩子一掉到地上就变成恶狼，安德立刻把它们拖到溪边扔进水里。溪水好像是酸性的，每当他把一头狼扔进去，水里都会发出呲呲的响声。狼在水里溶解了，升起一股黑烟飘在空中。那些小孩后来开始两三个人一组追赶他，但也不难收拾。最后安德发现空地上的狼已经被他全部干掉了,他拉着吊桶的绳子爬进井里。

井底通向一个黑乎乎的地洞,但他能看见里面有一堆堆珠宝。他从旁边通过,注意到身后有一双双眼睛在珠宝中间闪闪发光。前方出现了一张放满食物的桌子,他仍旧没有理会。他走过吊在地洞顶上的一组笼子,每个笼子里都装着一些奇特的、看上去很友善的动物。过一会儿再和你们玩,安德想。最后,他来到一扇门前,门上写着几个翠绿色的字:世界尽头。

他没有迟疑,推开门走了进去。

他站在一个小小的平台上,平台凸起在一座悬崖上,下面是或明或暗的绿色森林,绿色中夹杂着些许秋天的金黄,间或点缀着一片片空地,上面是耕地和小村庄,远处山坡上还有一座城堡。白云在他脚下飘过。在他头顶,天空就是这个巨型洞穴的顶部,亮晶晶的水晶在明亮的钟乳石上闪烁着。

门在他身后关上了。安德仔细研究着这个场景。真是太美了,美得让他不再像以往一样留意如何保存自己的性命。在这一刻,他不再关心这个地方可能会发生什么事情,他已经找到了它,能够看着它就是最大的奖赏。于是,他没考虑后果,不顾一切地从平台上跃了出去。

他一头栽向下面翻滚的急流和险峻的岩石。就在他下坠时,一朵云飘到他的脚下,将他托了起来,载着他飞向远处,把他带上城堡的高塔,托着他穿过一扇打开的窗户,把他放在一间屋子里,然后飘走了。这间屋子没有门,地上没有,天花板上也没有。从唯一的窗子望出去,外面高得吓人。

刚才他毫不迟疑便从悬崖上跳了下去,现在却犹豫起来。

忽然,火炉边一块小地毯自动拆了开来,变成一条细长的毒蛇,露出邪恶的毒牙。

"我是你唯一的解脱。"它说,"死亡就是你唯一的解脱。"

安德朝屋子四周望了望，想找一件武器。正在这时，屏幕突然变黑，一行字在显示屏边缘闪烁着：

　　立刻向战队长报到，你迟到了。——绿绿棕

安德恼火地关掉电脑，走到信号墙边，找到那三种颜色的带状指示灯。他碰了一下指示灯，然后沿着它标出的路线前进。暗绿、明绿和棕色的指示灯让他想起游戏里那个早秋时节的王国。我一定要再去一次，他对自己说。那条毒蛇是个威胁，我可以从塔里跳出去，在下面找一条出路。那个地方叫"世界尽头"，或许因为那里就是游戏的尽头，我可以随便走进一个村庄，变成一个小孩子在那里玩耍，不需要杀死谁，也没有什么东西要来杀死我，只管在村庄里简简单单生活就行。

尽管他这么想，却无论如何也想象不出"简简单单生活"是什么样子。这辈子他还从来没有简简单单生活过哩。他很想试一试。

战队比新兵小队人多，宿舍也大得多。这里的营房狭长，两边摆着床铺。由于实在太长了，甚至可以看出宿舍尽头的地板向上弯曲，呈现出一个弧度——战斗学校是一个轮状结构，它的各部分自然也有弧度，只不过房间小的话就看不出来。

安德站在门口，几个在门边的孩子扫了他一眼。这些孩子都是高年级学员，好像没看见他似的，靠在铺位上继续着他们的谈话。谈论的内容都是战斗，大孩子们都这样。他们的个子全都比安德大得多，十岁、十一岁的孩子比他高出一大截，连最小的也有八岁，而安德即使在同龄孩子中也是小个子。

他想看出哪个孩子是战队长，但他们大部分都没穿全副制服，着装介于战斗服和所谓的睡眠制服——丝不挂——之间。很多人开着电脑，但只有少数人在学习。

安德走进宿舍，所有人的视线都集中到他身上。

"你想干什么？"门边上铺的一个男孩朝他喝道，他是这些人中个子最大的。安德刚才就注意到了这个年轻的巨人，他唇边已经长出了稀稀拉拉的胡子，算得上半个大人了。"你不是火蜥蜴队员。"巨人继续说。

"我是来入队的。"安德说，"绿绿棕，对吗？我是新分来的。"他把调令展开给那个孩子看，很明显他的职责是门卫。

那个门卫伸手想接过来，安德却缩回了手。"我奉命把它交给波让·马利德。"

另一个孩子走了过来，个子小些，但还是比安德高得多。"不是波让，笨蛋，是邦佐。这是西班牙语，邦佐·马利德。"

"你一定是邦佐啰？"安德问，这次他的发音很准。

"不，我只是个天才语言学家，佩查·阿卡莉，火蜥蜴战队唯一的女孩儿，但比这儿的任何人都更有种。"

"佩查妈妈在放屁。"一个男孩喊道，"她放屁，她放屁。"

另一个人和着他一块儿嚷嚷起来："屁话，屁话，屁话！"

许多人笑起来。

"告诉你一个秘密，"佩查说，"如果他们把一个王八蛋送到战斗学校，他脸上准贴着绿绿棕三种颜色。"

安德绝望了。他本来就没什么优势：缺乏训练，个子小，没有经验，而且过早晋级肯定会遭嫉恨。可现在，阴差阳错，他又交错了朋友，一个被火蜥蜴战队排挤的女孩。她刚才已经让其他人留下了她和他是一伙的印象。这一天过得可真不赖。安德看着四周嘲弄的笑脸，恍惚间觉得他们身上好像长出了长毛，正伸出长长的獠牙，想把他撕成碎片。这地方只有我一个属于人类吗？这些猛兽都在等着吃掉我吗？

这时他想起了阿莱。在每一个战队里，至少会有一个人值得交朋友。

突然，笑声停止了，整间宿舍静了下来，虽然没有人命令大家安静。安德转向门口，一个男孩站在那里，高瘦的个子，一双漂亮的黑眼睛，嘴唇细薄，显得非常文雅。我愿意追随这样出色的榜样，安德内心深处有个声音叫道。

"你是谁？"那个男孩平静地问。

"安德·维京，长官。"安德说，"从新兵队分配到火蜥蜴战队。"他拿出调令。

那个男孩接过调令，动作干脆利落。"你几岁，安德？"他问。

"差不多七岁。"

他仍然保持着平静说："我问你几岁，不是问你差不多几岁。"

"六岁零九个月，加十二天。"

"在战斗室训练过多久？"

"几个月，我希望接受进一步训练。"

"受过战术训练吗？参加过战斗小组吗？协同作战的训练呢？"

这些东西安德连听都没听说过。他摇摇头。

马利德注视着他。"我明白了。你很快就会知道，这个学校的教官，特别是主管模拟战斗的安德森少校，喜欢玩弄诡计。火蜥蜴战队刚刚摆脱默默无闻的不体面处境，我们在上二十场比赛中赢了十二场，打败了毒蝎战队、野鼠战队和猎犬战队，就要在比赛中获得领先位置。所以，他们就把你这样一个毫无用处、未经训练、头脑简单的小东西弄过来给我。"

佩查小声说："他很不高兴见到你。"

"闭嘴，阿卡莉！"马利德说，"把这个家伙弄给我们是一个考验。不管教官给我们设置什么障碍，我们都是战无不胜的——"

"火蜥蜴！"士兵们齐声大喊。安德一下子明白了。他们正在进行一种仪式，这是不断持续训练的结果。马利德并不是想伤害他，他只是想控制住这一次意外事件,并利用它加强自己对战队的领导。

"我们是烈火,将把对手烧成灰烬,我们每个人都是一团火焰,我们聚在一起——就是熊熊烈火。"

"火蜥蜴!"他们再次高呼。

"即使这个小家伙也无法削弱我们的力量。"

在这一刻,安德心中燃起了一点希望。"我会努力学习,尽快掌握作战技巧的。"他说。

"我没有允许你说话,"马利德回答说,"我打算一有可能就立刻把你换走。为这个,我可能不得不搭上一个有价值的士兵,但你实在太小了,比毫无用处还差劲,只会在每场战斗中害我们多一个人被冰冻,你就只有这个本事。而我们现在的处境则是,多一个被冰冻的士兵,情况都会大不一样。我不是针对你,安德,但我相信,要受训练,你大可以去糟蹋其他战队。"

"他会全心投入的。"佩查说。

马利德走近她身旁,反手一掌掴在她脸上。声音不大,因为打中她的只是指尖,但她的脸上出现了四条红印,被指甲划过的地方留下了一丝血珠。

"以下就是我给你下达的命令,安德。我希望这是我最后一次和你说话。我们在战斗室训练的时候你不能参加,当然,你要露面,但你不属于任何一个战斗小组,也不能参与行动。如果我们和别人打比赛,你要像其他人一样快速穿上战斗服,在比赛场地门口集合,但在比赛开始之后的四分钟内,你不能迈进大门一步。然后你得一直待在门口,不许拔出武器,不许开火,直到比赛结束。"

安德点点头,这样他等于是个废物。他期待着快点被交换走。

他注意到一旁的佩查没有因为疼痛哭叫,也没有摸自己的脸,尽管脸上渗出了血珠,沿着腮边一直流到下颚。就算她是队里的异类,但既然邦佐·马利德不会和他做朋友,因此,不管怎么样,和佩查交个朋友倒也不错。

他的铺位在宿舍最里面,是个上铺,躺在床上无法看见门口,天花板的曲度挡住了他的视线。他周围的学员都是一脸疲态,神情沮丧。住在这儿的是最不受重视的队员。他们没有对安德说一句欢迎的话。

安德试着把手放在分给自己的柜子上打开它,但它却毫无反应。他这才意识到柜子没有上锁,四个柜子上都带有拉环,一拉就开。现在他来到了真正的军营,不再拥有个人隐私。

柜子里有一套制服,颜色不是新兵队那种没什么特点的绿色,而是火蜥蜴战队橘红镶边的暗绿军服。穿上不合身,可能他们从来没有为这么小年龄的孩子准备服装吧。

他正要脱下制服,见佩查穿过过道朝他的铺位走来。他从床上滑下来迎接她。

"随便点儿,"她说,"我不是军官。"

"你是战斗小组组长,对吗?"

旁边有人窃笑。

"你怎么会这么想,安德?"

"你的床位在宿舍前端。"

"我睡在前面是因为我是火蜥蜴战队最好的神枪手,还因为马利德害怕没有小组长盯着我,我会聚众推翻他的领导,好像凭这些家伙也能闹腾出什么名堂似的。"她指着在附近铺位那些垂头丧气的学员说。

她到底想怎么样?让事情变得更糟?"人人都比我强。"安德说,以此表明自己并不认同她对附近铺位学员的蔑视。

"我是个女孩,"她说,"而你是个只有六岁大的小笨蛋。咱们的共同点不少嘛,交个朋友吧。"

"我不会帮你做作业的。"安德说。

这是句玩笑,她过了一会儿才反应过来。"哈,"她说,"这里就像真正的军队一样,战队里学的东西和新兵小队学的完全不同,有历史、战略和战术、虫族生态学、数学和飞行理论,所有成为飞行员或指挥官需要掌握的知识都要学,你会慢慢了解的。"

"这么说,你是我的朋友了。那我有什么好处吗?"安德问,学着她满不在乎的口气。

"邦佐不会让你参加实战,只会让你带着电脑到战斗室里学习。从某个方面看,他是对的,不想让一个完全未受过训练的小家伙弄砸了他精心策划的战术。"她拖腔拖调地装出粗俗的口音说:"邦佐,啧啧,做事准啊,细啊,朝盘子里撒尿也不会溅出来。"

安德咧开嘴笑了。

"战斗训练室整天都开着,如果你愿意的话,他们休息的时候我带你去,教你些东西。我不是个了不起的士兵,可是还过得去,懂的至少比你多。"

"好的,随你安排。"安德说。

"明天早饭后开始。"

"如果战斗室有人用怎么办?在新兵队里,我们总是一吃完早饭就直奔战斗室。"

"没问题,总共有九间战斗训练室呢。"

"我怎么从来没听说过。"

"所有战斗训练室全都共用一个入口。战斗学校的正中心,也是这个环形空间站的轴心部位,就是战斗室。它们不随空间站的其他部分一起旋转。正因为不动,所以才会保持零重力状态。不旋转,也没有上下之分。他们是这样设置的,战斗室正对我们大家的公用走廊。一旦有人进去,他们就把这间战斗室移到一边,将另一间移到入口位置上。"

"哦。"

"说定了,明天早饭后。"

"好。"安德说。

她转身准备离开。

"佩查。"安德叫道。

她转过身来。

"谢谢。"

她没有说话,转身沿着过道走了。

安德爬上自己的铺位,脱下制服,光着身子躺在床上摆弄自己的电脑,想看看教官们有没有在他的安全系统上搞花样。他们搞了,清除了安德自己创建的安全系统。在这里没有任何东西属于他自己,甚至包括他的电脑。

灯光暗了一点儿,睡觉时间快到了。安德不知道自己的战队用哪间盥洗室。

"出门左转。"旁边一个男孩说,"我们和野鼠、秃鹰、松鼠战队共用一间盥洗室。"

安德谢过他,准备去盥洗室。

"喂,"那个男孩说,"不能就这样走出去。任何时间走出这间房子都必须穿上制服。"

"去盥洗室也要吗?"

"特别是去盥洗室。还有,不能和其他战队队员说话,在食堂和盥洗室都不行。游戏室里有时候可以偷偷说几句,教官让你这样做的时候也可以。不过别让邦佐逮住,让他抓住你就完了。懂吗?"

"谢谢。"

"还有,如果你在佩查面前光着身子,邦佐不会饶了你。"

"可我进来的时候她没穿衣服啊。"

"她想怎么做就怎么做,但你必须穿好衣服。这是邦佐的命令。"

这太愚蠢了，佩查这个年龄看上去跟男孩没什么区别，这是个愚蠢的规定。这条规定将她和其他人隔开，让她显得跟大家不一样，破坏了战队的团结。真笨，太笨了！居然定下这种规定，马利德是怎么当上战队长的？阿莱当队长肯定比邦佐强，他知道如何将一个集体团结在一起。

我也懂得如何将一个集体团结起来，安德想，或许哪一天我也会成为战队长。

在盥洗室洗手时，有人看着他说："咦，怎么有个婴儿穿着火蜥蜴战队的制服？"

安德擦干手，没有回答。

"嘿，看看！火蜥蜴战队来了个婴儿！他从我裤裆下面走过都碰不着我的卵子。"

"那是因为你根本没长卵子，丁克。"有人回答说。

安德离开时，他听到有人说："他是安德·维京，知道吗，就是那个在游戏室里自作聪明的小王八蛋。"

他微笑着沿走廊回到宿舍。他是个小不点儿，但他们知道他的大名。当然，他们是从游戏室里知道的，所以没多大意思。等着瞧吧，他会成为一名出色的军人。用不了多久，所有人都会知道他的名头，也许不是从火蜥蜴战队挣出名气，但是，时间不会太长。

佩查在通向战斗室的走廊里等着他。"等会儿，"她对安德说，"狡兔战队刚刚进去，下一间战斗室要等几分钟才能转过来。"

安德在她身边坐下。"我还有个关于战斗室的问题，"他说，"为什么战斗室外面的走廊里有重力，在里面却没有？"

佩查闭上眼睛。"你还想知道如果战斗室是零重力的话，它和走廊对接时会发生什么情况？还有为什么它不和学校一起旋转？对吗？"

安德点点头。

"这是机密，"佩查压低嗓门道，"不要瞎打听这些事。上一个打听这类事的学员发生了可怕的事故，有人发现他被倒吊在盥洗室的天花板上，脑袋被塞进了马桶。"

她当然是开玩笑，但话里的意思很明白。"这么说我不是第一个问这些问题的人喽？"

"你要记住，小孩子，"她说小孩子的时候很友善，一点儿也没有蔑视的意思，"他们只告诉你必要的信息，除此之外一概不说。但每个有脑子的学员都知道，从马泽·雷汉和他的无敌舰队之后，我们的科技已经有了很大进展。现在我们显然可以控制重力作用，使它产生或消失，或改变方向，甚至产生反射——我想过，凭着飞船上的重力武器和重力引擎，我们可以玩出不少绝妙的花样。想想看，只要控制了重力，飞船可以接近行星进行机动，还可以反射行星重力，从不同角度将反射重力集中到一个小区域，能把行星崩掉好大一块。但他们根本不告诉我们这些。"

安德理解的比她说的还多。不教我们怎样操纵重力是其中之一，还有，教官们肯定对我们隐瞒了更多的事情。最重要的信息是：大人才是我们的敌人，而不是其他战队。他们从不告诉我们真相。

"来吧，小孩子，"她说，"战斗室准备好了。佩查的手坚如磐石，敌人远遁，如箭如矢。"她咯咯地笑着说："诗人佩查，他们都这么叫我。"

"他们还说你疯疯癫癫的。"

"你最好相信，小笨蛋。"她口袋里装了十个目标球。安德一手扶着她，一手扶着墙壁，帮助她保持稳定。佩查用力将球扔向各个方向。在零重力下，目标球四面八方乱飞乱撞，弹过去弹过来。"放开我。"佩查说。她用力一蹬，飘到空中，故意旋转着身体，然后手臂麻利地挥几下便稳住身体。她掏出枪，开始仔细瞄准一个个目标球。每打中一个，发白光的目标球便会转成红色。安德知道颜色变换只会维持不到两分钟。佩查击中最后一个球时，只有一个重新变回了白色。

这时，她准确地在墙壁上一弹，高速飞向安德。他抓住了她，让她减缓冲击力。这是新兵小队教授的第一批技巧之一。

"你可真棒。"他说。

"没人枪法比我强，你要学的就是射击技巧。"

佩查教他伸直手臂，沿着整个手臂瞄准。"射线落点是一个两厘米周长的光斑。有一件事大部分学员都没有意识到：目标越远，稳住武器以稳定射线的时间就越长。虽然只是十分之一秒和二分之一秒的差别，但在战斗中这段时间可不算短。很多士兵在本来可以命中时觉得不会打中，所以过早移动了。不能像使剑一样用激光枪，砍呀杀呀把别人一劈两半。你得瞄准。"

她用回收器吸回目标球，然后一个接一个将它们轻轻扔出去。安德向它们射击，一个也没打中。

"很好，"她说，"你没有养成坏习惯。"

"也没养成好习惯。"他说。

"好习惯我会教给你。"

他们第一天早上没有做太多练习，大部分时间都在讨论，分析瞄准时应该考虑哪些方面。你得同时考虑敌人和你自己的移动速度；得将手臂伸直，以身体为瞄准基准，这样一旦手臂被击中冻住，你仍然能够继续射击；必须了解枪支的扳机扳到什么位置才能发射，战斗中才能紧扣扳机，扣到即将发射的位置，每次开火时就不用长程扣下扳机，可以节约宝贵的几分之一秒时间；身体放松，不要紧绷绷的，绷得太紧会发抖……

这是安德当天唯一的练习。在下午的战队训练时，邦佐吩咐安德带上电脑坐在屋子一角做功课。按照规定，邦佐不能禁止队员进入战斗室，但没有规定他一定要让所有队员都参加训练。

安德却没在做功课，虽然无法和其他士兵一样训练，但他可以学习邦佐的战术。火蜥蜴战队分成四个标准的战斗小组，每组十人。各战队长的编组方法不同,有的人将最好的士兵全部编入A组,D组则全由最差士兵组成。邦佐采取的是混合编组的方法,每个战斗小组里既有能力强的也有能力差的。

B组只有九名士兵,安德想知道是谁被调走了才腾出他的位置。他很快便看出来了,B组组长是个新手,难怪邦佐对他如此厌恶——他损失了一个组长,换来的却是安德。

另一件事邦佐也猜对了:安德根本没有受过训练。

战队的训练时间都用在练习战术动作上。彼此看不见的各战斗小组演练通过精确安排时间互相配合和互相掩护,在不打乱战斗队形的前提下突然掉转突击方向。种种技巧,所有士兵们视为理所当然的东西,安德却一无所知:如何准确定位,轻巧着陆,降低着陆反冲力;被冰冻的士兵漫无目的地在空中飘荡,如何利用他们调整飞行路线;如何在空中翻转、旋转、躲避。还有一种技巧非常困难,但极有价值,即沿着墙壁滑动,这样敌人就无法从后面袭击你。

虽然安德懂得不多,但也看出了一些需要改进的地方。他觉得经过反复演练的固定编队是个错误。它虽然能使士兵迅速执行指挥官喊叫着下达的命令,但与此同时,己方的战术意图也很容易被敌人猜出。另外,每个士兵能发挥的主动性太少了。形成编队后,士兵们只能跟上编队,没有调整的余地,对敌人可能针对己方队形采取的行动无法作出及时反应。安德从敌方指挥官的角度研究邦佐的战斗队形,留心发现击破队形的手段。

晚上自由活动时间,安德请佩查和他一起练习。

"不行,"她说,"我想以后当上战队长,所以必须去游戏室练习。"

这里流传着一个说法,说教官会监视他们打游戏时的表现,记下谁有成为指挥员的潜质。但安德很怀疑这种说法,当上战斗小组组长后表现指挥能力的机会更多,远比打游戏强。

他没有和佩查争论，她能陪他在早饭后练习已经很慷慨了。但他还是想多练习，问题是除了一些基本技巧外，高级战术动作只靠一个人练不了，大部分高级技巧都需要一个伙伴或者整整一个小组一起训练，如果有阿莱或沈一块儿练习就好了。

对呀，为什么不和他们一块儿练呢？他从来没听说过战队队员和新兵一起训练的事，但也没有规定说不行呀，只是没人这样做过罢了。人人都瞧不起新兵。唔，话又说回来，反正大家仍旧把安德当新兵看。他需要有人陪他训练。作为回报，他可以帮助他们学习一些高年级学员的战斗技巧。这不是两全其美吗？

"嘿，我们的战斗英雄回来了！"伯纳德喊道。安德站在他的旧宿舍门口，他只不过离开了一天，但现在它看上去已经像是个陌生的地方了。新兵小队的伙伴好像都不认识他了似的。他差点想转身离开。等等，这里还有阿莱，他们的友谊是神圣的，阿莱是不会忘记他的。

安德没有隐瞒他在火蜥蜴战队受到的歧视。"他们是对的，对他们来说我的用处活像太空服里的鼻涕。"阿莱大笑起来，其他新兵也围了过来。安德提出了他的建议：每天自由活动时间，在战斗室吃大苦流大汗，安德负责指导他们。他们会学到安德看到的战队的作战技能，而他则得到提高战斗技巧的练习机会。"咱们可以一起进步。"

许多人都想参加。"没问题，"安德说，"想参加的就好好干，瞎胡闹的话就滚蛋，我浪费不起时间。"

他们没有浪费一点时间。安德使出吃奶的力气描述他看到的东西，尽一切努力设法模仿。到自由活动时间结束的时候，大家都觉得颇有收获。人人都非常疲惫，但大伙儿都掌握了一些战术诀窍。

"你去哪儿了？"邦佐问。

安德笔直地站在战队长铺位前。"我在战斗室里练习。"

"我听说你弄了些新兵队里的老朋友一块儿练习。"

"我没办法独自训练。"

"我不想让火蜥蜴战队的任何人和新兵队的小家伙混在一起。你现在是个战队队员了。"

安德默不作声。

"听到我说的话了,安德?"

"听到了,长官。"

"不准再和那些小东西一起训练。"

"我能和你单独谈谈吗?"安德问。

按照规定,这种要求战队长不能拒绝。邦佐一脸怒容,领着安德来到走廊。"听着,维京,我不想要你,我正在想方设法甩掉你。只要你胆敢给我惹麻烦,我非把你在墙上钉死不可。"

安德想,优秀的指挥员是不会发出这种愚蠢的威胁的。

邦佐对安德的沉默越来越不耐烦。"喂,是你叫我出来的,有屁快放。"

"长官,你没有把我安排进战斗小组,你做得对,我什么都不懂。"

"什么做得对不需要你告诉我。"

"我希望自己成为一个优秀的士兵,不想破坏你的正常训练,但我需要练习,我只能和我能找到的人一起练习,就是新兵队里的朋友。"

"你这个杂种,我让你干什么,你就得干什么!"

"完全正确,长官。我会服从你有权发布的任何命令。但自由活动时间的意思就是自由活动,这个时间内不能分配任务,无论什么任务都不行,无论什么人都无权下达这种命令。"

安德看得出来,邦佐的火气正越来越大。火气太大不是好事。安德的愤怒是冷静的愤怒,所以是一种可以控制、可以利用的积极力量,而邦佐的愤怒却是外露的,因此,它便控制了他。

"长官,我也要考虑自己的前程,我不想干扰你的训练,也不想在战斗中拖累你们,但我总得学点什么。加入你的战队不是我自己要求的,你也正在想办法尽快把我换走。但如果我什么都不懂的话,没有哪个战队会要我,对吗?请让我学点东西,这样也有利于你尽快用我换来一个有用的队员。"

邦佐不是个傻瓜,没有因为愤怒丧失判断力。可他正在气头上,一时压制不住自己的怒火。

"只要你还是火蜥蜴战队的队员,你就得服从我的命令。"

"如果你限制我在自由活动时间的自由,我就汇报给教官,你会被开除的。"

这可能不是真的,但有这种可能性。当然,如果安德大闹一场,干涉队员的自由活动肯定会让邦佐丢掉战队长的职务。还有一个因素,教官们显然很看重安德,否则不会让他提前晋级。或许安德真有本事影响教官,让他们开除某人。"你这个狗杂种!"邦佐骂道。

"你当着别人的面给我下达了那种不合理的命令,但那不是我的错。"安德说,"不过我还是愿意替你着想,我会假装是你赢了这场争论。明天早上你再说你改变主意了。"

"用不着你来告诉我怎么做。"

"我不想让别人知道你对我让步,会影响你的威信的。"

安德是一片好心,邦佐却反而因此更对他恨之入骨。安德左思右想其中的原因,也许邦佐觉得这样一来,好像安德给他面子他才能当上战队长——可恨。可他又没有别的选择,毫无办法。这全怪邦佐自己,是他给安德下达了不合理的命令。但他不会这么想,他只想到安德在较量中占了上风,还拿出宽宏大量的风度,让他又羞又恼却无可奈何。

"总有一天我会让你吃不了兜着走。"邦佐道。

"或许吧。"安德说。这时熄灯铃响了,灯光暗了下来。安德走回宿舍,装出垂头丧气的样子。其他的队员都以为他被臭骂了一顿,弄了个灰头土脸。

第二天去吃早餐时，邦佐叫住了安德，大声说："我改变主意了。或许和你的新兵队的小混蛋一起训练会让你学点东西，让我能够更快地把你换走。只要能赶快摆脱你这个混账东西就行。"

"谢谢，长官。"安德说。

"我会不惜代价的，"邦佐在他耳边低声说，"我希望学校开掉你。"

安德露出感激不尽的笑脸，然后走出宿舍。早餐之后，他和佩查一块儿训练，下午则观察邦佐如何训练部队，心里想着怎么才能打败他的战队。之后的自由活动时间，他又和阿莱以及其他参与计划的伙伴一起训练，累得筋疲力尽。我能做到，安德躺在床上想着。他的肌肉酸痛，有些部位甚至在抽筋。我能应付下来，他想。

四天后，火蜥蜴战队参加了一场战斗比赛。安德排在队尾，和真正的战队队员一起跑步经过通向战斗室的走廊。走廊墙上有两行带状指示灯，"绿绿棕"代表火蜥蜴战队，另一行是"黑白黑"，代表秃鹰战队。来到平时是战斗室的地方时，走廊分成两条，绿绿棕指示灯通向左边走廊，黑白黑指示灯通向右边走廊。火蜥蜴战队走过一段后向右一转弯，停在一堵障碍墙前。

各战斗小组静悄悄组成了战斗队形，安德待在他们后面。邦佐下令："A组抓着把手从上面进攻，B组从左，C组从右，D组负责地面进攻。"四个小组遵照命令各就各位，邦佐又补充一句："至于你，小混蛋，在这里等四分钟才能走进门口，不许拔出你的武器。"

安德点点头。突然间，邦佐身后那堵障碍墙转为透明，原来它根本不是一堵墙，而是一道力场。战斗室也和平时不一样，半空中悬浮着许多巨型棕色箱子，部分遮挡了大家的视线。看来，这些箱子就是战士们称为星星的障碍物，随机分布在空中。邦佐好像不太在意星星的分布位置。队员们看上去也都受过对付这些星星的训练。

安德坐在走廊里观战，很快便发现队员们并不知道怎么利用星星。他们只懂得怎么在一个星星上轻巧着陆，怎么利用它掩护自己，以及如何攻打另外星星上的敌人。可是哪些星星的位置更重要，哪些星星无关大局，对于这个问题队员们好像一点感觉都没有。有些星星其实大可以凭借沿墙滑动的技术绕开，但他们仍然纠缠不已，坚持攻打。

敌方战队长利用了邦佐战术上的失误，秃鹰战队迫使火蜥蜴进行代价惨重的强攻。每攻下一颗星星便有更多战士被冻住，有战斗力的队员越来越少。仅仅四分钟后，战局便已经很明朗了，火蜥蜴战队不可能以强攻击败对手。

安德跨进大门，立即掉了下去。他训练的时候，战斗室大门总是设置在底层，而在真正的战斗比赛中，大门则设置在墙壁中央，正处在天花板和地板之间。

像在飞船时一样，安德迅速调整方向感，以下方为上，再把它当成侧面。不需要死抱着身处走廊时的方向感不放。双方大门都是四四方方的，靠看大门实在说不清哪个方向是上。但这没关系，安德现在已经找到了适于当前形势的方向感：以敌方大门为下。这种比赛的胜负就是看谁能首先攻破对方大门。

安德调整身体姿势，以适应新的方向感。他没有展开身体，使全身暴露在敌人面前，只将双脚冲着对方，这样一来自己的目标小多了。

有个敌人发现了他，因为安德毕竟是在没有遮蔽的空中漫无目的地飘动。安德本能地抬起脚挡在身体下面，就在这一刻，他被击中了，战斗服的腿部立刻冻住。因为他的身体没被直接命中，他的手仍然可以移动，只有被直接击中的肢体丧失了行动能力。安德心想，如果他不脚朝敌人，被打中的就是自己的躯干了，真要那样，整个人都会被定住，无法行动。

邦佐严禁他使用武器，安德只好继续向前滑行。他没有移动自己的头和手臂，假装它们也被冻住了。敌人于是没理会他，只顾集中火力射击还能开枪的火蜥蜴队员。战斗十分激烈。剩余士兵数量大大少于敌人的火蜥蜴战队顽强地死守阵地，队形已经被打散，战队被分割成一个个小群。现在，邦佐的严格训练收到了成效，每个冻住的队员至少能拉上一个敌人垫背。没有人逃跑，也没有人惊慌失措，每个人都保持着冷静，仍能仔细瞄准，精确射击。

佩查对敌人造成的威胁最大。秃鹰战队注意到了她神奇的枪法后，竭尽全力才冻住她。开枪的手臂被冻住后，佩查仍破口大骂，直到对方将她完全冻住，头盔咔嚓合拢扣住了她的下巴，潮水一般的咒骂才骤然中断。几分钟之后，战斗停止了，火蜥蜴战队已经没有可以抵抗的力量了。

安德高兴地发现秃鹰战队也只剩下规定所要求的最少五名队员去打开胜利之门。其中四名队员得用头盔触及火蜥蜴战队大门四角的光点，第五名队员负责穿过力场。完成这些规定动作后比赛就要结束。赛场周围的灯光将重新恢复到最大亮度，安德森也会从教官室里走出来。

敌军正在接近火蜥蜴战队的大门。安德想，我可以拔出枪，打中其中的一个人。只要再损失一个人他们就不够人数了，这场比赛就会被判为平局。只要没有四个人触碰大门的四个角，让第五个人从门中通过，秃鹰战队就不算赢。邦佐，你这个混蛋，我本来可以让你免遭失败。说不定还能反败为胜，因为他们都坐在那里，目标非常明显，而且他们不可能马上反应过来火力来自何方。以我的枪法，不会有任何问题。

但命令就是命令，而且安德已经作出保证要服从命令。但比赛得分牌出来之后，他从中得到了某种满足感。得分牌显示，火蜥蜴战队被消灭或丧失作战能力的队员数不是大家预想的四十一人，而是四十人被消灭，一人负伤。邦佐一开始不知道这是怎么回事，查过安德森少校的详细记录后才恍然大悟。我没有阵亡，邦佐，安德想，我本来可以开枪的。

他以为邦佐会来到他面前说："下次遇到这种情况，你可以开枪。"但直到第二天早餐时邦佐也没有对他说过一句话。邦佐是在军官食堂用餐，但安德非常肯定，这个奇怪的比分在那里也会像在士兵食堂一样激起轩然大波。只要不是平局，以前比赛的输家或者全体阵亡（完全冰冻），或者彻底丧失作战能力（即一些人身上某些部位没有被冻住，但已经无法向敌人射击或进行任何打击）。被击败之后还有一名受伤但并没丧失作战能力的队员，这种事只有火蜥蜴战队这一次。

安德没有主动向别人解释，但火蜥蜴战队的其他队员把这件事说了出去。其他战队的人问他为什么不违反命令开枪时，他只是平静地回答："我只是在服从命令。"

早餐之后，邦佐找到他。"那个命令仍然有效。"他说，"忘了的话就要你好看。"

这会让你付出代价的，你这个蠢货，也许我还算不上一个优秀士兵，但我还是能帮上忙，排斥我是毫无理由的。

安德什么都没说。

这场比赛还造成了一个有趣的副产品：安德居然排在了战绩排行榜的第一位。因为他根本没有开枪，所以他拥有了完美的射击纪录——没有一次射击失准。而且因为他没有阵亡也没有丧失作战能力，他的表现分被评为优秀。其他人的分数离他差很大一截。这个记录让许多孩子捧腹大笑，也让有的人愤愤不平。但不管怎么说，人人重视的战绩排行榜上，安德现在是第一位。

在这之后，他依旧被排斥在战队训练之外，但仍然努力地继续着自己的练习，早上和佩查一起，晚上则和他的新兵队朋友。现在和他们一起训练的新兵更多了。他们并不是觉得好玩才加入的，而是因为看到了训练成果——加入训练的人成绩不断提升。安德和阿莱的技术仍然遥遥领先于其他人，部分原因是他们敢于犯错误，愿意尝试任何自视甚高、受过良好训练的士兵根本不想碰的事。他们尝试的新技术大多没什么用处，多以失败告终，但总会有新发现，让他们明白了不断尝试的好处。

而且尝试本身也是乐趣，充满激情，富于挑战性。现在晚上成了他们一天中最开心的时候。

接下来的两场战斗火蜥蜴战队轻松取胜。安德每次都是在比赛开始后四分钟才进入场地，被压着打的对手也没能对他造成丝毫损伤。他开始意识到击败他们的秃鹰战队实在是相当厉害的一支队伍。邦佐的战术虽然不行，火蜥蜴战队的战斗力仍是一流的。战队在排行榜上稳步向前迈进，现在和野鼠战队并列第四。

安德七岁了。战斗学校里很少能见到日历显示牌，但安德还是找到了从电脑里调出日历的方法，他注意到了自己的生日。校方也注意到了：他们重新测量了他的身体数据，给他发了一套新的火蜥蜴制服和在战斗室用的急冻服。他穿着新制服回到宿舍，感觉有点怪怪的，衣服略大了点，好像松松垮垮的皮肤。

他很想在佩查床前停一停，说说他家里的事，还有以前他的生日是怎么过的。只想告诉她今天是他的生日，想听听她对自己说一句生日快乐。但战斗学校里没人谈论自己的生日，太孩子气了，只有地球上的人才会做这种事，更不要说吃蛋糕了。安德六岁生日时，华伦蒂给他烤了个蛋糕，结果掉在地上，真是太糟了。现在已经没人知道怎么做蛋糕了，只有华伦蒂才喜欢做这种傻事。大家都拿蛋糕的事取笑华伦蒂，但安德偷偷捡了一块，藏在家里的食橱里。接着他们就取掉了他的监视器，把他带走了。他知道那一小块蛋糕还在那儿，现在已经变成了一小团黄色的油污。学员中没有人谈论自己的家，好像他们在来战斗学校之前没有家庭生活似的。没人收到家里的来信，也没人给家里写信。每个人都装出毫不在乎的样子。

但是我在乎，安德想。我来这里的唯一原因就是为了不让凶残的虫族伤害华伦蒂，不让它们毁坏她明亮的双眸，不许它们炸开她的脑壳，就像电视里那些参加第一次虫族战争的士兵一样保护华伦蒂。决不能让虫子们用激光熔化她的头颅，使她的脑浆像滚烫的面包团一样四处飞溅，就像在我最恐怖的噩梦中出现的情形那样。每次做过那种梦后醒来，我都浑身颤抖却不能发出声音。我不能出声，否则他们会知道我很怀念我的亲人。我想回家。

到了早上，他的心情好了点，家对他来说只是埋藏在记忆深处的伤痛。他的眼里露出了一丝疲惫。那天早上起床着装时，邦佐走了进来。"急冻服！"他大声喝令。又是一场战斗，这是安德的第四场战斗。

这次的敌人是美洲豹战队，取得胜利应该不难。美洲豹战队是一支新队伍，战队中位列成绩最差的四分之一。它六个月前刚刚组建，战队长是波尔·斯拉特。安德穿上新的战斗服，排进队列里。邦佐粗鲁地将他拉出来，让他跟在队尾。你其实不用这样，安德无声地说，你可以让我留在队伍里。

安德在走廊里观战。波尔·斯拉特年龄不大，却很精明。他采用了一些新战术，让他的士兵不住移动，从一颗星星冲到另一颗星星，沿着墙壁滑动到迟钝的火蜥蜴队员的后面和上方进行攻击。安德笑了。邦佐被彻底打晕了，手下的队员也一样。似乎到处都是美洲豹战士。然而，战斗并不是表面看来那样一边倒，安德注意到美洲豹战队也损失了很多人——他们的大胆战术使他们在敌人面前暴露得太多。不过，真正重要的是，火蜥蜴战队觉得自己被打垮了，他们完全放弃了主动权。虽然他们和敌人大致势均力敌，却龟缩在一起，活像一场大屠杀后的幸存者，仿佛希望敌人看不到他们。

安德缓慢地滑进大门，调整自己的方向感，将敌方大门当成自己的下方。他慢慢地朝着东面一个不引人注意的角落前进，甚至朝自己的两腿开枪，冻住屈起的双腿以保护躯干。不留心看的话，这时的安德就像又一个被冻住的队员，脱离了战斗，无助地在空中飘荡。

现在的火蜥蜴战队像只可怜的待宰羔羊，等着美洲豹来吃掉他们。

当他最后停止抵抗时，美洲豹战队还剩下九名队员。他们重新编组，冲向火蜥蜴的大门。

安德伸直手臂，就像佩查教他的那样，仔细地朝他们瞄准。不等对方反应过来，他便冻住了三名正准备用头盔触碰大门角落的士兵。残存的士兵这时才发现他，开始朝他开火——但他们先打中的是他早已冻上的腿部，这给了他足够的时间冻住门边的最后两个家伙。当安德的手臂被击中冻住时，美洲豹战队只剩下了四名队员，已经不够规定的人数了。比赛打成了平局。另外，他们根本没有击中安德的躯干。

波尔·斯拉特气得要死，但这没有什么不公平的地方，每个美洲豹战士都以为这是邦佐的策略：保留一名队员，最后一分钟才投入战场。他们根本没有想到是小安德违令开火。但火蜥蜴战士知道，邦佐自己也知道。从自己战队长望向他的眼神里，安德明白邦佐恨透了他，恨他把邦佐从惨败中拯救出来。我不在乎，安德对自己说。这样一来，别的战队想要我，交换起来更容易，同时可以让你在排行榜上的名次不至于下降得那么快。换吧换吧，你身上值得学习的东西我已经全部学到手了。除了打败仗之外你还知道什么，邦佐？

到目前为止我都学会了些什么？在床边脱衣服时安德在脑子里列了个清单：把敌方大门看成下方；战斗中用腿部当挡箭牌；小小一支预备队在战斗的最后关头可以发挥决定性作用。还有一点：小兵的决定有时候比他们首领的命令更聪明。

安德脱光衣服，正准备爬上铺位，这时邦佐朝他走来，脸板得死死的，脸色阴沉。我在彼得脸上也见过这种表情，安德想，沉默中隐含杀机。但邦佐不是彼得，邦佐的样子更吓人。

"安德，我终于把你换出去了。我说服了野鼠战队的战队长，说你在战绩榜上的出色成绩绝非偶然。你明天就去。"

"谢谢，长官。"安德说。

可能他的回答表现得太感激了，邦佐突然揪住他，五指叉开，狠狠一巴掌揍在他的下巴上。安德被打得倒向一边，摔在床上，差点又栽下来。邦佐又是一记重拳，打在他的腹部，安德痛得弯下了腰。

"你违反了我的命令。"邦佐大吼道，让大家都能听见，"优秀的士兵绝对不会违反命令。"

安德虽然痛得叫出声来，但听到宿舍里响起一阵低低的埋怨声时，他的心里止不住地涌起一股复仇的快感。你这个蠢货，邦佐，你不是在强化纪律，你是在破坏它。他们都知道是我使一场必败的比赛变成平局，而现在他们又亲眼看到你是怎么样报答我的。你使自己在大家面前像个傻瓜似的，现在你的纪律还有什么价值？

第二天，安德告诉佩查，说早上不能跟她一起练习射击了。这是为她好。邦佐现在最不想看到的就是有人挑战他的权威，因此她一段时间内最好离安德远点儿。佩查完全明白。"再说，"她说，"你很快就会成为神枪手了。"

他把他的电脑和急冻服留在了柜子里，但还得穿着火蜥蜴的制服，得到新补给之后才能换上野鼠战队棕黑相间的制服。

他来的时候两手空空，走的时候也是如此。没有什么需要带走的东西。所有有价值的东西都贮存在学校的电脑里，或是他自己的大脑里、双手中。

他从游戏室的公用电脑上报名选修一项地球重力环境中的个人格斗课程，时间是早餐后一小时。并不是因为邦佐打了他，他想报复。原因只是：他决心今后不再让任何人这样对待他。

CHAPTER
08
野鼠战队

"格拉夫上校，以前的比赛一直都是公平的。星星的位置或者随机分布，或者对称分布。"

"公平是件大好事，安德森少校，但它跟战争毫无关系。"

"必须有一个用来比较水平的标准，比赛不能得过且过。"

"多么可叹哪。"

"可能需要几个月甚至一两年的时间才能建造新的战斗室，开发出新的模拟系统。"

"所以我才现在告诉你。开始阶段，脑子要灵活点，多想点儿分布星星的方法：不可能的、不公平的，越难越好。要敢于作弊。你还得另想花招破坏规定：很晚才通知他们，给他们来个措手不及，让参战双方力量不均，等等。你要事先模拟，找出什么最困难、什么最容易。比赛方式要不断改进，要有利于斗智斗勇，要能带动安德一起进步。"

"你准备什么时候让他当战队长？八岁就当？"

"当然不。我还没组建好他的队伍哩。"

"哦，这么说，这个方面你也要作弊？"

"你太投入比赛了，安德森。你忘了吗？它只不过是一种训练手段而已。"

"但这些比赛也显示了孩子们的状态、个性、意志力，让他们出名，所有的孩子都靠这些出头。如果大家知道比赛可以被操纵、被影响，可以作弊，学校就全完了。我不是夸大其词。"

"我知道。"

"我希望安德·维京确实就是我们要找的那个人，否则，你破坏了我们的训练方法，很长时间都恢复不过来。"

"如果安德不是我们要找的那个人，或者当我们的舰队到达虫族母星时，安德的军事指挥能力还没有达到巅峰，那么我们训不训练都没有关系了。"

"请原谅，格拉夫上校，我想我必须直接向将军和联盟总部汇报你的命令和我对这件事的看法。"

"为什么你不向我们那些亲爱的文官们汇报呢？"

"人人都知道他们完全听凭你摆布。"

"你这可太不友好了，安德森少校，我从前还以为咱们是朋友呢。"

"我们现在仍是朋友，而且我相信你对安德的判断很可能是对的。我只是信不过由你，由你一个人来决定世界的命运。"

"我？照我看，连安德的命运都不该由我决定。"

"这么说，你不介意我向上汇报？"

"我当然介意，你这个没头脑的混账东西。这件事应该由真正懂行的人来决定，而不是那些谨小慎微的政客，他们能爬到现在的位置，只因为在他们的国家里找不到更有影响力的政客。"

"但你理解我这样做的原因。"

"我理解你是个目光短浅的混蛋小官僚，总想着一旦事情出错时推卸责任保住自己的屁股。哼，如果我们错了，我们全都会成为虫族的美餐。所以请你相信我，安德森，不要让那个该死的总部骑到我脖子上来。

即使没有他们，我手头的事情已经够棘手的了。"

"噢，你觉得不公平了？觉得别人对你耍花招了？这一套你可以用在安德身上，却不能接受别人这样对你，是吗？"

"安德·维京比我聪明十倍也坚强十倍，我对他所做的事是为了激发他的潜质。如果换了是我，我早就崩溃了。安德森少校，我知道我破坏了比赛的公平性，我也知道你比参赛的小家伙更热爱这种比赛。尽管恨我好了，但请你不要阻止我。"

"我保留随时向总部和将军汇报的权利，但现在，你爱干什么就干什么吧。"

"谢谢你的好心肠。"

"安德·维京，你就是那个在战绩榜上排行第一的小东西，能得到你真是高兴呀。"野鼠战队的指挥官四肢摊开，懒懒散散仰躺在他的下铺，身上除了一部电脑外一丝不挂。"看来有了你，随便哪支战队都战无不胜喽。"旁边的几个男孩笑了起来。

战斗学校里再也找不出哪两支队伍的差别比火蜥蜴战队和野鼠战队更大了。宿舍里又脏又乱，吵吵嚷嚷。经历过邦佐那种人后，安德还以为不用时刻遵守纪律对他来说是个解脱，但现在他却发现自己更想要一个安安静静、秩序井然的环境。这里混乱的情形让他觉得很不舒服。

"咱这儿还行，安德淘气鬼，我是大鼻子罗斯，才华横溢的犹太天才，你，你啥也不是，不过是个傻里傻气的异教徒。最好记住这一点。"

从 IF 成立起，舰队的统兵大将一直是犹太人。有个说法是犹太将军从来不会吃败仗，到目前为止还真是这样。所以战斗学校的犹太孩子做梦都想有一天当上统兵大将，从一开始就自视甚高，当然也就招人嫉恨。野鼠战队常被大家称作犹太佬战队，也就是从前马泽·雷汉的攻击舰队的绰号。把这个绰号安在野鼠战队头上，一半是称赞，一半是开他们的玩笑。很多人都喜欢提起虫族第二次入侵时的事，那时的联盟盟主由美国总统担任，他是个美籍犹太人，总管 IF 的统兵大将是以色列犹太人，舰队的行政长官则是俄籍犹太人。当时的马泽·雷汉还不为人所知，而且两次在军事法庭上受审。他是个有一半毛利人血统的新西兰籍犹太人。但就是他率领自己的攻击舰队击溃并最终在土星附近歼灭了虫族的舰队。

大家都说，重要的是马泽·雷汉拯救了世界，至于他是不是犹太人无关紧要。

事实却并非如此，大鼻子罗斯很清楚这一点。一方面，他用自嘲的方式制止了反犹分子对他的嘲笑。说起反犹分子，几乎每个被他在战斗中击败的人都变成了反犹分子，至少一段时间内憎恨犹太人。另一方面，他也让大家看清了他的确是个人物。他的战队现在排名第二，正跃马扬鞭，朝第一名的目标前进。

"我把你要过来，异教徒，是因为我不想大家认为我取得胜利全靠手下有最好的士兵。我要让他们知道，即使用像你这样的毛头小伙子我也能赢。我们这里只有三条规则：我要你干什么你就干什么；不要在床上撒尿。"

安德点点头。他知道罗斯希望他开口问第三条规则是什么，于是便问了。

"前头说的已经是三条规则了，我们这儿数数都不大在行。"

意思很明白，胜利就是一切，比其他任何事都重要。

"你和你那些新兵队的青腔小孩儿的训练课结束了，维京，完了。现在你玩的是大孩子的游戏。我把你分配到丁·米克的小组。从现在开始，对你来说，丁·米克就是上帝。"

"那你是什么？"

"我是雇用上帝的人力资源部经理。"罗斯咧嘴笑道，"而且禁止你使用你的电脑，直到你在同一场比赛中冰冻了两个敌人为止。这道命令是为了自卫，听说你是个编程序的天才，我可不想你玩弄我的电脑。"

队员们突然爆发出一阵狂笑。过了一会儿，安德才明白是怎么回事。一丝不挂的罗斯把电脑放在两膝中间摇晃着，显示屏上是一幅动画——一个夸张的巨型阴茎，随着电脑的摆动前仰后合。邦佐当然只会把我换给这样的战队长，安德想，用这种方式打发时间的人怎么还能打胜仗？

安德在游戏室里找到丁·米克，他没在玩游戏，正坐在旁边看热闹。"有命令让我向你报到。"安德说，"我是安德·维京。"

"我知道。"丁·米克说。

"我被分到你的小组。"

"我知道。"他又说了一次。

"我基本上没什么经验。"

丁·米克抬起头。"你瞧，安德，这些我都知道。你知道为什么我要求罗斯把你换过来给我？"

看来他不是人人想扔的包袱，他是被别人挑出来的，人家指名要他，米克想要他。"为什么？"安德问。

"我见过你和你新兵朋友的训练。从你的表现上看，我觉得你有培养前途。邦佐是个蠢货，我想让你得到比佩查能给你的更好的训练。她懂的只有射击。"

"我需要学习射击。"

"你动起来很笨，活像怕尿湿裤子似的。"

"请你教我。"

"你得学。"

"我不会放弃在自由活动时间的练习。"

"我并没要求你放弃。"

"但大鼻子罗斯不是这么说的。"

"大鼻子罗斯无权阻止你。同样，他也无权禁止你使用你的电脑。"

"那他为什么下这种命令？"

"听着，安德。你让战队长有多大权限，他们就有多大权限。你服从得越多，他们的权力就越大。"

"要怎么做才能让他们不整我？"安德想起邦佐对他的痛击。

"我猜这就是你选修个人格斗课程的原因吧。"

"你真的一直在观察我，是吗？"

米克没有回答。

"我不想惹罗斯生气，现在我只想能够参加战斗，在一边坐等战斗结束的日子我已经受够了。"

"那你的战绩分会下降的。"

这次没有回答的是安德。

"听着，安德，只要你还是我小组里的人，你就要参加战斗。"

安德很快就知道原因了。米克小组和其他野鼠战队的小组不同，该组由纪律严明、精力充沛的米克独立训练。他训练时从来不和罗斯商量，只有极少情况下才和整支战队一起进行战术训练。碰上小组和战队同在一间战斗室里时，看上去好像是罗斯在指挥一支战队，而米克则指挥着另外一支小得多的队伍。

米克的第一个训练项目就是叫安德示范他的"脚前头后"的滑行姿势。其他队员不喜欢这种姿势。"我们平躺着还怎么进攻？"他们问。

让安德觉得惊奇的是，米克没有纠正他们的话，没有对他们说："不是平躺着进攻，你是从天而降，从上向下跳到他们头上。"他看过安德是怎么做的，却并没有明白其中蕴含的方向感的改变。安德很快看出，米克虽然非常出色，但他的方向感仍然保留在有重力时的情形，他没有把敌方大门看成自己的下方，想象力于是大受限制。

他们练习进攻被敌人占据的星星。在尝试安德的"脚前头后"的方法之前，他们总是以直立姿势向前冲锋，整个身体都成了敌人的靶子。

而且，即使登上了星星，他们也只会从一个方向朝敌人攻击："从上面进攻。"米克大喊，大家照办。米克反复训练，大喊道："再来一次，脚冲前方！"大家的思维仍然没有转过弯来，还是习惯性地以为重力仍然存在，于是动作笨手笨脚，好像得了眩晕症。

他们都不喜欢这种"脚前头后"，但米克坚持训练，大家开始讨厌起安德来。"我们非得向新兵学怎么滑行吗？"有个队员故意在安德面前嘟囔着说。"没错！"米克答道。训练于是持续下去。

不久以后，他们终于明白了。在一场小演习中，大家认识到要击中一个以"脚前头后"姿势滑行的敌人是多么困难。一旦产生信心，大家的训练积极性更高了。

那个晚上，第一次全程参加整个下午的训练后，安德又来和过去的新兵伙伴一块儿训练。他显得疲惫不堪。

"现在你成了真正的战队队员。"阿莱说，"不用再和我们一起练习了。"

"从你们身上我能学到在别处学不到的东西。"安德说。

"丁·米克棒极了。听说他是你的小组长。"

"那咱们就练起来，我把今天从他那里学到的东西教给你们。"

他让阿莱和其他二十多个队员重复了他今天那累得要命的练习，又想出了一些新花样。他让他们试着冻住一条腿滑行，然后再试试冻住两条腿。还教他们利用被冰冻的队员的身体改变自己的滑行方向。

练习中途，安德发现佩查和米克正一起站在门口，观察着他们。过了一会儿，他再朝门口望时，他们已经走了。

这么说他们在观察我，我们做的他们一清二楚。他不知道米克是不是朋友，他相信佩查是自己的朋友，但世上没有绝对的事。他现在做的事只有战队长或战斗小组长才会做——指导、训练士兵。他们或许会不高兴，或许会觉得战队队员和新兵打得火热是对他们的冒犯。有高年级的学员看着他训练，安德感到很不安。

"我想我说过不许你用电脑。"大鼻子罗斯站在安德的床铺前。

安德没有抬头。"我正在做三角几何作业,明天要交。"

罗斯用膝盖撞了一下安德的电脑。"我说不准用电脑。"

安德把电脑放回床上,在罗斯面前立正。"我正在做作业,请不要打扰我。"

罗斯至少比安德高四十厘米,但安德并不是特别担心。罗斯是不会动粗的。就算真动手的话,安德认为他也能保护自己。罗斯是个懒虫,没学过格斗术。

"你在战绩排行榜上的名次在下降,小家伙。"罗斯说。

"我正希望如此。我排在第一名纯粹是因为火蜥蜴战队给我的愚蠢的命令。"

"愚蠢?邦佐的战术高明,打赢了很多场重要比赛。"

"邦佐的战术连互相扔色拉的玩闹战斗都打不赢。我每开一枪都是直接违反他的命令。"

这件事罗斯还不知道。他生气了。"那么邦佐说的关于你的事都是撒谎。你不止是又矮又弱,还是个不服从命令的家伙。"

"但我使一场必败的战斗变成平局,全靠我一个人。"

"下次我们会看看你一个人能干些什么。"罗斯转身离开了。

安德的一个同组战友朝他摇摇头。"白痴啊你。不说话没人当你是哑巴。"

安德望向米克,他正在他的电脑上乱写乱画着。米克抬起头,发现安德在看他,他回盯着安德,面无表情,什么都没有。好吧,安德想,我能照顾自己。

两天后又举行了一场战斗比赛。这是安德第一次作为小组一员参战,他有点紧张。米克的小组在走廊右侧墙边列成一行,安德很小心地不让自己身体歪斜,重心既不倾向左边也不倾向右边。

"维京!"大鼻子罗斯喊道。

安德觉得心里涌起一股惧意,恐惧使他抖了一下。罗斯看出来了。

"哆嗦了?打摆子了?别尿湿裤子,新兵蛋子!"罗斯用手指钩住安德的枪柄,将他拖到遮挡着战斗室的力场前。"咱们瞧瞧你这一次干得如何,安德。等门一打开,你就立即冲进去,直冲敌方大门。"

这是自杀,是毫无意义的自我毁灭。但他只能服从命令,这是战场,不是学校。有一阵子,安德心中暗自恼怒,接着他强迫自己保持镇定。"好极了,长官。"他说,"我射击的方向就是他们的主力集结地。"

罗斯大笑起来,说道:"你不会有时间开枪的,小东西。"

障碍墙消失了,安德向上一跃,抓住了天花板的扶手,身体向前一荡,往下坠落,飞速冲向敌人的大门。

和他们作战的是蜈蚣战队。安德已经穿过半个战斗室,他们才刚刚进入大门。许多队员迅速借星星隐蔽起来,但安德将双腿叠在身体下方,握枪的手放在胯部,从两腿中间开火,冻住了好几个才进入大门的敌人。

他们打中了他的腿部,但在他们击中他的躯干、使他丧失活动能力之前,他获得了宝贵的三秒钟。他又冰冻了几个敌人,然后张开双臂一旋,转过身体,持枪的手臂笔直地指向敌人主力。他朝那一大群敌人猛烈开火,接着他们冻住了他。

一秒钟之后他撞上了敌方大门前的力场,被反弹开来,急速地在空中旋转着,落到一群躲在一颗星星后面的敌人身上。他们把他推开,他转得更快了。下面的战斗过程中他在战斗室内弹来弹去,无法控制自己的身体,最后空气的摩擦力逐渐让他停了下来。他不知道自己在被冻住之前冰冻了多少个敌人,但他隐约地知道野鼠战队将会和以前一样,再次取得胜利。

战斗结束之后,罗斯没有和他说话。安德仍然高居战绩榜的榜首,因为他总共冰冻了三个敌人,让两个敌人失去活动能力,还击伤了另外七个敌人。现在再没有人对他从前的不服从命令说三道四，也没有再提他能不能使用电脑的事。罗斯待在宿舍的铺位上，随便安德爱干什么干什么。

米克开始让他的小组练习如何以最快速度从走廊冲进战场。上一次，安德在敌人刚刚走进战斗室时便发起攻击，给对手造成了巨大损失。"如果一个人就能获得这么大战果，大家想想，一个小组能干出什么事来。"米克请安德森少校启动墙壁中央的大门，代替他们常用的底层大门，这样他们就可以练习实战中冲进大门的战术。消息传开了，从现在开始，没有人再用五秒、十秒或十五秒的时间待在走廊里考虑战场局势，大家都是一拥而上。游戏变了。

接着又进行了更多的战斗。现在安德成了战斗小组的正常士兵。他犯过一些错误，输掉了几场战斗，从排行榜的第一掉到第二，又掉到第四。但是后来，他犯的错误越来越少，越来越惯于和同组战友协同作战。他的名次又开始上升，第三名，然后是第二，最后又重新名列榜首。

下午的训练结束了，安德留在战斗室没走。他发现米克通常很晚才去吃饭，也许米克是在做额外的练习。安德不是很饿，他想知道别人都走了之后，米克在练些什么。

但米克没有练习，他站在门边，盯着安德。

安德站在房间对面，盯着米克。

他们都没有说话。显然米克在等安德离开，但安德的回答显然是：不。

米克转身背对着安德，敏捷地脱下急冻服，轻轻一蹬地板，跃入空中。他慢慢飘向屋子中央，非常慢，身体几乎彻底放松，看上去他的手掌和手臂像被室内那几乎不存在的气流吹了起来似的。

训练追求的是紧张、迅速，让人精疲力竭，神经绷得紧紧的。这样的训练之后，仅仅看着米克在半空飘荡也能给人带来宁静。他在空中飘了十分钟，从墙的这头飘到那头。然后猛一蹬墙壁，迅速反弹回到原地，重新穿上急冻服。

他们一起回到宿舍。屋子里一个人也没有，大家都吃饭去了。他们俩各自回自己的铺位换回制服，安德走到米克床边等着他换好衣服。

"为什么留在那儿？"

"不是很饿。"

"好吧，现在你知道为什么我不是战队长了。"

安德有过这个念头。

"实际上，教官有两次提出要晋升我，但我拒绝了。"

拒绝？

"第二次时，他们拿走了我的柜子和电脑，取消了我的铺位，给我分配了战队长宿舍和一支战队。但我一直待在过去的宿舍里不走，最后他们罢手了，重新把我分进某支战队。"

"为什么？"

"因为我不想让他们这样对我。我不相信你没看透这里的这些破事儿，安德。不过你的年纪还太小。其他那些战队，他们不是我们的敌人，我们的敌人是教官。他们让我们自相残杀，彼此憎恨。战斗就是一切，我们脑子想的只有胜利，胜利，胜利！这根本毫无意义。我们累死累活，拼命想打败其他人，而那些老家伙始终观察着我们，研究我们，找出我们的弱点，评价我们做得够不够好。啊，做得好又是为了什么？他们把我带到这儿来的时候我才六岁，那时我懂什么？他们说我很适合这个项目，但从来没人问我这个项目是不是适合我。"

"那你为什么不回去？"

米克狡黠地笑了笑。"因为我舍不得放弃战斗。"他摸了摸旁边床上放着的急冻服，"因为我喜欢这个东西。"

"那你为什么不想做战队长？"

米克摇摇头。"决不。你看看罗斯变成什么样了,那小子都快疯了。他喜欢和我们睡在一块而不是睡在战队长宿舍,为什么呀?因为他害怕孤独,安德,他害怕黑暗。"

"罗斯?"

"但他们让他当了战队长,他就得像个战队长的样子。他根本不知道自己在做什么。他总打胜仗,这是最让他害怕的事,因为他不知道是怎么赢的,只知道打赢了跟我有点关系。任何时候都可能会有哪个人发现他其实不是什么神奇的犹太将军,随便什么情况下都能打胜仗。他不知道为什么有人会赢,有人会输。没人知道。"

"但这不能说他疯掉了,米克。"

"我知道,你来这里已经有一年了,你认为这些人都是正常的。其实他们不是,我们也不是。我查过图书馆,从电脑里调阅了一些书,很旧的书,因为他们不想让我们读新出的书,但我从里面知道了正常的小孩子应该是什么样的。我们不是小孩子。小孩子可以常常犯错,大人不会责备他们;小孩子不会参军,不会被任命为指挥员,也不会管理四十个别的小孩。这种事随便放在哪个人身上,他都会发疯的。"

安德试着回想他过去的班级里的小孩子是什么样的,但能想起的只有史蒂生一个。

"我有个哥哥,是个平平常常的人,只关心怎么追女孩子,还有飞行。他希望以后干飞行这一行。他常常和别的孩子一起打球,一种投篮游戏,往一个圈子里投球,把球打得满走廊乱滚,直到球被维持秩序的人没收为止。和哥哥在一起的那些日子里,我们过得开心极了。在教官们把我带走的时候,他正在教我怎样运球。"

安德想起自己的哥哥,他的回忆可一点儿都不美好。

米克误解了安德脸上的表情。"嘿,我明白的,在这里不应该谈论自己的家。我们总得从什么地方来吧,你知道,咱们又不是战斗学校造出来的。战斗学校不可能造出什么东西,只会摧毁。我们都记得家里的事,或许并不是愉快的回忆,但至少我们记得。但我们却骗自己,假装——唉,安德,你知道为什么没人谈论自己的家?没有一个人,从来不谈!这不正好说明家是多么重要吗?可是没人愿意承认这一点——哎,别哭。"

"不,我没事。"安德说,"我只是想起了华伦蒂,我姐姐。"

"我不是有意让你难过。"

"没关系的,我想她的时间也不是太多,一想起就会——这样。"

"没关系,我们从来不哭。天哪,我从来没想到这一点,没有人哭过。我们拼命装出大人样子,看上去就像我们的爸爸。我敢说你的爸爸跟你一个脾气,不大说话,忍啊忍啊,然后猛地爆发——"

"我跟我爸爸不像。"

"那或许是我错了。看看你从前的战队长邦佐,他就是满怀强烈的西班牙式荣誉感,不允许自己有弱点。谁的表现比他好就是侮辱他,谁比他强就等于割了他的卵蛋。所以他恨你,因为他惩罚你的时候,你不当回事,这就是他恨你的原因。他真的想杀死你,他已经疯了,他们全都疯了。"

"但是你没有疯。"

"我也是个疯子,伙计,但至少我疯得最厉害的时候知道一个人飘在空中,让疯狂从心里散出去,渗进墙壁里面,直到下一场战斗时,有人撞到墙上再把它挤出来。"

安德笑了。

"你也会疯掉的。"米克说,"走吧,吃饭去。"

"或许你当战队长不会发疯,或许明白了这种疯狂以后,你就不会陷进去。"

"我不会听凭那些混蛋们摆布,安德。他们在你身上下工夫,但没打算对你心慈手软。看看到现在为止他们怎么对你的就知道了。"

"也没干什么,只是提前晋升我。"

"提前晋级的滋味如何?舒服吧,啊?"

安德笑起来,摇摇头。"也许你说得对。"

"他们觉得把你攥在了手掌心里,别让他们得逞。"

"可我就是为这个来的呀,"安德说,"让他们训练我成为工具,来拯救世界。"

"想不到你居然现在还相信这个。"

"相信什么?"

"虫族的威胁呀,还有拯救世界什么的。听着,安德,如果虫族要再次攻击我们,它们早就来了。它们不会再入侵了,我们打败了它们,它们跑了。"

"可那些录像——"

"录像说的都是虫族第一次第二次入侵时的事。马泽·雷汉消灭它们的时候,连你的爷爷都还没有出生哩。全是假的。根本没有战争,他们是在欺骗我们。"

"但为什么呢?"

"因为只要人们还害怕虫族,国际联合舰队就能继续掌权,只要舰队手握大权,某几个国家就能保住霸主地位。你接着看电视吧,安德,大家很快就会明白真相,那时就会爆发终结一切战争的大内战。这才是真正的威胁!安德,虫子不是威胁。还有,当内战来临时,你和我就不会是朋友了,因为你像我们亲爱的教官一样,是美国人,而我却不是。"

他们来到食堂,一边吃一边讨论其他事情。但安德脑海里总是摆脱不了米克说的话。战斗学校是一个封闭的小天地,孩子们脑子里整天想的都是战斗,安德已经忘记了外面还有一个世界。西班牙式荣誉感、内战、政治。战斗学校其实是个很小的地方,难道不是吗?

但安德没有得出米克的结论,虫族的事是真的。威胁是真的。联合舰队控制了很多事，但它没有控制传媒网络，至少在安德生长的国家没有。米克是荷兰人，那个国家被俄罗斯霸权控制已经有三代之久，或许它的传媒已经被完全控制了。但是安德知道，谎言在美国是不能长久流传的。至少他是这么想的。

他仍旧相信，但怀疑的种子在他心里扎了根，不时绽发出一两枝新芽。有了这颗种子，一切都改变了，安德更加细心地揣测别人话语背后的意思，而不仅仅是听他们说的话。他变得更加聪明。

晚上来参加练习的人很少，还不到平时的一半。

"伯纳德呢？"安德问。

阿莱咧着嘴笑了。沈闭上了双眼，装出谢天谢地的样子。

"你没听说吗？"一个入伍不久的新兵说，"有个说法，说来参加你的训练的新兵，无论将来进入哪支战队都没有前途，人家说没有哪个战队长想要被你教坏了的士兵。"

安德点点头。

"不过我想，"一个新兵说，"只要我尽最大努力去成为最出色的士兵，只要有点儿眼光的战队长肯定会要我的。对吗？"

"唔。"安德说，结束了这场议论。

他们继续训练。半小时后，大家正练习如何避免和被冻住的士兵相撞，几个穿着不同制服的战队长走了进来，他们记下了参加训练的学员的名字，一点儿也不遮遮掩掩。

"喂，"阿莱朝他们大叫，"记得别把我的名字拼错了！"

第二天晚上，来参加训练的人更少了。现在安德已经听说了一些事，参加他的训练的新兵有的被人在浴室里推来搡去，有的在食堂或游戏室里发生意外，还有的存在电脑里的文件被破坏掉，都是那些攻破了新兵电脑简单的安全系统的高年级学员干的。

"今晚不训练了。"安德说。

"绝对不行。"阿莱说。

"我们休息几天,我不希望哪个小孩子因为我的缘故受欺负。"

"只要你停止训练,哪怕只是一个晚上,他们就会觉得自己的小动作奏效了。以前伯纳德欺侮你时,你从来没有屈服过。就得那样干。"

"还有,"沈说,"咱们根本不怕他们,不在乎。一定要继续,你得对我们负责到底。我们需要这些练习,你也一样。"

安德想起米克对他说的话。与整个世界相比,战斗比赛简直微不足道。我们凭什么把每一个晚上都耗费在这些愚蠢透顶的训练中呢?

"反正再练也练不出什么名堂。"安德说,他准备离开。

阿莱止住了他。"他们也吓唬你了?在浴室里打你?把你的脑袋塞进尿槽?还是有人把枪口塞进了你的屁眼儿里?"

"没有。"安德说。

"你还把我当朋友吗?"阿莱平静地问。

"当然。"

"那么我仍然是你的朋友,安德,我留在这里和你一起训练。"

高年级学员又进来了,这一次里面没几个战队长,多数是不同战队的队员。安德认出其中有火蜥蜴战队的队员,甚至还有几个野鼠战队的。这次他们没有记名字,而是采取了另外的办法。每当新兵们试图凭借自己未经训练的肢体掌握难度比较高的动作时,他们便大声哄笑、奚落。几个孩子被闹得有点慌了手脚。

"好好听听,"安德对其他新兵说,"记住他们说的话。如果你想让你的敌人心慌意乱的话,你就对他们嚷嚷这些话。会使他们做蠢事,让他们气得发疯。但我们是不会受他们影响的。"

沈立即把这个点子派上了用场。每当那些高年级学员喊叫着嘲笑时,他就叫上四个新兵高声重复他们的话,连续五六次,甚至把这些话像儿歌似的唱出来。几个高年级学员气得从墙上跃了出来，要和他们开战。

急冻服的设计用途是在训练室中配合不会造成伤害的训练激光枪使用的，在零重力环境中提供不了多大防护力，反而会大大影响动作的灵活性。另外，安德他们还有一半人被冻上了，动不了手。但冻得硬邦邦的身体却可以当作很好的武器。安德迅速下令他的队伍收缩到房间一角。高年级学员们笑得更厉害了，有些人本来待在墙上，见安德他们撤退，也跳了下来准备加入战团。

安德和阿莱决定扔出一个冰冻的新兵，撞击一个敌人的面部。那个新兵的头盔撞上了敌人，两个人一撞之后互相弹开。那个高年级学员捂着胸口被撞的地方，疼得嚎叫起来。

动口不动手的嘲笑结束了。高年级学员们全部冲了下来加入混战。看上去任何一个新兵都不可能毫发无伤地全身而退，但敌人冲过来时太混乱，没有组织，以前也从来没有合作过，而安德的队伍现在虽然只有十来个人，但他们配合默契，合作无间。

"超新星爆炸！"安德喊道。大孩子们哄笑起来。新兵们集合成三组，脚勾脚手拉手蹲了下来，组成三个小星状体靠在后面的墙上。"绕开他们，然后冲向门口。开始！"

听到他的命令，三个星状小组猛地炸开，每个新兵冲向不同的方向，冲出时的角度恰好使他们能够在墙壁上反弹，然后射向门口。大孩子们都待在战斗室的中央，他们想改变方向困难得多。安德的部署既简单又有效。

安德预先设定了自己的路线，弹出去时刚好弹到那个被当作导弹用的冰冻队员的位置。那个队员现在已经解冻了，他让安德抓住他，旋转他的身体，将他送向门口。但不巧的是，完成这个动作的结果是安德被弹向了相反的方向，而且速度慢了下来。现在他只剩下一个人，和所有队友隔了开来，相当缓慢地飘向聚集着大孩子的战斗室中央。他变换着身体的位置向外望,见自己所有的队友都到了外墙的安全地带。

与此同时,乱成一团、怒气冲冲的敌人发现了他。安德计算着他要多久才能到达墙壁,然后再次借力反弹。时间不够了,几个敌人已经向他冲来。突然间,安德在这些人中发现了史蒂生的脸。他不禁打了个哆嗦,随即发现自己看错了。不过,这一次的局面和上一次差不多,但这一次他们不会袖手旁观,让他有机会单打独斗。安德一眼看过去,那一伙里没什么领头的可以单挑。这些人的个子全都比他大得多。

不过,他已经在格斗课程中学到了变换重心和移动身体的技巧,也掌握了物体运动的原理。战斗比赛中几乎绝不会出现贴身肉搏的情形——你绝不会和一个没被冻住的敌人发生身体碰撞。在对方到来之前的几秒钟,安德尽量占据有利的位置来迎接他的敌人。

幸运的是,他们也和他一样,几乎完全不懂零重力环境中的格斗技巧。几个想对安德挥起老拳的家伙发现这种动作大非易事:拳头击向前方的同时,身体却因反作用力后退,身体后退的速度与出拳速度相同。不过安德一眼便看出,有几个人恨不得打折他的骨头。安德不想让他们称心如意。

他一把抓住一个挥拳打来的人的胳膊,用尽全身力气将他摔了出去。反作用力使安德也远远弹开,正好避开冲在最前头的几个大孩子。但他的位置离大门仍然很远。"不要过来!"他朝他的朋友们喊道,那些伙伴们正集合起来,准备冲过来救他。"留在那儿!"

有个家伙紧紧抓住了安德的脚,安德有了这个着力点后,以被抓住的那只脚为支撑,另一只脚就能狠狠踩在这个家伙的耳朵和肩膀上,踩得他叫出声来,放开安德。如果他在安德向下踢中他时就松手的话,这人受的伤就会轻得多,安德也可以借力向外弹出去。但他却抓得太紧,结果耳朵被踢得撕裂开来,鲜血在空中四下飞溅。安德的移动速度被拖得更慢了。

我又做了一次，安德想，为了拯救自己，我又一次打伤了别人。为什么他们不放过我，这样我也不用伤害他们。

另外三个大孩子从三个方向冲了过来，这次他们行动一致。跟上次一样，想伤害他，只能先抓住他。安德快速变换着位置，让两个家伙抓住他的双脚，这样一来，他有了着力点，双手又空着，可以对付第三个家伙。

他们一下子就上了钩。安德抓住第三个家伙的肩膀，把他朝自己猛一拽，头盔狠狠撞在那家伙脸上。又是一声惨叫，洒下一片血花。那两个抓住安德脚的家伙正拧着他的腿，想把安德拧成麻花。安德将刚刚被撞伤鼻子的家伙扔向他们中的一个，这两个家伙撞在了一起。安德的一只脚空了出来。剩下的事就容易多了，以仍被抓住的那只脚为支撑，安德狠狠一脚踢在还抓住他的脚不放的家伙的裆部。这一脚将他自己朝大门的方向推去。弹出去的力量不够，他的速度并不快，但没有关系，现在没人追他。

他和伙伴们在门口会合了。大伙儿抓住他，将他拉上门口。他们开心地笑着，高兴地拍打着他。"你真棒！"他们叫道，"厉害呀！""所向披靡！"

"今天的练习到此结束。"安德说。

"他们明天还会再来的。"沈说。

"如果不穿急冻服和我们打，"安德说，"他们讨不了便宜，我们会像今天一样痛击他们。穿上急冻服的话，我们就冻死他们。"

"再说，"阿莱说，"出了这种事，教官是不会不管的。"

安德想起了米克跟他说的话，他很怀疑阿莱的说法。

"喂，安德！"当安德他们离开战斗室时，大孩子中的一个朝他喊道，"你什么都不是！混蛋！你什么都不是！"

"他是我从前的战队长邦佐。"安德说，"我想他可能不喜欢我。"

晚上安德用电脑检索了最新通告，四个学员进了医疗通告，一个肋骨淤伤，一个睾丸淤肿，一个耳朵软组织撕裂，还有一个是鼻梁折断，牙齿松脱。受伤原因全都一样：零重力环境中意外碰撞。

如果教官默许了出现在医疗通告里的解释，那么很明显，他们并不打算因为战斗室里那场激烈的小冲突惩罚任何人。他们怎么能这样放任自流？难道学校里发生了什么事他们都不管吗？

这天回来得比平时早，安德从电脑里登录上了那个幻想游戏。他不玩这个游戏已经很长时间了。当他进去时，游戏没有从他上次退出的地方开始，他的角色一开始就出现在巨人的尸体旁。到了这时，那具巨人的尸体已经难以辨认了，除非你离开一段距离仔细观察才能认出来。尸体已经腐烂，融入了山丘，野草和长藤盘绕在它上面。只有巨人的头部还能看得出形状，但已只剩下白骨，就像阴沉贫瘠的山顶露出的石灰岩。

安德并不想再次和那群人面狼身的孩子对打，但令他惊奇的是，他们不在那里了。或许只要杀掉他们一次，他们就永远不会出现了。安德觉得稍稍有些伤感。

他顺着上次的路线下到地底，穿过隧道，来到那个风景优美的悬崖边的突出部。他再次从上面跳了下去，一片白云又托住了他，将他带进城堡塔楼上的房间。

那块地毯又再拆解开来，变成一条毒蛇。这次安德没有犹豫，他一脚将蛇头踩在脚下，用力碾着它。它在脚下拼命扭动，翻滚着身体，安德又加大力量，将它在石头地板上狠狠碾。最后，蛇不动了。安德把它捡起来，甩动着，直到它重新变回地毯，但上面的图案已经不见了。他仍然在手里拖着地毯，开始寻找离开房间的方法。

他发现一面镜子。出现在镜子里的是一张熟悉的脸，彼得的脸，鲜血从他的下巴往下滴着，嘴角露出了一截蛇尾。

安德吓得大叫一声，推开电脑。宿舍里的几个队友赶忙跑了过来。

他向他们道歉，告诉他们说没什么事，于是他们走开了。他再次察看自己的电脑，他扮演的角色还在那里盯着镜子。他想捡起几件家具打破镜子，但家具不能移动。那面镜子也不能从墙上取下来。最后，安德将变毒蛇的地毯扔向镜子，镜子碎了，在它后面的墙上出现一个洞。数十条细小的毒蛇从洞里飞快地爬出来，拼命咬住安德扮演的角色。他疯狂地从身上撕扯着那些毒蛇，随即倒了下来，死在毒蛇堆里。

电脑屏幕暗了下来，显示出一行字："再玩一次？"

安德退出游戏，关上电脑。

第二天，有几个战队长亲自过来或派人过来找安德，告诉他不用担心，还说他的那些额外练习是个好主意，他应该继续进行。他们保证不会再有人来干扰他，还派了几个高年级学员一起参加他的训练。"他们和昨晚袭击你的混蛋一样大。那些家伙还想动手的话，事先肯定得多考虑考虑。"

那天晚上来参加训练的不再是二十多人，而是四十五人，比一支战队的人数还多。不知是因为有高年级学员参加训练，还是因为前天晚上吃够了苦头，以前来捣蛋的那些家伙没有再来挑衅。

安德没有再玩幻想游戏，但他常常梦到游戏中的场景。他不断想着自己的所作所为：杀死毒蛇，将它碾进地里；撕裂那个男孩的耳朵；痛殴史蒂生；打断伯纳德的胳膊……他梦见自己抓着敌人的尸体站起来，发现彼得的脸从镜子里向外看着他。这个游戏对他的事知道得真多，它里面全是可耻的谎言，我不是彼得，我的心中没有残暴。

接踵而至的是他最大的恐惧：他是一个杀人魔王，比彼得更加凶狠。而教官看中的正是这一点。他们需要一个杀人魔王与虫族战斗，他们需要一个能将敌人打得粉身碎骨，让他们的鲜血溅满太空每个角落的人。

好吧，我就是你们要找的人。是你们让我来到了人间，我就是你们想要的那个狗杂种。我就是你们的工具，但你们最想要我做的事却是我最痛恨的。当然，这不算什么大事。当那些小毒蛇在游戏里杀死我时，我不但没有反抗，反而感到高兴。当然，这也不算什么大事。

CHAPTER 09

洛克①和德摩斯梯尼②

"我叫你来这里不是要浪费时间,那部电脑怎么会干出那种事来?"

"我不知道。"

"它怎么会弄到安德哥哥的照片,把它放进仙境程序的图像库里?"

"格拉夫上校,给它编程的时候我不在,我只知道电脑以前从来没有带任何人去那个地方。仙境已经够奇特的了,可那个地方甚至连仙境都不是了,已经超出了'世界尽头',而且——"

"我知道那些地方的名称,只是不知道它的含义。"

"仙境是程序里预设的,游戏的其他几个地方也提过仙境的事,但从来没提过'世界尽头'。我们对这个'世界尽头'一点儿也不了解。"

"我不喜欢让电脑用那种方法扰乱安德的思想。或许除了他姐姐华伦蒂外,彼得是他一生中对他影响最大的人。"

"这个心理游戏就是要让游戏者暴露出自己的恐惧,然后帮助他们

---

① 英国经验主义哲学的创始人,著有《人类理智论》。
② 古希腊雄辩家,极力主张雅典应该反对马其顿国王腓力二世的扩张。

探索应如何缓解。"

"你根本没有弄清状况,英布少校!我不想让安德在'世界尽头'感到舒适快乐,我们的任务是让人面对'世界尽头'奋起抗争,而不是舒舒服服坐等末日来临!"

"游戏里的'世界尽头'不表示'人类的尽头''世界的末日'。对安德来说,它有别的含义,私人性质的含义。"

"好吧,那它们是什么含义?"

"我不知道,长官,我不是那孩子。你应该问他。"

"英布少校,我是在问你。"

"可能有无数含义。"

"先说一个听听。"

"你一直在孤立这个孩子,或许他希望'世界尽头'就是这个世界的终结,战斗学校的终结。又或者它代表安德从前那个世界的终结,来这里以后,从前的世界、从前的家,终结了。又或许他是通过这种途径应付压垮了无数小孩的压力。你也知道,安德是个敏感的孩子,可他重创了别人的身体,或许他想终结的是那样一个世界。"

"又或者你说的全都不是。"

"那个心理游戏包含玩家与电脑之间的互动,他们一起创造情节。游戏情节是对玩家现实生活的反映。从这个角度说,那些情节都是真的。我知道的就是这些。"

"那我来告诉你我知道些什么,英布少校。那幅彼得·维京的照片不可能是从学校档案里找出来的。自从安德来了以后,我们就没有再保留任何与彼得相关的东西,无论是电子文档还是其他形式的资料,都没有。而那幅照片却是彼得的近照。"

"只过了一年半,长官,孩子们的样子能变多少?"

"彼得现在的发型和过去完全不同,他的牙齿做了矫形手术。我从地球上得到了一张他的近照，并作了对比。战斗学校的电脑想得到这张照片，唯一途径就是向一部地球上的电脑发出请求。而且还是向没有与舰队联机的外部电脑发出请求，采取这种行动是必须获得批准的。我们不可能大摇大摆直接走到北卡罗来纳州吉福特县，从彼得的学校档案里撕下一张照片。这部电脑居然干出这种事，学校里谁批准的？"

"你不明白，长官。我们战斗学校的电脑只是联合舰队网络的一部分，如果我们想要一张照片，我们必须发出一个正式请求，但如果那个思维游戏程序认为那张照片是必需的——"

"那它就会直接去调取它。"

"这种事不是每天都会发生的。只有对那个孩子有利时，它才会这样做。"

"好好，它是为他好。可为什么？他的哥哥是个危险人物，这个项目没要他哥哥，因为在我们接触的人中，他是最冷酷无情、最不可信赖的人物之一。为什么他对安德这么重要？为什么？啊？时间都过去这么久了。"

"老实说，长官，我不知道。而这个心理游戏程序经过专门设计，不可能把这些信息透露给我们。实际上，可能它自己都说不清楚。这是个未知领域。"

"你的意思是电脑不断自我学习，自作主张创建了这部分情节？"

"你可以这样想。"

"好吧，这倒使我感觉好了点儿。我还以为有这个本事的只有我一个哩。"

华伦蒂一个人悄悄在后院的树林里庆祝安德的八岁生日。安德的家人搬了新家，现在住在北卡罗来纳州的格林斯博罗。她把一片空地上的松针落叶扫干净，用树枝在地上写出安德的名字，然后抱来一小堆树枝和松针，燃起一小团火。烟雾在头顶的树枝间袅袅升起。飘到太空去吧，她无声地祝福着，飘到战斗学校去吧。

这家人从未收到过安德的来信，就他们所知，他们的信也到不了安德手里。他刚被带走的时候，爸爸妈妈每隔两三天就会坐在桌子旁，给他打一封长长的信。然后，慢慢地变成了一周一次，由于没有收到回音，逐渐变成了一月一次。现在安德离开已经有两年了，这家人从未收到过他的回信，一封都没有。在安德的生日，也没人提到他。他已经死了，华伦蒂痛苦地想，大家已经忘记了他。

但华伦蒂没有忘记他。她没有让父母尤其是彼得知道她是多么想念安德。虽然他没有回信，她仍然给他写了无数封信。后来爸爸妈妈对孩子们说，他们要离开这个城镇，搬到北卡罗来纳州去。华伦蒂知道父母对再次见到安德已经不抱任何希望了。他们离开了安德能找到他们的唯一一处地方。现在这个地方天空阴沉，变化无常，周围都是繁茂的树林，他怎么能找到这里呢？他的一生几乎都是待在屋里度过的，如果他还留在战斗学校，那里的大自然气息就更少了。他怎么才能找到我们呢？

华伦蒂知道爸爸妈妈为什么要搬到这里。是为了彼得。爸爸和妈妈认为，生活在树林和小动物当中，在未经雕琢的大自然里，他们暴戾的儿子会变得平和一点。从某种程度来说，这的确起了作用。彼得立刻喜欢上了这个地方，他常常在野外逗留很长时间，四处游荡——有时整天都待在外面，身上只带着一两个三明治和笔记本电脑，防身武器只有口袋里的一把小刀。

但华伦蒂知道真相。她曾看到过一只被剥开皮、四肢被松枝钉在地上的松鼠。她想象着彼得设下圈套活捉了松鼠，然后用松枝钉住它，小心地将它的皮从头剥到腹部，看着它的肌肉扭曲、颤抖。这只松鼠被折磨了多久才死去的？当松鼠慢慢地死去时，彼得一直坐在旁边，靠着松鼠做窝的树，玩着他的电脑。

开始时她被吓坏了。面对彼得晚餐时旺盛的胃口和开心的谈笑，她差点吐了出来。后来她再回想起这件事，意识到或许这对彼得来说是某种魔法，就像她生起的小火团。他把它当作祭品献给在黑暗中猎取他的灵魂的魔鬼。不过折磨松鼠至少比折磨其他孩子好。彼得就像是个农夫，播种痛苦，培育它成长，当它成熟时贪婪地将它吞掉。喜欢折磨小动物总比残忍地对待学校的孩子好。

"他是个模范学生。"他的老师说，"真希望学校里的学生都像他一样。他时时刻刻都在学习，准时完成作业，是个喜欢学习的好学生。"

但华伦蒂知道这是彼得的诡计。他是喜欢学习，但他从不学老师教他的东西。他总是在家里通过电脑连接上图书馆和资料库学他想学的东西，他还喜欢思考，喜欢和华伦蒂谈论他的发现。但在学校里，他总是装出一副对那些幼稚的课程怀有极大兴趣的样子。"噢，我还不知道青蛙的内部结构是这样的。"他在学校里总是装出什么都不懂的样子，回到家之后，却可能会研究怎么通过校正 DNA 的核心微粒将细胞融合进器官里。彼得是个拍马屁的大师，他所有的老师都被他捧得飘飘然。

不过这也带来了一些好处。彼得不再和别人打架，不再欺凌弱小。他和每个人都处得很好。他似乎脱胎换骨了。

大家都相信了他，爸爸和妈妈也经常这样说，说来说去，听得华伦蒂恨不得对他们大叫，彼得没有变！他还是老样子，只是变得更聪明了。

有多聪明？比你聪明，爸爸。比你聪明，妈妈。比你们见过的任何人都聪明。

但并不比我聪明。

"我一直在考虑，"彼得曾说，"是把你杀掉还是怎么着……"

华伦蒂倚在松树上，她生起的小火堆成了一小团灰烬。"我也爱你，彼得。"

"杀掉你易如反掌，你这个笨蛋经常到处生火，我只消一家伙把你敲昏，一把火烧掉完事。纵火犯一般都是这个下场。"

"我一直在想是不是应该趁你睡着时把你阉掉。"

"不，你没想过。这种事只有跟我在一块儿时你才会想。瞧，是我勾出了你最好的品质。不，华伦蒂，我决定不杀你了。我想明白了，今后你会帮助我的。"

"我会吗？"如果是在几年前，华伦蒂会被彼得的威胁吓住，但现在她已经不再害怕了。不是怀疑彼得能不能干出杀死她这种事，她想象不出还有什么可怕的坏事是彼得干不出来的。但是她也知道，彼得不是个疯子，至少不是那种控制不住自己的疯子。或许除了她自己以外，他比任何她知道的人都更能控制住自己。只要有必要，彼得会一直压制着自己的欲望，他能将任何情绪都隐藏起来。因此，华伦蒂知道他不会在暴怒下伤害她。他只在利益大于风险的情况下才会这样做，而目前还没到这种地步。说实话，正因为这一点，她挺欣赏彼得，其他人她还真瞧不上眼。无论什么时候，他的一切行为总是出于对自己利益的深思熟虑。因此，要保证自己的安全，只需要让彼得相信她活着比她死了对他更有好处就行。

"华伦蒂，要出大事情了。我一直在追踪俄罗斯境内的军队调动。"

"你在说什么呀？"

"在说这个世界，华伦蒂。知道俄罗斯吧？超级帝国？第二次华沙条约？从荷兰到巴基斯坦这一片欧亚大陆的统治者？"

"他们没有公开他们的军队调遣，彼得。"

"当然没有。但是他们公开了他们的客运与货运时刻表。我用电脑分析了这些时刻表，从中找到了哪些是秘密运载军队的车次，我在过去的三年里一直都留意着。最近六个月，他们的活动越来越频繁，他们已经作好了战争准备。一场世界大战。"

"世界联盟会阻止大战爆发的吧？俄国人就不考虑虫族的入侵？"华

伦蒂不知道彼得准备干什么，但他常常提起这种话题，发表他对世界事务的看法。他利用她来检验自己的看法，完善自己的观点。在这个过程当中，她也同时锻炼了自己的思维能力。她发现虽然她很少同意彼得关于世界未来走向的观点，但他们却对当前世界的看法一致。他们已经能够熟练地从那些无知的、容易受骗的新闻撰稿人所写的报道中分析出正确的信息。新闻牲口，彼得常常这么称呼那些新闻界人士。

"联合舰队的行政长官是俄罗斯人，不是吗？舰队的事他全知道。或者他们发现虫族已经不成其为人类的威胁，或者人类正准备跟虫族打一场大仗。不管怎么说，与虫族的战争马上就会结束。他们在为战后的局势作准备。"

"如果他们真的在调动军队，那一定是舰队统兵将领命令他们这么做的。"

"这些都是内部调动，仅限于华沙条约成员国内部。"

真是个令人忧虑的问题。自从与虫族开战以来，全世界一直保持着和平与合作的局面，彼得的发现则动摇了这种局面的根基。她的脑海里不禁浮现出虫族迫使全人类和平合作之前的那个可怕的世界。"也就是说，世界又要倒退回去了。"

"变化还是有一点的。我们发明了防护盾，现在用起核武器来不用再有所顾忌了。互相厮杀起来，一次只能干掉对方几千个，而不是几百万。"彼得笑着说，"华伦蒂，世界大战肯定要来。人类现在拥有一支庞大的国际联合舰队，北美在联盟中居于霸主地位。但是只要虫族战争结束，所有这些以对虫族的恐惧为基础的权力都会化为乌有。到那时，我们四下一望，就会发现过去的同盟已经不存在了，一去不复返了。除了一个同盟：华沙条约组织。世界的格局将会演变成美国对抗华沙条约国。行星带在美国手里，而华沙条约国将占领地球。没有了地球，行星带上的资源将迅速枯竭。"

华伦蒂最不安的是彼得看上去一点也不担心。"彼得，为什么我会有这种感觉：你把这种局面看作你彼得·维京的黄金机会？"

"我们俩的黄金机会，华伦蒂。"

"彼得，你十二岁，而我才十岁。人们用一个词来称呼我们这种年龄的人，儿童。不会有人把我们当回事的。"

"但我们考虑起问题来和其他儿童不一样，对不对？华伦蒂。说话也不像小孩子。最重要的是，我们写起东西来根本不像小孩子。"

"咱们一开始谈的好像是你对我的死亡威胁，彼得，现在有点跑题了吧。"话虽这么说，华伦蒂还是发现自己来了劲头。写作是华伦蒂胜过彼得的事情之一，他们俩都很清楚。彼得有一次说过，他总是能发现别人最憎恨自己的那个方面，并以此威胁，迫使他们就范；而华伦蒂却总是能看到别人最欣赏自己的那个方面，利用赞扬和沟通的手段使他们主动为她做事。这样说虽然极端了一点，但事实的确如此。华伦蒂能说服别人同意她的观点，她能使他们相信，她希望他们做的事也正是他们自己想做的事。彼得却刚刚相反，他希望别人害怕什么，就能让别人害怕什么。他第一次向华伦蒂指出这一点时，她很不高兴。她一直相信自己能够说服别人是因为她是正确的，而不是因为她比别人聪明。但不管她怎么对自己说她不喜欢像彼得一样利用别人，她还是很高兴自己拥有控制他人的能力——以她自己的方式。这种控制还不仅限于让别人做什么，在某些方面，她甚至能让别人想做什么。这种能力让她暗自高兴，同时她又对这种高兴感到羞愧。但华伦蒂还是发现，自己好几次运用了这种能力，让老师同学做她希望他们做的事，让爸爸妈妈同意她的看法。有时她甚至还能说动彼得——这是最吓人的：因为只有非常理解彼得、想彼得所想，才能最终打动他。有时候，她鼓起勇气思考这个问题，发现她与彼得的相似之处比她敢于承认的更多。彼得滔滔不绝时她想的是：你梦想着权力，彼得，但以我自己的方式，我拥有的权力比你的更大。

"我一直在研究历史,"彼得说"学到了许多有关人类行为模式的知识。有的时候,世界格局发生了重大变化。这种时候,适当的话语可以改变整个世界。想想伯里克利在雅典的所作所为,还有德摩斯梯尼——"

"没错,雅典两次毁在他们手里。"

"让雅典发生大动荡的是伯里克利,但德摩斯梯尼斥责腓力二世的话是正确的——"

"不是斥责,是激怒了他——"

"瞧,这就是历史学家常干的事,总是对起因呀结果呀说些模棱两可的话,其实问题的关键在于:世界动荡不安的时候,在适当的地方发出适当的声音可以改变世界。像托马斯·佩因、本·富兰克林、俾斯麦,还有列宁。"

"这些人的情况并不完全一样。"她现在是出于习惯与他争论。其实她明白他的意思,也觉得这是一条可行之道

"我知道你理解不了,你到现在还相信那些当老师的有本事教我们点儿什么值得一学的东西。"

"我能理解的,要比你想象的多,彼得。这么说你把自己看作俾斯麦啰?"

"我把自己看作那个能用自己的观点影响大众思想的人。这种事你经历过没有?想到一句机灵话,你说出来,过了两三星期一个月以后,你听见某个成年人正把这句话说给另一个成年人听,而这些人你压根儿不认识。或者更绝,你在电视里或是网上看到别人捡起了你说过的话。"

"我总觉得那肯定是因为我从前在什么地方听过那句话,又忘了,然后以为是我自己想出来的。"

"你错了。小妹妹,这个世界上可能只有两三千个像我们一样聪明的人。他们大部分都在苦熬苦做过日子。可怜哪,教书、搞研究。这些人中只有极少几个真正掌握了权力。"

"我猜咱们就是那些幸运的'极少几个'啰。"

"你的笑话真滑稽,跟独脚兔子一样滑稽,华伦蒂。"

"我敢说你在这片树林里制造了那么几只。"

"正一圈圈蹦跶着哩。"

华伦蒂想象着这个可怕的情景,情不自禁地笑了起来。同时她又恨自己居然会认为这个情景很可笑。

"华伦蒂,那些两周以后全世界人人都说的话,我们能想出来。我们有这个本事。用不着一直等到长大成人,再安安分分进哪个行当找口饭吃。"

"彼得,你才十二岁。"

"在网上我不是。网上我可以扮演任何角色,你也一样。"

"网上会标明我们的 ID 是学生。除了用听众模式,我们连真正的讨论组都进不了。这意味着我们什么都说不了,没有办法。"

"我有个计划。"

"你什么时候没有计划才奇怪哩。"她装出不感兴趣的样子,听得却很专注。

"只要爸爸让我们用他的成人账号登录,我们就可以拥有大人的全部权利,想起什么网络名都成。"

"可他凭什么做这种事?我们已经有了学生账号。你怎么跟他说?说我需要一个成人账号来改变世界?"

"不,华伦蒂,我什么都不说。你跟他说,说你很担心我,说我在学校里学习特别勤奋,但无法和聪明人交流,简直快把我折磨疯了。每个成年人都小看我,因为我太年轻。我无法与和我同等级的人交谈。你可以证明我的精神已经快要崩溃了。"

华伦蒂想起了树林里那只松鼠的尸体。她明白了,让她发现那只松鼠也是彼得计划的一部分,至少他使这件事变成了他计划的一部分。

"这样一来,他就会同意让我们使用他的成人账号。上网后咱们隐瞒真实身份,拿点儿见识出来,我们的智力就能得到应有的尊重。"

如果是观点看法,华伦蒂可以和他争论,但现在是着手做实事。以前从来没出现过这种情况,她不知道应该怎么办才好。她不能这么说,你凭什么认为别人应该尊重你。她读过写阿道夫·希特勒的书。不知希特勒十二岁时是不是也这个样子?可能不像彼得这么聪明,但同样渴望得到荣誉。如果希特勒童年时被打谷机打死,被马撞死,对世界来说会意味着什么呢?

"华伦蒂,"彼得说,"我知道你怎么看我,你觉得我不是个好人。"

华伦蒂把一支松针扔向他。"给你来一支穿心小箭。"

"我很久以前就想和你好好谈谈了,但我一直都有点担心。"

她把一支松针放进嘴里,朝他喷去。它一吹出去就垂直地掉了下来。"又没打中。"彼得笑着说。为什么他要假装软弱呢?

"华伦蒂,我担心你不会相信我,不相信我做得成大事。"

"彼得,我相信你什么都做得出来,而且你也会去做的。"

"我更担心的是,你相信我,但你却要尽力阻止我。"

"得了吧彼得,对付我你还是用老招数,威胁杀死我吧。"难道他真的相信装出一副可怜兮兮的好孩子模样就能把她骗倒?

"看来我的幽默感有点变态,抱歉。那么说只是开个玩笑,这你也知道。我是真的需要你的帮助。"

"好啊,这个世界正盼着你哩,等着你这个十二岁的孩子来解决一切问题。"

"我现在是只有十二岁,这又不是我的错。同样,大好机遇选这个时候来也不是我的错。现在正是我干大事的时候。动荡时期的世界总是民主的,话说得最漂亮的人将赢得胜利。大家以为希特勒能够获得权力是因为他的军队,因为他杀人没有顾忌。这种观点有一部分是正确的,因为在现实世界中，权力永远以威胁、死亡和背叛为基础。不过希特勒赢得权力主要靠的是语言——在适当的时候说出适当的言辞。"

"我正想把你比作希特勒。"

"可是我不恨犹太人，华伦蒂。我不想消灭任何人，我也不希望有战争。我只希望这个世界能够更加团结，我错了吗？我不想这个世界回到过去的老路上。你知道世界大战吗？"

"知道。"

"人类现在就有可能回到那条路上去，可能更坏。到头来我们可能会发现自己终日处在华沙条约组织的威胁下。这还算是好的呢。"

"彼得，我们只是孩子，你明白吗？我们正在上学，正在成长——"虽然她嘴上仍在坚持自己的看法，心里其实很希望能够被他说服。从一开始就希望他能够说服自己。

彼得还不知道自己已经赢了。"如果我相信这种话，接受这种话，那就只好干坐着眼看大好机会消失。等我长大了，已经太迟了。华伦蒂，听我说，我知道你怎么看我，你一直都是这样看的。我是个恶毒、卑鄙的哥哥。我对你很残酷，在他们带走安德之前，我对他甚至更残酷。但我并不恨你们，我爱你们俩，我只是不得不——获得控制权。你明白吗？这对我非常重要，我有最出众的天赋。我知道人们的弱点是什么，连想都不用想就知道怎么去利用它。我可以成为一名商人，管理大公司，不断拼搏一直达到巅峰。然而，我得到了什么？什么都没有。我肯定会获得管理他人的权力，华伦蒂，肯定会控制某些东西，但我希望自己所控制的东西值得我去控制。我想成就真正的事业，使世界在美国的统治下获得真正的和平。这样一来，在虫族之后，下一个侵略者来到的时候，他们会发现我们已经在宇宙中扩展了上千个世界，我们彼此和平共处，是任何一个异族无法征服的。你明白吗？我想把人类从自我毁灭中拯救出来。"

她从未见过彼得说话说得如此真诚，声音里没有一丝嘲笑和谎言的痕迹。这方面他可真是越来越在行了。不过或许他说的是真话？"那么，一个十二岁的男孩和他的妹妹要去拯救世界？"

"亚历山大这样做时，他有多大？我不是想一夜成功，只想从现在就开始，如果你帮我的话。"

突然间，彼得双手捂着脸抽泣起来。华伦蒂最初以为他是在做戏，后来又拿不准了。他还是有可能爱她的，对不对？在天大的机遇前，他愿意在她面前表现出软弱来赢得她的爱，这也是有可能的。他是在操纵我，她想，但这并不意味着他不真诚。他把手拿开时，他的脸颊都湿了，眼睛通红。"我知道，"他说，"我最害怕的是，我真的是个怪物。我不想成为一个杀人魔鬼，但我控制不了自己。"

她从来没见过他表现得如此软弱。你太聪明了，彼得。你在我面前隐藏了你的软弱，关键时刻才拿出来打动我。

但彼得的示弱的确打动了她，因为如果这是真实的，甚至只有一部分是真实的，那么彼得就不是个怪物，她也可以借此满足自己心里类似彼得的对权力的渴望，不用担心自己也变成个魔鬼。她也知道，即使现在这个时刻，彼得仍在算计，但她相信经过算计之后，彼得说了真话。即使如此，他说的也是真话。这种感觉本来深深埋在她的心底，但彼得不断深入，直到赢得她的信任。

"华伦蒂，如果你不帮我，我不知道自己会变成什么。但如果你和我一起，无论什么事上都成为我的伙伴，你就可以阻止我变成——坏人。"

她点点头。你只是假装和我分享权力，她想，但事实上我能控制你，只是你不知道而已。"好吧，我帮你。"

爸爸刚给了他们成人账号，他们就开始行动了。他们避开需要用真实姓名登录的网络，这并不困难，只有涉及金钱时才要求真实姓名。他们不需要钱，他们要的是尊重，他们可以从中得到回报。在合适的网络里使用假名，他们可以扮作任何人，老头、中年人，任何人都可以，只要注意自己的言谈举止就行。别人看到的只是他们写的文章，了解的只是他们的思想。在网上，每个人起步时都是平等的。

开始时，他们没有使用固定的假名，假名用过几次后就抛弃，从不用彼得准备以后打出名气、扩大影响的姓名。当然，他们没有获得邀请加入国际国内著名的政治论坛，在那里他们只能用听众模式，只有等得到邀请或被推选后才能发言。但他们仍旧登录上去，仔细观察，读名家撰写的言论，观看电脑屏幕上的辩论。

接着，他们开始在一些次一级的论坛贴出自己的见解。这些论坛是供普通人就当前重大问题发表看法的。彼得坚持他们应该有意发表富于煽动性的言论。"除非得到别人回应，我们没有办法知道我们的写作风格行不行得通，而如果我们的言论不温不火，没有人会回应我们。"

他们的言论确实没有"不温不火"，人们开始回应他们的帖子了。贴在网上的公开回应只略带讥讽，发到华伦蒂和彼得私人 E-mail 里的则极尽挖苦之能事。不过两人的确因此学会了怎样使自己的文笔摆脱幼稚和不成熟的口吻。他们越写越好。

当彼得觉得他们已经能毫无破绽地用成年人的口吻说话后，他注销了那个旧的身份。两人开始准备引起别人的重视。

"我们俩要分头行动，用不同的身份，在不同时间就不同问题发表意见。彼此绝不能提及对方。你主要在西岸网络活动，我主要在南部，内容也分别与这两个地区相关。好好准备吧。"

他们的准备工作做得非常充分。见他俩一天到晚总在一起，胳膊底下夹着电脑，妈妈爸爸有时候挺担心的。不过他们没什么可抱怨的。两人的成绩非常出色,而且华伦蒂从正面影响了彼得，改变了他的处事态度。天气晴朗时，彼得和华伦蒂会一起跑到树林里去。如果下雨了，他们就会待在小餐馆或室内公园，一起撰写他们的政治评论。彼得很小心地设计了两个身份，每个身份发表他的部分观点。他们甚至还有几个备用身份，不时用来加入第三方意见。"让他们两个都拥有各自的追随者。"彼得说。

有一次，文章改了又改，彼得还是不满意，华伦蒂烦了，朝他嚷道："那你一个人写吧！"

"我写不了，"他回答说，"他们的风格和言论不能相同，绝对不能。你忘了，有一天我们会大名鼎鼎，别人会分析我们。我们必须每次都用不同的身份出现。"

她只好继续写下去。她在网上的名字叫做德摩斯梯尼——彼得挑选的名字。他自己叫洛克。明显是假名，但这是计划的一部分。"如果走运的话，他们会开始猜测我们是谁。"

"如果我们的知名度足够高，政府总能插手查出我们的真实身份。"

"到那时，我们的掩体已经掘得很深了，他们造不成多大损失。发现德摩斯梯尼和洛克是两个小孩子，大家也许会大吃一惊，但他们已经习惯于听从我们的言论了。"

他们准备了一系列文章，打算以假名在网上发起一场辩论。开始第一篇由华伦蒂执笔，而彼得则随便用个假名来反驳她。他的回复要充满才智，把辩论搞得有声有色。这是双方交锋的第一个回合，文章中包含大量巧妙的谩骂和华丽的词藻。华伦蒂对修辞韵脚这一套很在行，她的文章会给读者留下深刻印象，此后再进入网上的第二轮辩论，要安排好文章的发表时间，让别人看来仿佛这些文章是看了前文之后现创作出来的。事情进行得很顺利，有时有的网友也会发表意见，彼得和华伦蒂一般不理会，或者只对事先写好的文章稍稍作点改动。

彼得仔细地记下文章中哪些文句给别人留下的印象最深，然后他们一次又一次在别的地方搜索，看这些话有否被别人引用。不是所有句子都引起了别人注意，但它们中的大部分被别人不断引用，有的甚至出现在一些权威性的网站的主要讨论组中。"别人在读我们的东西，"彼得说，"我们的观点正在传开。"

"只是零零碎碎一些句子罢了。"

"这正是衡量的标志。你瞧，我们拥有了一些影响力。虽然没有人在引用我们的话时提到我们的名字，但他们正在争论我们提出的观点。我们就好像在帮他们设定议程一样。咱们上道了。"

"我们是不是应该申请加入主讨论组？"

"不，等他们来请。"

仅仅过了七个月，西岸网络公司就给德摩斯梯尼发来信息，邀请他在一个相当热门的新闻网站上撰写每周一次的专栏。

"每周一次的专栏我做不来，"华伦蒂说，"我连每月一次的月经都没来过。"

"这两桩事没关联。"彼得说。

"对我来说是有关系的。我还是个孩子。"

"告诉他们说你干，你说因为你不想透露自己的身份，现在是网络时代了，你让他们付给你具有时代气息的报酬——以他们公司的账号登录的密码。"

"那么政府追踪我时——"

"他们就会发现你只是一个从西岸网络登录的人，不会把爸爸的成人账号牵扯进来。我想不通的是，他们为什么要德摩斯梯尼而不是洛克。"

"更有才能的人占了上风呗。"

作为一个游戏，他们现在做的事是相当有趣的。但华伦蒂不喜欢彼得对德摩斯梯尼的定位，德摩斯梯尼渐渐成为一个反华沙条约作家，而且相当偏激。这让她觉得很恼火，因为彼得是将恐惧加入文章的专家，她不得不经常请教他该怎么做。而同时，彼得的洛克则模仿她温和感性的性格。这种做法其实相当聪明。两人互相影响之下，他的洛克变得既能体察他人，又善于利用别人内心暗藏的恐惧。最大的用处是将华伦蒂和彼得两人紧紧绑在一起。她无法退出，无法利用德摩斯梯尼发表她自己的观点，因为她不知道怎么使用这个角色。同样的，没有她的帮助，彼得也无法以洛克的身份写作。但，也许他有这个本事？

"你不是想让全世界团结起来吗？你觉得我应该这样写下去，彼得，可我简直等于在号召人们发动战争来打破华沙条约组织。"

"不是战争，只是想让他们开放网络，禁止侦听，让信息自由传播，特别是要他们遵守联盟协议。"

华伦蒂开始不自觉地用德摩斯梯尼的腔调说话，虽然她说的并不是德摩斯梯尼的观点。"每个人都知道，联盟自成立之日起就将华沙条约组织当成一个单一的实体。国际间的交流继续存在，但在华沙条约国之间的交流都被联盟视为它们的内部事务。有了这个先决条件，华沙条约才同意美国成为联盟的盟主。"

"你现在说的观点应该属于洛克，华伦蒂。相信我，你应该呼吁废除华沙条约组织作为单独实体的地位。你要让人们充满愤怒，然后，当你觉得有必要将态度缓和下来的时候——"

"那么大家就会不听我的，投入战争。"

"华伦蒂，相信我。我知道我在做什么。"

"你怎么知道？你不比我聪明，这种事以前你也没做过。"

"我十三岁了，而你才十岁。"

"快十一了。"

"我懂这些事。"

"好吧，我按你说的做。但我不会高谈阔论什么'不自由毋宁死'的话了。"

"你会的。"

"等哪天我们被抓住了，人家问你为什么你妹妹是个好战分子时，你会告诉他们说是你让我这么做的吗？我可不想把赌注押在这上头。"

"你怎么那么烦呀，不是来了月经吧，小女人？"

"我恨死你了，彼得·维京。"

最令华伦蒂烦恼的是，她的专栏文章同时被几个大型网站转载，而爸爸开始留意到了这些文章。他现在经常在吃饭时引用网站上的观点。"总算有个有头脑的人开口说话了。"他说，然后引用一下华伦蒂文章里的话。其实华伦蒂最不喜欢的就是爸爸引用的那几句。"面对虫族威胁时应该和俄罗斯人合作，但在打败虫族之后，我看不出有什么理由让半个文明世界成为俄罗斯帝国事实上的奴隶。你能找出什么理由吗，亲爱的？"

"我觉得你把这些事情看得太重了。"妈妈说。

"我喜欢这个德摩斯梯尼，喜欢他看问题的方法。奇怪的是，他没有在主流网络里露面，我在一些国际关系论坛里找过他。知道吗，他根本没有加入那些论坛。"

华伦蒂没了食欲，她离开餐桌。彼得等了一段适当的时间，跟了上去。

"你不想对爸爸撒谎，"他说，"那又如何？你并没有欺骗他，他没有把你当作德摩斯梯尼，而德摩斯梯尼说的都是你自己不相信的事情。两相抵消。"

"就是因为这种混账逻辑，所以洛克才是个大浑蛋。"真正让她烦恼的并不是她对爸爸撒了谎，而是爸爸认同了德摩斯梯尼的观点。她曾经想过只有傻瓜才会追随德摩斯梯尼。

几天后，洛克被邀请在新英格兰新闻网上开设专栏，专门发表与德摩斯梯尼相反的意见。"对两个半大孩子来说可真不赖呀。"彼得说。

"在新闻网上撰写专栏离控制全世界远着呢。"华伦蒂给他泼冷水，"这条路长极了，长得以前从来没人走到头过。"

"不，有人走过。虽然没有在现实中控制全球，至少在精神方面有这个先例。我会在我的第一篇专栏文章里狠狠刺一下德摩斯梯尼。"

"哼，德摩斯梯尼甚至不会注意到洛克的存在。永远不会。"

"至少现在不注意。"

现在他们都有了自己的账号，作为给网站撰写专栏获得的回报。爸爸的账号只在随便用个假名发表文章时才用。妈妈抱怨说他们耗在网上的时间太多。"只学不玩，脑子会傻掉的。"她提醒彼得说。

彼得故意让自己的手有点发颤，然后说："如果你觉得我应该停止上网，我会的。我想我现在的状态好多了，不会精神崩溃。真的不会。"

"不，不。"妈妈说，"我不是想让你停下来，只是——小心一点，就这些。"

"我很小心，妈妈。"

像往常一样，这一年里没发生什么变动，对此安德可以确信。他仍然是排行榜上的第一名，现在没有人再怀疑他的能力。九岁时，他被任命为凤凰战队的战斗小组组长，战队长是佩查·阿卡莉。晚间训练仍在继续，现在参加的人都是精英，都是被自己的战队长推荐来的。当然，只要愿意，任何一个新兵都可以参加。阿莱也在别的战队当上了组长，他们仍然是好朋友。沈虽然不是组长，但这不影响他们的友谊。丁·米克最终取代了大鼻子罗斯成为野鼠战队的战队长。一切都很顺利，非常顺利，不能要求更多了——

但为什么我这么憎恨自己的生活？

安德每天不是训练就是玩游戏，他喜欢训练自己小组的士兵，他们完全听从他的指挥。他得到了所有人的尊重，晚间训练时大家也对他毕恭毕敬。战队长们都来学习他的战术，队员们吃饭时都想坐在他身边，连教官都对他刮目相看。

这该死的尊重！他憋得恨不能放声狂叫几嗓子。

他看到佩查战队里刚刚从新兵队分来的年轻队员正在一起玩耍，在自以为没人看见时作弄他们的组长。他还看到一些已经在战斗学校里共同生活了好几年，已建立起战友情谊的老朋友，正快乐地谈论着以往的战斗经历、早已毕业的学长和指挥员。

他和他自己的老朋友之间却没有欢乐，没有回忆，只有战斗和训练。但今天晚上训练时出现了笑声。安德和阿莱正讨论在太空中调遣兵力的细微差别，沈走了过来，在旁边听了一会儿，突然抓住阿莱的肩膀大叫道："超新星爆炸！爆炸！爆炸！"阿莱大笑起来。安德看着他们说呀笑呀，回忆起发生在战斗室的那场殴斗，大家怎样避开了高年级学员的封堵，然后——

阿莱和沈突然想起安德就在自己旁边。"对不起，安德。"沈说。

对不起？为什么？我们是朋友啊！"我当时也在场，你知道的。"安德说。

阿莱和沈再次向安德道歉，恢复了严肃的态度，以保持对他的尊重。安德明白了：他们的笑声中，他们的友谊里，没有包括他。

他们怎么会觉得我也是他们中的一分子呢？我没有和他们一块儿笑，没有参加他们的谈论。我只是站在那儿，看着他们，像个教官。

他们就是这么看我的——教官、传奇式的士兵，不是他们中的一员。再也不是那个可以紧紧拥抱、在他耳畔轻声说"赛俩目"的安德了。那种事只发生在安德还是个孤独无助的受害者的时候。现在，他已经是最出色的士兵，已经完全、彻底地和其他士兵分隔开来。

我真替你难过，安德。他躺在床上，在电脑里打出一行字："可怜的安德。"然后他笑起来，删除了这行字。在这个学校里，没有一个男孩或女孩不想拥有他现在的地位。

他登录幻想游戏，像往常一样通过小山上侏儒们用巨人尸体建起的村庄。墙壁很坚固，是用巨人的肋骨做成的，它们的弧度非常合适，肋骨之间还留有足够的空间做成窗户。巨人的整个身体被分成一座座房子，面对沿脊骨下行的道路。它的骨盆被雕成圆形剧场,一群侏儒马在巨人的两脚之间吃着草。安德从来没弄明白侏儒们整天忙忙碌碌在干什么,但他通过村庄时,他们没有妨碍他,他也没有伤害他们。

他跃过公共剧场底部的耻骨,穿过牧场。那群侏儒马躲开他,他没有追赶它们。安德现在已经弄不明白这个游戏是怎么回事了。在他第一次到达"世界尽头"之前,他遇到的不是战斗就是猜谜,在敌人杀掉你之前打败他,或者琢磨怎样穿过障碍物。但是现在,没有打斗,战事不存在了,无论去什么地方都不会碰到障碍。

当然,"世界尽头"城堡的房间是个例外,游戏中只剩下这一个危险的地方。不管他多少次发誓说永远不会再回到那儿,永远不会再杀死那条蛇,永远不会再面对他的哥哥,安德还是一次又一次回到那里,然后无论怎么做,他总是一次又一次在那里死掉。

这次和以往没有什么不同,他试着用桌上的小刀插进墙壁的灰泥里,从墙上挖出一块石头探查,但一捅破灰泥,洪水立刻从裂缝里喷出,安德只能盯着电脑上他的角色再也不受他控制,拼命与洪水搏斗以保存性命。房间里的窗户不见了,水位逐渐升高,他的角色慢慢沉了下去。每当这个时候,彼得的脸就会出现在镜子里,盯着他。

我被困在这里了,安德想,困在"世界尽头"里无路可走。不管他在战斗学校如何成功,一种辛酸涌上心头。安德明白了,这是绝望的滋味。

华伦蒂到学校时,校门口站着几个穿制服的人。他们不像卫兵一样挺立不动,而是懒懒散散站在四周,好像正等着学校里面某个人办完自己的事情出来。他们的军装是 IF 陆战队的,每个人都在电视纪录片里那些血腥战斗中见过。这给那天的学校带来了一丝浪漫气氛:所有孩子都兴奋不已。

但华伦蒂兴奋不起来。一方面,这让她想起了安德;另一方面,她很害怕。有人最近对德摩斯梯尼的文章进行了强烈抨击。这篇评论和她的文章在国际关系论坛的公共板块里引起了激烈争论，很多最重要的人物都纷纷发表看法，对德摩斯梯尼的文章或支持或反对。最让她担心的是一个英国人的评论："不管他愿不愿意，德摩斯梯尼不能永远隐藏在假名之后。他激怒的聪明人太多，取悦的傻瓜也太多，再也不能继续躲在他那个非常恰当的假名后面逍遥自在。他或者自己摘下面具，领导他召唤起来的愚昧的力量，或者被他的敌人揭露其真面目，看看到底是什么病毒造就了这个扭曲邪恶的头脑。"

彼得对此非常高兴，华伦蒂却忧心忡忡。恶毒的德摩斯梯尼激怒的有权有势的人太多，她可能真的会被别人追踪揭露。就算美国政府受宪法约束，国际联合舰队也很有可能干出这种事。现在，联合舰队的大兵开进了西吉福特中学，显然不是来征兵的。

因此，登录后发现电脑中那条信息时，华伦蒂并没有感到特别惊讶。

请立即注销退出，到赖贝莉博士的办公室报到。

华伦蒂在校长办公室门口紧张地等候着，直到赖贝莉开门招手唤她进去。房间里最舒服的那把椅子里坐着一个身穿上校军服、挺着大肚子的IF军官。一见到他，她最后的疑虑消除了。

"你是华伦蒂·维京？"他说。

"是的。"她低声回答。

"我是格拉夫上校，我们以前见过面。"

以前见过面？她什么时候和联合舰队打过交道？

"我想单独和你谈谈你兄弟的事。"

那么，还不光是我一个人，她想。他们逮住了彼得。这回他又干了什么坏事？干了什么疯狂的事？我还当他已经不这么做了。

"华伦蒂,你好像很害怕。不用怕,来,坐下。告诉你,你弟弟过得很好,甚至超出了我们对他的期望。"

她心里的石头落了地,现在她明白了,他们是为了安德来的,不是来惩罚我的。他们是为了小安德,他很久以前就离开了,没有参加彼得的密谋。你真幸运,安德,没等彼得把你套进他的阴谋你就离开了。

"你对你弟弟有什么想法,华伦蒂?"

"安德?"

"当然。"

"我能有什么想法?我从八岁起就再没见过他,也没听过他的任何消息。"

"赖贝莉博士,您能让我们单独谈一会儿吗?"

赖贝莉很不高兴。

"我重新考虑了一下,赖贝莉博士。如果我们到外面去,远离你的助手放在这个房间里的录音设备,我想华伦蒂和我会有更多的话要聊。"

华伦蒂还是第一次见到赖贝莉博士哑口无言。格拉夫上校从墙上摘下一幅照片,从后面的墙上剥下一片感应薄膜,它后面连着一个小型的发送装置。"便宜货,"格拉夫说,"但很有效。至于它的功能,我想,不用我说你也懂。"

赖贝莉接过那个装置,重重坐在了她的桌旁。格拉夫带着华伦蒂走了出去。

两人走进足球场。士兵们跟在后面,保持着一段谨慎的距离,分散开来,形成一个大圈,尽可能扩大警戒范围。

"华伦蒂,我们需要你帮助安德。"

"哪种帮助?"

"我们还不能肯定,我们需要你帮我们想出来。"

"好吧,出了什么事?"

"这正是问题的一部分,我们也不知道出了什么事。"

华伦蒂止不住笑了出来。"我有三年没见过他了!而你们每天都和他在一起!"

"华伦蒂,我来回地球与战斗学校一趟所花的钱比你爸爸一辈子挣的钱还要多,我来就是要办成事,不会随随便便心血来潮就跑一趟。"

"国王做了个梦。"华伦蒂说,"他要他的智囊替他圆梦,否则就杀死他们。问题是他忘记那个梦是什么了。只有但以理猜出来了,因为他是个先知。"

"看来你读过《圣经》?"

"我们今年的高级英语课上教过古典文学。我不是先知。"

"我很想告诉你关于安德的所有情况。但这需要几个小时,或许几天,而且在此之后,我不得不限制你的自由,因为这些事情都是机密。所以,我们想想从有限的信息里能得出什么结论。学校里有一个供我们的学员玩耍的电脑游戏……"然后他把"世界尽头"和那间密室以及彼得的照片出现在镜中的事都告诉了她。

"把照片放在那里的是电脑,又不是安德。为什么不去问问电脑?"

"电脑也不知道。"

"难道我应该知道?"

"自从安德去了我们那儿后,这是第二次他打到了游戏的最后关卡,而这个游戏应该是无法通关的。"

"他解决了第一个难题吗?"

"最后解决了。"

"那就给他点时间,他或许能解开第二个。"

"我不能肯定,华伦蒂,你的弟弟很不开心。"

"为什么?"

"我不知道。"

"你知道的事不太多，对不对？"

华伦蒂以为这个人会生气，但是他却笑了起来。"你说得对，我知道的不太多。华伦蒂，为什么安德会不断在镜子里看到彼得？"

"不该会这样。这很愚蠢。"

"为什么愚蠢？"

"因为如果世上有一个安德的死对头，这个人只能是彼得。"

"怎么会这样？"

这是个危险的问题，华伦蒂不知该怎么回答。引起别人怀疑彼得会带来很大麻烦。华伦蒂很清楚，尽管没人会认为彼得的那个控制世界的想法会对当前政府造成威胁，但他们很有可能会把他当成个疯子，当成妄想狂，会强制他接受治疗。

"你打算对我撒谎了。"格拉夫说。

"我只打算中止和你的谈话。"华伦蒂回答说。

"你在害怕，为什么？"

"我不喜欢你问有关我家庭的问题，别来烦我们家。"

"华伦蒂，我尽量不烦你们家。我来找你，是免得无休无止盘问彼得和你父母。我只想和你一起马上把这个问题解决掉。你是安德在世上最爱和最信任的人，或许更是他唯一深爱和信任的人。如果不能用这种方式解决问题，我们只好扣留你的家人，以后想怎么干就怎么干。这不是件小事，我不会轻易罢休的。"

我是安德唯一深爱和信任的人。华伦蒂心中百感交集，既痛苦，又悔恨，同时还觉得羞耻，因为现在她和彼得更接近，彼得成了她生活的中心。安德，我为你在你生日时点起篝火，对彼得我则帮助他实现他的梦想。"我从来没把你看成好人，你把安德带走时没有，现在也没有。"

"别装成个什么都不懂的小姑娘，你很小的时候我就留意过你的测验成绩，到了现在，没几个大学教授赶得上你的水平。"

"安德和彼得互相憎恨对方。"

"我知道,你说他们是死对头。为什么会这样?"

"彼得——有时候很招人恨。"

"哪些地方招人恨?"

"坏呗。他就是坏,就这些。"

"华伦蒂,看在安德的份上,告诉我他坏起来干了些什么。"

"他经常威胁说要杀掉别人,虽然并不是当真的。但我们很小的时候,安德和我都很怕他。他说要杀掉我们,实际上,主要是说要杀掉安德。"

"我们曾通过监视器注意到那种情况。"

"事件的起因正是那个监视器。"

"就这些?多告诉我一些彼得的事。"

于是华伦蒂就告诉格拉夫,彼得在各个学校怎么对付他的同学。他从来不打他们,但把他们折磨得和挨打一样难受。他找出最让他们感到羞愧的事,又把这些事告诉他们最想博得其尊重的人。他还会找出他们害怕的事,然后要他们经常面对它。

"他也这样整安德?"

华伦蒂摇摇头。

"你能肯定?难道安德没有弱点?难道他没有最害怕或最羞愧的事情吗?"

"安德从来不做让自己感到羞愧的事。"华伦蒂突然为自己忘记和背叛了安德感到内疚,她哭了起来。

"你为什么哭?"

她摇着头,无法解释这种感觉。她想起她的小弟弟,他是那么好,她保护了他好长一段时间。然后她想起现在自己已经成了彼得的同盟和帮凶,甚至成了他的奴隶,她加入了他的计划,而这计划却完全不受她的控制。安德从来不向彼得屈服,但我却做不到,我已经被他控制了,安德从来不受他的控制。"安德从来不会向人屈服。"她说。

"向谁？"

"彼得。他不愿意变成跟彼得一样。"

他们沿着球门线静静地走着。

"安德在什么情况下才会变得跟彼得一样？"

华伦蒂打了个哆嗦。"我已经告诉你了，他不会。"

"安德不会做彼得做的那些事，因为他当时只是个小男孩。"

"但是，我们都想——我们都想杀掉彼得。"

"啊。"

"不，那不是真的。我们从没有说过这种话，安德从来没说过他想这样做。我只是……推测。是我想这样做，不是安德。他从未说过他想杀掉彼得。"

"那他想怎么样？"

"他只是不想成为——"

"不想成为什么？"

"彼得喜欢虐待松鼠。在地上设下陷阱抓住它们，然后活生生剥掉它们的皮，看着它们断气。他以前这样做过，虽然现在没再做了，但他的确做过，如果安德知道了，我想他会——"

"他会怎样？救出松鼠？医治它们？"

"不，当时我们不敢坏彼得的事，不可能和彼得作对。但安德会善待松鼠。你明白吗？他喜欢喂东西给它们吃。"

"但如果他经常喂东西给松鼠吃，它们就会变得驯服，就更容易被彼得抓住。"

华伦蒂又哭了起来。"不管我们做了什么，结果都是帮了彼得的忙。做的每件事都会帮助他。每件事。无论如何都躲不开。"

"你现在是在帮彼得吗？"格拉夫问。

她没有回答。

"彼得真的坏到这个地步吗,华伦蒂?"

她点点头。

"彼得是世界上最坏的人吗?"

"那我不知道,但他是我认识的最坏的人。"

"可你和安德是他的弟弟妹妹,拥有同样的基因,同样的父母,为什么他这么坏——"

华伦蒂转身朝他尖叫起来,好像他要杀死她似的。"安德和彼得不一样!完全不一样!他们只是一样聪明——仅此而已。在其他的任何方面,不管谁像彼得,但安德绝对、绝对、绝对和彼得不同!绝对!"

"我明白了。"格拉夫说。

"我知道你在想什么,你是个王八蛋,你在想是我错了,安德其实和彼得一样。那好,或许我才真的和彼得一样,但安德绝不是一样。以前他哭的时候,我常常对他说,你和彼得不一样,你从不喜欢伤害别人,你很和善,待人很好,和彼得完全不同。"

"这是事实。"

格拉夫的同意使她平静下来。"没错,这是真的,这是真的。"

"华伦蒂,你会帮安德吗?"

"现在我已经帮不上他了。"

"你可以像以前一样安慰他。对他说,他从不喜欢伤害别人,他是个好孩子,还有他和彼得一点都不像,这一点是最重要的,对他说他和彼得一点都不像。"

"我可以见到他?"

"不。我想让你给他写信。"

"这有什么用?安德从来不给我回信。"

格拉夫叹了口气。"他是个每信必回的人。"

过了几秒钟她才明白过来。"你们太卑鄙了。"

"孤立环境……对培养创造力有好处。我们需要的是他的智慧，不是……算了，我不会在你面前为自己辩护。"

你现在做的可不就是这个吗？但她没有说出来。

"他有点松劲了，止步不前。我们想推动他前进，他却不想动。"

"也许我帮助安德的最好途径就是告诉你我不干。"

"你刚才已经帮过我了，你还可以再帮我一把，给他写信。"

"你得向我保证你们不会删改我写的东西。"

"我不会做出任何保证。"

"那我不写。"

"那我就会冒充你写信给他。我们可以从你写给他的信中模仿你的写作风格。易如反掌。"

"我想见他。"

"他只有到十八岁才能离校。"

"你说过十二岁就能离校。"

"我们改变了规定。"

"那我更不会帮你！"

"不是帮我，是帮安德。如果你在帮他的同时又帮了我们，这又有什么关系呢？"

"你们到底对他做了什么可怕的事情？"

格拉夫哈哈笑起来："华伦蒂，我亲爱的小姑娘，最可怕的事才刚刚开始呢。"

安德看了来信的头四行才意识到这不是学校的学员给他发来的E-mail。这封信发过来时没什么特别——他登录之后，屏幕上显示出一行信息"信件待阅"。看了头四行后，他立即跳到信末查看署名，然后再回到信首开始阅读，他在床上蜷曲着身子，把信看了一遍又一遍。

安德：

在这以前，那些混蛋没有把我寄给你的信转给你。我给你写过几百封。你一定以为我没写过信。不，我写了。我没有忘记你。我记得你的生日，我记得所有事情。有人可能会认为你现在已经是个士兵了，会变成一个喜欢伤害别人的残忍的家伙，就像我们在电视上看到的海军陆战队员那样。但我知道这不是真的。你和某人一点都不像，他外表像个正人君子，但内心仍然充满了残暴。或许你觉得自己正变得越来越像他，但我决不会这么想。

华伦蒂

（不用回信给我，他们多半会扣下你的信。）

显然，这封信是在教官的指使下写的，但它的确出自华伦蒂的手笔。里面的习惯用语，对彼得的称呼等等，这些事除了华伦蒂，没有别人知道。

但有点太过了，显然有人急于使安德相信这封信是真实的。如果它是真实的，为什么他们还会表现得如此迫切？

总之这封信是不真实的。即使是由她一字一句写成的，这封信也是不真实的，因为这是教官让她写的。她以前给他写过信，但他们没有给他。那些信才可能是真实的。这封信却是在他们的要求下写的，是他们计划的一部分。

绝望的情绪又涌了上来。现在他知道原因了。现在他知道他最恨的是什么了——他无法控制自己的生活。教官们控制着一切，所有选择都是他们替他作的。他们只给他留下一个游戏，除此之外，没有别的东西。他所做的一切全是为了战斗。唯一真实和珍贵的东西，就是他对华伦蒂的记忆，她一直爱他，不管会不会发生虫族入侵她都爱他。但他们把她从他手里夺走了，让她加入他们一方。现在她已经和他们站在同一战线了。

他痛恨这些人和他们的诡计。他的情绪极度低落，又一次读着华伦蒂给他写的信，抑制不住地哭了出来。凤凰战队的一些队员听到了他的哭声，都把脸转开了。安德在哭？真让人害怕，肯定发生了极其可怕的事。那个在任何战队都是最出色的战士，居然会躺在床上哭泣。宿舍里一片死寂。

安德删除了那封信，将它从硬盘中彻底清除，然后立刻登录幻想游戏。他不知道为什么自己会这么想玩这个游戏，这么想进入"世界尽头"。但他没有浪费时间，很快就再次回到那里。只有当他坐在那朵云上，飘浮在充满秋天气息的田园世界上空时，他才意识到自己对那封信最憎恨的是什么。它所说的全都是和彼得有关的事，还有他怎样一点也不像彼得。那些话华伦蒂以前常对他说。每次当彼得折磨他之后，她都会搂着他，用这些话安慰他，使他不再颤抖，不再恐惧。那封信里说的全是这些。

那就是教官们想要的东西。那些混蛋知道安德心里想的是什么，他们知道彼得的形象出现在城堡房间的镜子里，他们知道一切。对他们来说，华伦蒂只不过是用来控制他的另一件工具，这是他们的另一个诡计。米克是对的，教官们才是敌人，他们什么都不爱，什么都不在乎。他不会做他们想让他做的事，也不会再为他们做任何事。他的心中仅剩下一个美好的回忆，这些王八蛋连它也不放过，他们粉碎了一切——因此，他完了，他不会再继续下去了。

像往常一样，那条大蛇在塔楼房间里等着他，地板上的毯子自动拆开形成了蛇身。但这次安德没有将它踩在脚下，他用手捏住它，在它面前跪下，然后轻轻地，轻轻地，将毒蛇张开的嘴移到他的唇边。

他吻了它。

他原本并不想这么做。他本想让毒蛇咬他的嘴，或是他把蛇活活吞掉，然后就会变成彼得在镜子里那副模样，鲜血沿着他的脸颊滴下，一截蛇尾在他嘴唇外面晃动着。但他没有这样做，他吻了它。

然后，他手里的毒蛇变粗了，它扭曲着身体改变成另一个形状，一个人形。它变成了华伦蒂，她拥抱了他。

那条蛇不可能是华伦蒂。他杀过那条蛇无数遍，它不可能是他的姐姐。彼得也曾无数遍将另一条蛇吞进肚子。华伦蒂居然是蛇？他无法忍受这种想法。

教官们允许他读华伦蒂的来信，现在的事也是他们一早计划好的吗？他不在乎。

华伦蒂从塔楼房间的地板上站起，走向镜子。安德也控制他的角色站了起来，跟在她身后。他们站在镜子前，镜子里没有出现彼得残忍的脸，里面只有一条龙和一只独角兽。安德伸手碰碰镜子，那面墙倒下了，现出一条巨型的朝下延伸的楼梯，上面铺着地毯，两旁站着欢呼的人群。他和华伦蒂手拉着手一起走下楼梯。他的眼中含着泪水，这是解脱的泪水，他终于突破了"世界尽头"，获得了自由。泪水蒙住了他的双眼，他没有发现每个欢呼的人都长着跟彼得一样的脸。他只知道在这个世界里，无论他去向何方，华伦蒂都会一直陪伴着他。

华伦蒂看着赖贝莉博士递给她的信。"亲爱的华伦蒂，"信上写道，"我们非常感谢你，并对你为军队作出的贡献表示赞赏。因此，我现在正式通知你，根据全球联盟政府的命令，授予你一等星光勋章，这是军队能够授予平民的最高荣誉。遗憾的是，出于对国际联合舰队安全的考虑，在顺利完成当前任务之前我们不能公开此事。我们只想让你知道，你的努力是卓有成效的。您忠诚的朋友，西蒙·列维将军，联合舰队司令部。"

她连读了两遍后，赖贝莉博士从她手上把那封信拿了过来。"我收到指示，在你阅读之后立即销毁。"她从抽屉里拿出打火机，点燃了那封信，它在火光中烧成了灰烬。"是好消息还是坏消息？"她问。

"我出卖了我的弟弟。"华伦蒂说，"这是他们给我的回报。"

"太夸张了点儿吧，华伦蒂？"

她没有回答，独自走回教室。

那天晚上，德摩斯梯尼对"人口限制法"发表了严厉的谴责。应该允许人们根据自己的意愿生孩子，可以将过剩的人口送到别的星球，让人类扩展到整个银河。这样一来，无论遇到什么天灾人祸或外敌入侵都不能威胁人类的生存。"孩子们所能拥有的最高贵的称号就该是，"德摩斯梯尼写道，"老三。"

这是为了你，她边写边在心里说。

彼得边读边笑，十分开心。"这会让人们大吃一惊。老三！一个高贵的称号！噢，你可真是个淘气鬼。"

CHAPTER 10
飞龙战队

"现在?"

"我想是的。"

"你必须下命令才行,格拉夫上校,部队是不会因为指挥官说了一句'我想现在是攻击的时候了'就往前冲的。"

"我不是指挥官,我是教小孩子的老师。"

"上校,长官,我承认我干扰过你,我承认前一段时间我给你添了麻烦。但你的方法奏效了,事情发展正如你所料。最近几个星期里,安德一直很,很……"

"快乐。"

"很满足。他做得很好,思维敏锐,指挥出色。虽然他的年纪还小,但我们从来没见过比他更适合担任战队长的人。通常他们要到十一岁才能成为战队长,但他在九岁零六个月就出类拔萃了。"

"是的。有那么一会儿,我在想,治愈一个孩子受伤的心灵,仅仅是为了将他投入战斗,做出这种事的人算是个什么样的人。小小的良心发现。请别介意,我有点儿累昏头了。"

"我们是在拯救世界,记得吗?"

"传他进来。"

"我们的工作是不可或缺的,格拉夫上校。"

"得了吧,安德森,你是巴不得早点看到他怎么对付我让你搞出来的那些对抗战。"

"你这么说可太——"

"我本来就是个卑鄙的家伙。还是承认吧,少校,我们俩都是坏蛋,我跟你一样,也想看看他接下来的表现。毕竟,只有他表现出色,我们大家才能保全性命,难道他妈的不是吗?"

"请不要使用孩子们才用的流行语降低你的身份。"

"传他进来,少校。我要拨一些士兵给他,让他建立自己的电脑安全系统。知道吗,我们正在对他做的也不全是坏事。他又能拥有自己的隐私了。"

"你的意思是处于孤独的状态吧——"

"手握权力的人都是孤独的。去传他吧。"

"遵命,长官,我十五分钟后带他进来。"

"再见,长官。我希望你有时间享受乐趣,安德,这可能是你一生中的最后一次了。欢迎你,小男孩,你亲爱的格拉夫大叔已经替你安排好了。"

教官来找自己的那一刻,安德就明白了将要发生的是什么事。人人知道他很早就会当上战队长。也许早不到这个地步,但他已经在战绩排行榜上连续三年名列第一,没有任何一个人的分数能够接近他。而且他在晚上的训练已经成为学校里最有声望的训练课程。有人甚至想知道为什么教官要等这么久才晋升他。

他想知道教官们会把哪支战队交给他。有三名战队长快毕业了,包括佩查,但他们不可能会把凤凰战队交给他。没有人能够成功指挥自己从中提拔起来的战队。

安德森首先把安德带到他的新宿舍。这样一来就全明白了——只有战队长才有自己的私人宿舍。接着又让他试了新的制服和急冻训练服。他看着制服上的名牌，发现了自己战队的名字。

"飞龙"，制服上标着这两个字。但这里没有飞龙战队呀。

"我从来没听说过飞龙战队。"安德说。

"那是因为飞龙战队已经有四年没有组建了。我们没有沿用这个名字，这里流传着一种与它有关的迷信。历史上从来没有一支飞龙战队在比赛中拿过冠军，连第三名都没得过。它成了一个笑柄。"

"嗯，那为什么你们现在又要重新组建这支战队？"

"我们还有大量剩余的制服要用出去。"

格拉夫坐在他的办公桌旁，模样比安德上次见他时更胖，更憔悴。他把钩子递给安德。那是个小盒子，有了它，训练时战队长就能在战斗室中自由移动。过去晚间训练课程中，安德多次希望自己能有一支钩子，这样想去什么地方就不至于只能靠在墙上反弹了。现在，他已经做到了不需要钩子也能非常灵活地自由移动，偏偏这时他却得到了它。安德森向他指出："钩子只在正常训练课程里才能启动。"但安德早就计划好要安排额外的训练，这意味着这支钩子只有部分时间才用得上。这也解释了为什么那么多战队长从来不安排额外训练。他们依赖钩子，而它却不能用在额外训练时间。有的人更是把钩子当作权杖，当作凌驾于其他队员之上的权力，就更不愿意训练时没有它。这就是我优于我的某些敌人的地方，安德想。

格拉夫的官样欢迎辞听上去挺烦人的，而且太做作。只有在结束时，安德才开始听到让人感兴趣的话："我们为飞龙战队做了一些不同寻常的安排，希望你不要介意，我们提前晋升了一批刚刚入伍的学员，同时延缓了一些年长学员的毕业，将他们混编成一支全新的战队。我想你的部下的素质会让你感到满意。我希望你满意,因为我们不允许你把他们中的任何一个换走。"

"不准交换?"安德问。战队长通常都用一种方法来弥补队伍的弱点,就是交换队员。

"一个都不准。你看,你领导的额外训练课程已经有三年了,你拥有一批追随者。很多优秀的士兵会故意给他们的战队长捣乱,希望能被换到你的战队里。这很不公平。已经给了你一支有竞争力的队伍,我们不希望你取得不公平的优势。"

"如果我得到一个怎么都合不来的队员怎么办?"

"让他变得合得来。"格拉夫闭上眼睛。安德森站了起来,会见结束了。

分配给飞龙战队的颜色代码是"灰橙灰"。安德换上了他的新制服,沿着指示灯来到自己新战队的宿舍。大家都已经等在那里,在门口处挤成一团。安德当即行使权力:"床位按年龄和入伍先后安排,老兵睡在房间里头,新兵睡在前面!"

这种安排与通常情形刚好相反,这一点安德很清楚。他也知道自己不会像某些战队长那样,几乎看不到新兵,因为他们总是睡在房间里头。

士兵们按照入伍的先后顺序安顿下来,安德沿着房间过道巡视。他的战队有将近三十名新兵,是直接从各新兵队抽调上来的,连一点战斗经验都没有。有些人甚至比平均年龄还小——最靠近门口的那个队员个头简直小得可怜。安德想起自己刚到火蜥蜴战队时邦佐·马利德对自己的看法,可是当时邦佐要应付的仅仅只有一个小于平均年龄的队员。

老兵中没有一个参加过安德的夜间训练课程,也没有一个当过战斗小组长。实际上,他们的年龄没有一个比安德更大,这意味着,连他队伍里的老兵也只有最多不过十八个月的战斗经验。有些人他甚至不认识,可见平时之不起眼。

他们认识安德,这是当然的,因为他是学校中最出名的学员。而有的队员，安德可以看出来，对他满怀嫉恨。至少教官们还是给我办了一件好事——队员中没有一个年龄比我大。

士兵们都找好床位后，安德立即命令他们穿上急冻服参加训练。"晨训安排，吃完早餐后立即训练。学校的安排是早餐和训练当中有一小时自由活动时间。这个，等我看完你们的表现再说。"三分钟后，虽然很多人仍未着装完毕，他还是命令他们离开宿舍。

"可我还光着身子！"有个队员叫道。

"下次快点。在我发出命令后三分钟，你们必须离开宿舍——这是这个星期的规定。下个星期改为两分钟。快点！"这样做的结果是，一个笑话在学校其他战队里很快传开，说飞龙战队笨得连衣服都不会穿。

五个队员完全赤裸，只好抓着急冻服跑出走廊，只有很少几个人着装整齐。通过敞开的教室门口时，里面的学员看得捧腹大笑。被笑的人都恨不得找条地缝钻进去。

安德命令大家在通向战斗室的走廊里来回快跑，等着那几个光着身子的队员穿好衣服，士兵们身上都微微渗出汗珠。他把他们领到上方大门口，这扇门开在战斗室中部，与真实比赛中要攻破的大门一样。他让手下向上跃起，利用天花板上的扶手荡进房间。"在远处那堵墙集合，"他说，"把自己当作正在冲向敌人大门。"

一次四人跃进大门，队员们的实际能力暴露无遗。这些人中几乎没有人知道怎么设定一条直抵目标的路线，而到达对墙时，新兵们甚至不会控制反弹，更别说稳住身体了。

最后一个冲出来的是那个很小的小孩，明显低于平均年龄，根本别想碰到天花板的扶手。

"如果你愿意的话，可以使用侧壁的扶手。"安德说。

"去你妈的。"小男孩说。他猛地一个飞跃，但只有一根指尖触到了天花板的扶手，身体于是在完全不受控制的情况下穿进大门，立刻大转特转起来。安德真不知应该作何感想：是该对他拒绝照顾感到欣慰好呢，还是该对他桀骜不驯的顽劣态度感到生气。

最后，他们终于都在墙边集合在一起，安德留意到了他们的站立姿势：一律头上脚下，毫无例外。于是安德故意来了个头下脚上，把大家当作地板的方向当天花板，倒立悬浮着。"为什么一个个的拿大顶，士兵？"他喝问道。

几个队员开始倒过身来。

"立正！"大家站住不动了。"我在问你们为什么头下脚上拿大顶！"

没有人回答。队员们不知道他要大家怎么回答。

"我是说为什么你们每个人的脚伸向空中，而头却冲着地板！"

最后终于有人答道："长官，我们进来时就是这个方向。"

"进来时的样子很重要吗？！走廊里的重力方向很重要吗？！这里有一丝一毫的重力吗？！"

没有，长官。没有，长官。

"从现在开始，进入那扇门之前，给我忘掉重力。重力已经不在了，消失了。明白我的意思吗？不管进门前的重力如何，记住——把敌方大门看作下。你们的脚要朝向敌人的大门。向上才是你自己的大门。北面是那边，南面是那边，东面是那边，西面是——哪边？"

他们一起指着西面。

"我早知道你们只有这点本事。只懂排除法。之所以懂排除法，只因为你们会在厕所排除大便。简直是个马戏班子！你们这就叫列队吗？这就叫飞行吗？全体听我命令，蹬墙发力，在天花板集合！快！走！"

不出安德所料，大部分人本能地弹了出去，不是冲向大门处的那堵墙，而是弹向刚才安德称为北面的墙。在走廊里时，这个方向是他们的上方。当然，他们很快便意识到了错误，但已经太迟了——他们只能等到达北面的那堵墙后才能再次反弹来改变方向。

安德暗暗地将他们分成学得快和学得慢的两类。最后进门的那个小个子第一个到达了正确的那堵墙，并且灵活地止住身体。他们应该向他学习，他做得很好。而同时，他也是个骄傲和叛逆的家伙，可能还会对安德心怀怨恨，因为他是那群被迫光着身子穿过走廊的队员中的一个。

"你！"安德指着小个子说，"哪里是下方？"

"敌人大门的方向。"回答很迅速，而且很不耐烦，好像在说：得了吧，得了吧，只管接着说要紧事好了。

"姓名，小家伙。"

"我是个士兵，名叫豆子，长官。"

"起这个名字是因为个头儿像豆子还是脑子只有豆子大？"其他队员一阵哄笑。"好吧，豆子，你学得不错。现在好好听着，这很重要：战斗中凡是进入大门的人都有很大可能被敌人击中。以前在你移动之前，你还有十到二十秒的时间做好准备。现在不同了。如果你没有先于敌人冲进房间，敌人进来了，你还在门口。如果这时你被冻住，会发生什么事？"

"不能移动。"其中一个队员说。

"还用你说。"安德说，"但你会怎么样？"

这次回答的是豆子，一点儿也没被吓住，回答得有条有理："会沿着当初的方向以当初的速度继续前进。"

"正确。你们，后面的那五个，行动！"

那几个学员吃惊地互相看着发呆，安德挥枪将他们全部冻住。"下面五个，行动！"

这五个队员朝下方冲去，安德同样冻住了他们。但他们继续保持着运动状态，朝着墙壁飘去。最先的五个队员只能在大队附近无助地飘荡着。

"看看这几个所谓的士兵，"安德说，"指挥员命令他们行动，却慢慢吞吞。好好看看他们现在这个样子。他们不仅仅是被冻住，还被冻在了现在这个地方，挡住了大家的去路。而另五个队员听到命令立即行动，他们被冻住的地点就在下方,堵住了敌人的路径,挡住了敌人的视线。我想你们当中明白其中道理的不会超过五个人,毫无疑问豆子是其中的一个,对吗,豆子?"

豆子起初没有回答。安德瞪着他,直到他回答说:"是,长官。"

"其中的道理是什么?"

"接到行动命令时应当立即行动,这样如果你被冻住,你会弹开,而不会挡住自己队友的行动。"

"非常好,至少我还有一个士兵能明白是怎么回事。"安德可以看到其他的队员的怨恨正在增长,他们变换着重心,互相交换着眼神,却不朝豆子看。为什么我要这么做?让一个孩子成为众矢之的,这跟做好战队长的工作有什么相干?他们从前就是这样对我的,我为什么还要对他这样?安德很想收回刚才对豆子说的话,想告诉其他队员,这个小家伙比任何人更需要他们的帮助和友谊。但是当然,安德不能这么做,至少在第一天不能这么做。在第一天里,甚至是他的错误也必须被掩饰成他天才计划的一部分。

安德用钩子将身体移近墙壁,把一个孩子拉出来。"身体挺直。"他在半空中转动那个孩子的身体,让他的脚对着其他人。那孩子的身体还在继续转动时,安德冻住了他。其他学员大笑起来。"你能射中他身体的哪些部分?"安德问一个正好位于被冰冻学员脚下的男孩。

"多半只能打中他的双脚。"

安德又问旁边的男孩:"你呢?"

"我能瞄准他的躯干。"

"你?"

那个在下面稍远处的学员回答说:"整个人。"

"脚不是很大,提供不了多大保护。"安德推开那个冰冻的士兵。然后在他下面蜷起双腿,就像跪在半空中一样,他朝自己的腿部开了一枪。

急冻服的裤腿立刻变硬,让他的双腿一直保持刚才那个姿势。

安德一扭身,以跪姿悬浮在队员们上方。

"你们看到了什么?"他问。

躯干可见部分小多了,大家回答。

安德从两腿中间伸出枪来。"我看你们可是看得一清二楚。"他向正在自己下方的队员开火。"阻止我!"他喝道,"开枪,冻住我!"

他冰冻超过三分之一的队员后,他们这才醒悟过来,开始向他射击。安德拇指一拨他的钩子,解冻了自己和其他队员。"现在,"他说,"敌人的大门在什么方向?"

"下方!"

"我们的攻击姿势是什么?"

大家七嘴八舌地争论着,但豆子用行动代替了回答,他从墙上跃起,双腿盘曲,笔直地朝着对面墙壁飞去,飞行过程中不停地从双腿间射击。

安德有一阵儿想喝住豆子,教训教训他。但他没有这样做,制止了这种不太体面的冲动。为什么我会对这个小男孩这么生气?"只有豆子一个人知道怎么做吗?"安德吼道。

整个战队立即冲向对面的墙壁,在半空中保持跪姿,从两腿之间射击,用尽全力大声吼叫着。或许会有一天,安德想,我会采取这种战术——四十个狂吼的男孩猛冲过去,把敌人吓个魂飞魄散。

全体队员都到达另一边时,安德让他们攻击他,一起上。行啊,安德想,做得不赖。他们给了我一支未经训练的队伍,老兵也不出色,但至少他们不是不开窍的傻瓜,我可以和他们一起战斗。

大家再次集合到一起,高兴地互相说笑着。安德开始教授真正的要点。他让他们保持跪姿,冻住自己的双腿。"现在告诉我,战斗中腿脚有什么用处?"

没什么用处,几个孩子回答说。

"豆子，你怎么看？"

"推墙飞出去，用腿和脚最方便。"

"正确。"

其他孩子嘟哝起来，说离开墙壁是移动方式，不能算战斗。

"没有移动，哪儿来的战斗。"安德说。孩子们安静了，也更恨豆子了。"可是现在，你们的脚像这样被冻住了，能蹬墙反弹出去吗？"

没有人敢回答，他们都怕答错。"豆子？"

"我没试过，但如果面对墙壁，弓起腰——"

"有对有错。看着我，我现在背向墙壁，腿被冻住。因为我是跪姿，所以双脚正对着墙壁。通常蹬墙弹出时，你们必须双腿后蹬，这样你们就会像一串豆子一样弹出去，对吗？"

孩子中响起一片笑声。

"但现在我的腿被冻住了，我用同样的力度，可以依靠臀部和大腿后挺的力量向前反弹，不过这个动作会把我的肩膀和双脚向后甩，把胯部顶得向前运动。我现在放松一下身体，你们别急着弹出去。注意看我的动作。"

安德的胯部向前反弹，带动身体离开墙壁。转眼间，他调整了姿势，保持跪姿，腿朝下方，朝对面那堵墙冲了过去。他用膝盖着地，背部触墙反弹，然后子弹一样向另一个方向飞去。"向我射击！"安德大喊道。从平行方向经过远处那群队员时，他旋转着身体，使他们无法用枪瞄准自己。

接着，他解冻战斗服，用钩子回到队员们跟前。"这就是今天头半小时里我们要做的事。锻炼你以前没有留意过的肌肉，学着把脚部当作挡箭牌，控制身体的移动，这样你就可以像我这样旋转。旋转在距目标很近的地方没什么用处，但在远处，对方很难在你旋转时打伤你，因为距离较远时，对方必须持续瞄准一个地方才能使射线击中目标。如果你在旋转的话，他们无法击中同一个点。现在把自己冻住，开始练习！"

"你不分配各人的移动路线吗？"一个队员问。

"我不会替你们设好移动路线，我希望你们互相冲撞，并学会应付这种情况。除了进行战术队形训练，我会有意让你们撞击。开始行动！"

行动这个词一说出，大家立刻冲了出去。

训练完后，安德最后一个走出门口，因为他得留下来帮学得慢的队员开小灶。他们原来的教官都不错，但许多学员毕竟刚从新兵队出来，毫无经验，同一时间做两三件事情便不知如何是好。练习屈起冻住的双腿时还行，也能在空中灵活移动，但要他们弹向一个方向，朝另一个方向射击，旋转两周，在墙壁之间来回反弹，再朝着正确的方向射击——这就超出他们的极限了。操练，操练，再操练，目前安德只能让他们做这些训练。战术和队形很重要，但如果队员不知道怎么在战斗中控制自己，再怎么重要的战术和队形都毫无意义。

他现在就必须让他的战队作好参加战斗准备。他当战队长本来就太早，教官又改了规则，不让他交换队员，连一个一流的老兵都不给他。通常情况下会给新战队三个月时间训练部队，之后再参加战斗比赛。现在还会不会有这么长的时间过渡，他没有把握。

至少在晚上，他有阿莱和沈帮他训练新兵。

走到通向战斗室的走廊上时，安德发现小豆子出现在自己面前。豆子看上去很生气。安德现在可不想有什么麻烦事。

"你好，豆子。"

"你好，安德。"

两人都没再说话。

"应该称呼长官。"安德轻声说。

"我知道你在干什么，安德，长官，我警告你。"

"警告我？"

"我能成为你手下最出色的士兵,但别对我耍花样。"

"否则?"

"否则我会成为最让你头痛的士兵。"

"那你想要什么,爱?再加几个吻?"安德开始冒火了。

豆子的样子一点也不害怕。"我想要一个战斗小组。"

安德走到他面前,个子比豆子高得多,从上向下瞪着眼睛。"凭什么你该指挥一个战斗小组?"

"我懂怎么指挥它。"

"知道怎么指挥很容易。"安德说,"难的是让他们听你的指挥。其他队员凭什么要听你这个小笨蛋的?"

"他们以前也是这么叫你的,我听见过。邦佐·马利德现在仍然这样叫你。"

"我在问你问题,士兵。"

"我会赢得他们的尊重,只要你不阻挠我。"

安德咧着嘴笑了。"我是在帮你呀。"

"帮你个大头鬼。"豆子说。

"没有人会注意你这么个小孩子,大家只会觉得你可怜。但今天我让他们都注意到了你,他们会注视着你的一举一动。现在,你想获得他们的尊重,唯一途径就是表现得完美无缺。"

"也就是说,我还没有机会好好学习,别人就开始评价我了?"

"可怜的孩子,大家对他可真不公平呀。"安德轻轻地把豆子向后推去,直到挨着墙壁,"我告诉你怎么才能得到一个战斗小组。向我证明你是个好士兵,向我证明你知道怎么指挥其他士兵,再证明给我看,在战斗中有人愿意追随你。这以后你就会得到一个战斗小组。但在此之前,少给我怨天尤人。"

豆子笑了。"很公道。只要你说话算话,我会在一个月内成为小组长。"

安德放开了他，走了出去。回到宿舍后，他躺在床上，身子微微发抖。我在做什么？这还是我第一次指挥训练，可我已经像马利德还有彼得一样欺凌弱小。肆意耍弄别人，挑选一个可怜的小家伙让其他人有个共同的憎恨目标，真是令人作呕。我现在正在做自己以前最恨战队长们做的那些事。

难道这是人性的定律吗？你会不可避免地成为你的第一个战队长那样的人吗？如果是这样的话，我会立即辞职。

他反复想着自己第一次带兵训练时的所作所为。为什么他不能像在晚间训练课程时那样说话呢？没有人是权威，只有做得好坏之分。从来不发号施令，只是提出建议。但这行不通，正式带兵训练时不能这样。参加他的非正式训练的学员并不需要学会互相配合，也不需要形成集体荣誉感，不需要学习怎么在战斗中互相依赖、互相信任。还有，他们也不需要当即对命令作出响应。

再说，这样做也可能使他走向另一个极端。如果他愿意的话，他可以变得像大鼻子罗斯一样懒散，不负责任。不管怎么做，都难免会犯愚蠢的错误。他必须严明纪律，这意味着士兵必须迅速、无条件地服从。他必须拥有一支经过严格训练的队伍，这意味着要不断操练他的士兵，在他们以为自己掌握了技巧之后还必须长期训练，直到这些技能成为他们的本能。

还有在对待豆子的问题上，他又是怎么回事？为什么他要针对这个最小、最弱而且可能是最聪明的小男孩呢？为什么他要像那些他最瞧不起的战队长对待他那样对待豆子呢？

接着，安德想起来了。他受到那样的待遇并非始自战队长，早在罗斯和邦佐用轻蔑的态度对待他之前，他在新兵队里已经被孤立了。而且，也不是伯纳德起的头，是格拉夫。

引发这些事的是教官，他们是有意为之。安德现在明白了，这是一种策略。格拉夫故意把他和其他孩子分隔开来,让他无法和他们亲近。现在他逐渐猜出了教官们背后的动机。这样做的目的不是使其余队员更加团结——实际上,这种做法分裂了部队。格拉夫之所以孤立安德,目的是想激起他的斗志,要让他证明自己不仅仅是个合格的士兵,而且能做得比其他所有的人都出色,这是他能赢得尊重和友谊的唯一方法。这种策略使他成长为一个优秀的士兵,比用其他方法迫使他成长更加有效。但同时也让他变得孤独、忧郁、充满愤怒和不信任感,但或许也正是因为有了这些特性,他才成为一名杰出的士兵。

这就是我在对你做的事,豆子,我在伤害你,但这会让你成为一名出色的战士。我磨砺你的头脑,迫使你更加努力,让你处于各种不安定的环境,你永远不能确定下一刻将会发生什么事,因此你必须随时做好应付各种情况的准备,不管出现什么情况都要赢得胜利。同时,我也给你带来了痛苦,这就是为什么他们要把你交给我的原因,豆子。这样你会成为像我一样的人,你会像我一样成长。

而我——我长大后会成为和格拉夫一样的人吗?肥胖,阴郁,而且无情,操纵着小孩子的命运,让他们成为生产线上下来的最完美的产品,成为将军、海军上将,有能力领导部队保卫家园。你的快乐是操纵木偶的傀儡戏大师的快乐。只有在有了一名远超同侪的士兵后你才能得到这种快乐。这样的士兵会破坏安定团结的环境,你必须让他走上正轨,打击他,孤立他,折磨他,直到他和别人一样走上正轨。

好吧,今天我应该对你做的事,豆子,我已经做了。但我会照看你,比你所想的更富有同情心。当时机成熟时你就会发现我是你的朋友,而你则成为你希望成为的优秀战士。

那个下午安德没有去上课,他躺在床上写下他对每一个队员的感受,留意他们的特点和需要改进的地方。在今晚的训练里,他会和阿莱进行讨论,想出办法来教导这些小男孩。至少他不用一个人孤独地面对这些事情。

但晚上安德走进战斗室时——在这个时间大多数人都还在吃晚餐——他发现安德森少校正在那里等着他。"有一条规则改变了,安德。从现在起,只有同一战队的队员才能在自由活动时间共用一间战斗室。还有,战斗室必须按照日程安排。过了今晚,你下次使用它的时间是四天后。"

"可是没有其他人要进行额外训练呀。"

"他们都申请了,安德。现在你指挥着一支战队,其他战队长不希望自己的战士和你一块训练。这一点你当然能够理解。因此他们会安排自己的训练。"

"跟我一起训练的人一直都属于别的战队,可战队长们仍然愿意让他们的队员跟我训练。"

"那时你还不是战队长。"

"你给了我一支毫无经验的战队,安德森少校,长官——"

"你也有不少老兵。"

"可他们表现平平。"

"有本事进入这个学校的人都是天才,安德,让他们表现出色点。"

"我需要阿莱和沈——"

"你现在也该长大了,应该独立完成一些事,安德。不需要其他人在背后支持你,你现在是战队长了,请你拿出点战队长的样子来,安德。"

安德朝着战斗室走去,经过安德森身边时停下脚步。"既然晚上的训练已经被列入正常日程安排,这是不是意味着,我可以在训练时使用钩子?"

安德森笑了吗?不,他连一点笑意也没有。"我们会考虑的。"他说。

安德走进战斗室。很快,他自己的队员都到了,而其他战队的队员都没有出现。或许是安德森守在外面阻止了其他人来参加训练,或者是命令已经下达给了全校学员,安德的非正式训练已经结束了。

今晚的训练相当不错,收获很大。但在训练结束时,安德却感到一阵疲累和孤独。还有半小时才到熄灯时间,但他不能到他队员的宿舍里聊天。他很久以前就知道,一个优秀的战队长除非有必要的原因,不应该到队员的宿舍里去。队员们得有一个机会彻底放松自己,不能总有人根据他们的言论、行为和思想来给他们打分。

于是他慢慢踱到游戏室,那里还有少数几个学员利用这最后半小时来打破纪录或互相打赌。虽然没有一个游戏能够引起他的兴趣,他还是百无聊赖地随便选了一个来玩。这是一个专为新兵设计的动作游戏,简单又无聊。他在游戏中扮演的角色是一只小熊,他没有按照游戏设定的目标来玩,而是控制它在里面的场景中四处探索。

"这样玩你不会通关的。"

安德微笑着说:"你没来训练,阿莱。"

"我来了,但他们把你的战队隔开了。看来你已经是个大人物了,不屑于再和小孩子玩了。"

"你才不是小孩子,你比我高整整一腕尺①呢。"

"腕尺!上帝吩咐你造一只方舟还是怎么的?陷入怀旧情绪了?"

"用个生涩点儿的词儿而已。晦涩、含蓄。别了,我已经开始怀念你了,你这个狗东西。"

"你还不明白吗?我们现在是敌人了。下次我在战斗中碰到你时,非把你打个落花流水不可。"

这是个善意的玩笑,就像往常一样。但在它背后有更多真实的东西。现在当安德听到阿莱把它完全当作笑话说出来时,他感到一种失去友谊

---

① 《圣经》中的计量单位,诺亚遵照上帝的旨意制造方舟时就用这种计量单位。

的痛楚。最令他痛苦的是阿莱看起来好像对这一切毫不在意。

"你可以试试,"安德说,"你所知道的东西都是我教的,但我并没有把全部东西都教给你。"

"我早知道你留了一手,安德。"

两人都陷入了一阵沉默。安德扮演的熊在屏幕上遇上了麻烦,他爬上树。"我没有,阿莱,我没有保留任何东西。"

"我知道,"阿莱说,"我也是。"

"赛俩目,阿莱。"

"唉,它的用法不是这样的。"

"为什么?"

"平安。它的意思是平安,愿你平安,安德。"

那个词在安德的记忆里回响着,他想起自己很小的时候,妈妈柔声为他读故事书的情形。她怎么会想到我的出生不会给世界带来平安。我带来的不是平安,而是一把利剑。安德当时经常想象妈妈会用血淋淋的长剑狠狠刺穿讨厌鬼彼得的身体,妈妈读的故事和他对利剑的想象混在了一起。

无声的静默中,那头熊死了。它死得很可爱,伴随着滑稽的音乐。安德转过身去,阿莱已经走了。他觉得好像自己身体的一部分也随之而逝,这是在他体内给他勇气和信心的一部分。有了阿莱,在某种程度上甚至还有沈,安德就觉得自己身处一个无比强大的联盟中,这时的他不是"我",而是"我们"。

但阿莱留下了某些东西。安德躺在床上,迷迷糊糊地,当他咕哝着平安这个词的时候,他的脸颊上仿佛感到了阿莱的嘴唇。那个吻、那个词、那种平安仍然留在他的心里。我永远不会变,阿莱永远是我的朋友,他们无法夺走他。他就像华伦蒂,在我的记忆中永存。

第二天,他和阿莱在走廊里相遇,互相向对方问好,握手交谈,但两人都知道现在他们之间已隔了一堵墙。或许以后它会被打破，但现在他们在大墙阻隔下，已经无法做真正的交流。

但是，安德最担心的是这堵墙或许永远无法拆除，担心在阿莱心里，他为这种分离感到开心，并且准备成为自己的敌人。从现在起他们不能再待在一起，他们必须泾渭分明，以往的承诺和坚定的信念都变得易碎和毫无意义。从现在起他们不再是伙伴，阿莱成了陌生人，因为他的生活中不再有我，而这意味着当我见到他时，我们不再互相信任。

安德极度难过，但他没有哭泣。他能应付过来。教官们曾把华伦蒂变成一个陌生人，像工具一样利用她来对付安德。从那一天起，他们就不能再伤害他，让他再次哭泣了，安德对这一点非常肯定。

怀着一股怒火，他决心要使自己变得更加强大，强大得足以打败他们——那些教官，他的敌人。

CHAPTER
11
所向披靡

"对这份战斗比赛日程,你不会是认真的吧?"

"不,我是认真的。"

"他当上战队长才三个半星期而已。"

"我告诉过你,我们用计算机模拟过各种可能的结果,让安德下一步做什么,依据的是计算机作出的分析。"

"我们是想让他学会某些东西,不是让他崩溃。"

"那台计算机比我们更了解他。"

"那台计算机可没有什么同情心。"

"如果想做个菩萨心肠的慈善家,你应该到修道院去。"

"你的意思是这里不是修道院?"

"唔……这是对安德最好的训练,我们正在发掘他的全部潜能。"

"我认为应该给他两年时间来完成战队长的培训过程。我们通常在学员当上战队长后的第三个月开始,每隔两周就安排他的战队进行一次战斗比赛。你这份安排有点超出常规。"

"虫族会等他两年吗?"

"我明白。只不过,对一年后的安德我有个预感,他将会成为一个废物,而且疲惫不堪,因为我们给他的训练已经超出了地球上任何一个人的承受能力。"

"我们给安排训练的计算机下了指令,让受训者在完成训练课程后仍能保持活力。这一点具有最高优先权。"

"好吧,只要他还能保持活力——"

"你瞧,格拉夫上校,如果你还记得的话,正是你自己不顾我的反对开展了这个计划。"

"我知道,你是正确的,我不能昧着良心把责任推给你。但我那为了拯救世界而牺牲这些小孩子的热忱正在减退。行政长官最近刚来过总部视察。看来俄罗斯情报机关很担心网上的激进分子,有些人的言论很激烈,呼吁美国应该在击败虫族后立刻用联合舰队消灭华沙条约国。"

"这些想法似乎为时过早吧。"

"简直是疯了。言论自由是一回事,但鼓动国家之间的竞争,危害联盟则是另一回事。正是由于有这种鼠目寸光、有自杀倾向的民众,我们才不得不将安德推向人类的承受极限。"

"我认为你低估了安德。"

"但我担心我同时也低估了人类的愚昧。我们到底应不应该打赢这场战争?"

"长官,这些话听上去有点接近叛逆了。"

"这是黑色幽默。"

"一点也不好笑,只要跟虫族有关的事,没有一件——"

"没有一件事是好笑的,我知道。"

安德躺在床上,望着天花板。自从当上战队长,他睡觉的时间从未超过五个小时。但宿舍的灯总在22:00熄灭,直到早上6:00才重新亮起。睡不着时他偶尔会玩电脑,尽管它暗淡的显示屏会使他的眼睛变得极度疲劳。但大多数时候,他总是盯着天花板,想着心事。

也许是教官们大发慈悲,也许是他的指挥才能比他自己预想的更高强,战队那一小群不怎么样的老兵,在各自的老部队里毫无过人之处,到了他手下却成长为合格的战斗小组长。由于人数太多,他将以往四个小组的设置改为五个,每个小组配备正副组长各一名,让每个老兵都有一个职位。战队以八人的小组和四人的半组进行操练,这样只要下达一个简单的命令,他的战队就可以立刻分成差不多十个机动小分队执行任务。以前从来没有别的战队这样做过,但安德并没有打算事事遵循别人的老路。绝大多数战队的做法是制订战队级别的计划,每个小组是这个计划中的一个组成部分,战前按这些计划反复操练。安德没有这样做,他训练他的小组长机动灵活地使用他们有限的力量来达到有限的目标,他们没有支援,单独行动,全靠发扬自己的主动性。在第一个星期内,他就举行了一场模拟战斗。战斗十分混乱,每个人都打得筋疲力尽。但是安德知道,虽然训练时间还不到一个月,但他的战队已经拥有了在战斗比赛中夺冠的潜力,大可以成为学校战斗历史上表现最出色的战队。

这些成就中,有多少是出于教官的安排?他们知道自己交给安德的是一批默默无闻但极具潜质的孩子吗?他们给了他三十个新兵,大多数人年龄很小,是不是因为他们知道年龄越小学得越快?

这些疑问老是萦绕在安德的心头,他根本无法确定自己是在破坏教官们的计划,还是走着他们预期的路子。

唯一能确定的就是,他很想参加一场战斗比赛。绝大多数战队要学习数十种战斗队形,所以至少需要三个月时间才能做好准备。我们已经准备好了,让我们参加战斗吧。

门在黑暗中打开了,安德没有说话,而是聆听着。接着响起一阵脚步声,门关上了。

他从铺位上滑下来,在黑暗中朝着离床两米远的门摸索移动。那儿有一张纸条,当然,他看不清上面写的字,但他知道内容是什么。战斗通知。

教官们真是仁慈，我刚许下愿望，他们就遂了我的愿。

晨灯亮起来时，安德已经穿上了他的飞龙战队急冻服。他迅速地跑过走廊。6：01，他来到队员宿舍门口。

"我们将在7：00和狡兔战队进行战斗比赛，我想让你们在重力环境中作赛前热身。脱光衣服，去体育馆，带上急冻服，我们从那里直接去战斗室。"

那早餐怎么办？

"我不希望有任何人在战斗室里吐得满地都是。"

至少也得让我们解个小便吧？

"最多拉十公升。"

大伙儿笑了起来。那些没有光着身子睡觉的队员赶紧脱下衣服，全体队员收拾好急冻服，跟着安德慢跑通过走廊前往体育馆。他让他们在障碍练习场操练了两次，然后让他们绕着场地奔跑。"不要太拼命了，只是舒展舒展筋骨。"他完全不用担心他们会筋疲力尽，队员们体能状况都不错，步子轻盈敏捷，渴望战斗。几个队员自发地摔起跤来。体育馆里一片欢声笑语，因为战斗即将来临。他们这时的信心是从未参加过战斗比赛的人的信心，斗志昂扬，觉得自己已经完全准备好了。好啊，他们应该这么想。他们确实已经做好了准备，我也一样。

6：40，他命令大家穿上急冻服。着装时他对各小组正副组长作了指示："狡兔战队几乎全是经验丰富的老兵，但他们的战队长卡恩·卡比仅仅五个月前才上任。我没有和他指挥的狡兔战队交过手。他是个相当出色的战士，而且这几年狡兔在比赛中的表现相当不错。但我想，他们会沿用老一套的固定编队战术，所以我一点也不担心。"

6：50，安德让他们全部躺在垫子上，尽量放松自己。6：56，他命令他们起身慢跑过通向战斗室的走廊。安德时不时跃起，用手触碰天花板，其他队员都跟着他跃起，触碰同一个地方。他们的场地在左边，狡兔战队已经进入了右边的场地。6：58，他们终于到达进入战斗室的己方大门。

五个小组排成五列纵队：A组和E组准备抓住墙边的扶手，从墙边荡进战斗室；B组和D组各成一行，抓住天花板上两排平行的扶手，准备从上方跃入场中；C组正准备在门口的边框上借力，朝下方攻击。

上、下、左、右，安德站在前面，在两列队伍中间，帮助大家转换方向感。"哪个方向是敌人的大门？"

下方，他们一起笑着回答。这时上方就换成了他们的北面，下方就是南面，而左方和右方就成了东面和西面。

他们面前的那堵灰色的力墙消失了，战场完全显露出来。比赛不是在黑暗中进行，但光线并不充足。照明灯调成了半光状态，整个战斗室有点像黄昏时的情形。远处微弱的灯光下，可以看见敌人的大门，对方穿着急冻服的身躯已经如潮水般涌进门口。安德感到一阵高兴，每个人都从马利德荒谬地使用安德的事件中吸取了经验，问题在于这个经验是错误的。他们以最快的速度跃进大门，时间只够指挥官发布采用哪种战斗队形的命令，而不能根据战场形势灵活变通，战队长连思考的时间都没有。好，安德不会过于匆忙，他相信他的士兵的能力，即使他们通过大门时稍慢了一点，他们也能使用冻住的腿部做挡箭牌来保护自己。

安德估算着战斗室的结构，它像以往一样被分隔成数个栅格，像公园的平梯一样，七八个星星分布在栅格中。星星可以给他们提供充足的有利地点，应该占领。"散开，占领最近的星星。"安德说，"C组，尽量沿墙壁移动到敌后，如果成功的话，A组和E组跟上。如果失败了，重新安排任务。我自己待在D组。出发！"

所有队员都知道命令是什么，但战术实施完全由小组长负责。加上安德发布命令的时间，战队也只不过比对方晚十秒通过己方大门。狡兔战队已经在房间的另一头开始了让人眼花缭乱的行动。如果是在他以前待过的所有战队里，安德会担心现在自己和队友在编队里的位置是否正确，但这次他和他的部下只需要考虑如何沿着四周向前滑动，控制星星和房间的角落，击破并分割敌军战术编队。虽然一起训练的时间还不到四个星期，安德的战队一旦展开，已经可以看出，他们的战法才是最好的，是唯一合理的战法。安德几乎有点奇怪，对手居然现在还没看出来，他们的战术已经彻底落伍了。

C组队员屈起膝盖面对着敌人，沿着墙壁滑行。他们的组长"疯子"汤姆显然已经命令队员冻住自己的腿部。在昏暗的环境下，这个主意不错，因为急冻服被冻住后，它们会逐渐变黑，这使他们更难被看见。安德一定会嘉许这个做法。

狡兔战队开始时还能击退C组的攻击，但遭受了重创。"疯子"汤姆和他的队员冻住了对方十来个人，还占领了他们防线后方的一颗星星。狡兔战队的形势已经很不利了。

D组组长是韩楚，外号叫"热汤"。他迅速地沿着星星边缘滑动到安德的位置，对安德建议："我们弹射到北面的墙上，从他们的头顶进攻怎么样，头儿？"

"很好。"安德说，"我会让B组从南面绕到他们背后。"他大声命令，"墙上的A组E组放慢前进速度！"他在星星上边滑边走，脚钩住星星边缘，一个空翻跃向顶部那堵墙，然后向下反弹到了C组所在的星星，率领他们靠着南墙向下移动。他们的反弹非常和谐，动作近乎完美，突然出现在狡兔战队防御的那两颗星星后面，像一把尖刀似的插入敌人的咽喉。这时的狡兔战队已经垮了，队形崩溃，毫无作为。安德将每个小组分成两半，命令他们扫荡各个角落，将还未被击中的残余敌人——清除。三分钟后，小组长们汇报说战场已经清理完毕。安德仅有一名队员被完全冰冻——是C组的一个队员，在冲锋时负责打头阵——另外还有五名队员失去活动能力。绝大部分队员的状态都是属于受损，损伤又都是在腿部，很多还是他们自己冻住的。总而言之，这场战斗的结果甚至超出了安德的预料。

安德让他的小组长们分享胜利的荣誉——四顶头盔触碰在大门四角，由"疯子"汤姆穿过大门。大部分战队长都会挑选最后剩下的队员来穿过大门，安德的选择余地比他们多得多。对他们来说，这是一场完美的战斗。

室内的灯光恢复到最大亮度，安德森少校从战斗室南面底部的教官门走了出来。他严肃地将教官钩子交给安德。这是一种仪式，教官钩子交给战斗中的胜利者。安德用它解冻了自己队员的急冻服。在他解冻敌人之前，他先让全队集合在一起，想让卡恩·卡比和狡兔战队在能重新控制他们身体的时候，感受一下飞龙战队雄壮威武的气势。他们可以诅咒我们，在背后说坏话，但他们会记住是我们打败了他们，而且不管他们怎么说，其他学员和战队长都会用自己的双眼判断我们的成绩。在第一场战斗里，我们就表现出了高超的战术，几乎毫无损失地取得了胜利。从此以后，飞龙战队再也不是一个人人避而远之的名字。

卡恩·卡比在解冻后来到安德面前。他已经十二岁了，很明显是在战斗学校的最后一年里才当上战队长的，因此并不显得骄傲自大，完全展现出成熟的风度。我会记住这一点的，安德想，当被击败的时候，我会保持尊严，并给予对方应得的尊重。这样失败就不会变成一种耻辱。但我希望我不会经常需要这样做。

狡兔战队的队员零零落落地走出安德他们进来的那个门口后，安德森少校最后解散了飞龙战队。安德带着他的队员穿过敌军大门，门下的指示灯提醒他们重力状态中哪个方向是下方。他们全都轻轻地在地板上着陆，然后跑进走廊里集合。"现在是7：15，"安德说，"你们有十五分钟时间吃早餐，然后到战斗室做早操。"他可以感觉到队员们的无声抗议：别这样，我们打赢了，大家庆祝一下嘛。好吧，安德想，你们可以庆祝一下：

"吃早餐的时候，经你们小组长批准，你们可以互掷食物。"

大家都笑了，欢呼起来。安德解散队伍，让他们慢跑回宿舍。他召集了几个小组长，告诉他们说训练将在7：45进行并提早结束，给队员们留出洗澡的时间。只给半小时吃早餐，在战斗后不给时间洗澡——这当然还是小气了点，但和只给15分钟相比，已经显得宽大多了。安德想让他的小组长来宣布这额外的15分钟，让队员们知道好处得自他们的小队长，而不是战队长——这会让他们团结得更加紧密。

安德没有吃早饭，他并不饿。他走进浴室洗澡，把急冻服放进清洗器，洗完澡后就可以再次使用了。他擦了两遍身子，让水冲击着身躯。水是循环使用的，让所有人都尝尝我今天的汗水吧。教官们给了我一支毫无经验的队伍，我却赢得了胜利，而且不是凭借运气勉强取胜的。在四十名队员中，只有六名队员被冰冻或失去活动能力。让我们看看其他战队长在领教过这种灵活的战术后，还能继续保持他们原有的队形多长时间？

他的队员到达时，安德正飘浮在战斗室中央。当然，没有人跟他说话。他们知道，当安德准备好之后，他会下命令的，但在此之前，最好不要打扰他。

所有人都到齐后，安德用钩子移到他们附近，挨个扫视着他们。"第一场战斗打得很好。"现在是给他们打支清醒剂的时候了，"飞龙战队在和狡兔战队作战时做得不错，但敌人不会都像他们一样脓包。C组，你们的前进太慢了，如果敌军表现出色的话，在你们到达有利位置之前，他们早就从侧翼包围你们了。你们应该分成两半，从两个方向夹角前进，这样他们就无法从侧翼包围你们。A组和E组，你们的射击准确率也太丢人了吧，战况报告显示说你们平均每两名队员才击中一名敌军。这表示大部分命中弹都是攻击队员接近敌人后造成的，这种事不能再发生——一支有实力的敌军将会歼灭我们的进攻队员，除非他们能得到远处队友的掩护。我希望每个小组都要进行对移动和静止目标的远距离射击训练，一半人做目标,一半人射击,轮流进行。每隔三分钟我就会来解冻你们,现在立刻开始。"

"我们可以利用星星训练吗?"韩楚问道"射击时手臂可以靠在上面。"

"我不希望你们习惯于利用外物固定手臂。如果觉得自己手臂不够稳定,把它冻住!现在快给我练习去!"

各个小组长很快就让队员们行动起来,安德不时走到每个小组中提出建议,帮助队员解决碰到的疑难。队员们现在知道,安德对整个小组训话时,他会极其严肃。但当他和个别队员一起时,他总是充满耐心,一次又一次地向他们解释,平静地提出建议,倾听他们的疑问并作出解答。而当他们试图和安德说笑时,他却会板起脸,他们很快就停止了这种做法。在安德和队员们待在一起的每一刻,他都要表现出和他们的区别。他无须提醒队员们他是他们的指挥官,这根本就是理所当然的。

他们整个上午都在训练,不时议论起早上的胜利,在得知可以提早半小时吃午饭后,大家再次欢呼起来。安德留下了几个小组长,讨论了他们要使用的策略,对他们的队员作出评估。然后他回到了自己的寝室,有条不紊地换下制服准备去吃午饭。他将晚十分钟到达战队长食堂,这个时间正合他的意。他取得了第一场胜利,现在有资格进战队长食堂吃饭了。那里他从来没进去过,不知道一个新的战队长应该怎么做,但他很清楚地知道今天他应该最后一个进去。那时早上的比赛分数已经公布了。飞龙战队将不再是个默默无闻的名字。

他走进食堂时并没有引起太大的轰动。但有几个人注意到了他矮小的个头,也看到了他袖口上的飞龙标记,他们毫不避讳地望着他。安德取了食物走到桌旁坐下,食堂内一片静寂。安德开始吃饭,他吃得很慢,小心翼翼,假装不知道自己是众人的焦点。周围慢慢地重新出现了议论声和交谈声,安德松弛下来,环视四周。

普通士兵食堂里有一整面墙用作分数显示板。士兵在上面可以看到过去两年间的战队成绩，但在这里，每个战队长也都有自己的记录。新任战队长并不会承接前任的出色成绩——他必须付出自己的努力。

安德的成绩是最好的。当然，由于只打了一仗，他的胜负比是完美的100%，而在其他项目上他也都遥遥领先。队员被冰冻的平均数、队员失去活动能力的平均数、取得胜利的平均耗时——每一项他都排在第一位。

他快要吃完时，有人走到他身后，拍了拍他的肩膀。

"介意我坐下吗？"安德不用回头就知道是丁·米克。

"嗨，米克。"安德说，"请坐。"

"你这小滑头。"米克开心地说，"我们都在怀疑你的成绩到底是个奇迹还是个错误。"

"是个惯例。"安德说。

"一场胜利还不能成为惯例。"米克说，"别太骄傲了。你是个新人，他们让你和能力较弱的指挥官比赛。"

"卡恩·卡比并不是排行榜的最后一名。"这倒是真的，卡比的排名处于中间水平。

"他还过得去吧，"米克说，"不过他的资历还很浅。只能算表现出了点发展前途。但你表现的不是前途，而是对别人的威胁。"

"什么威胁？难道我打赢了，他们就不让你吃饱？我想你告诉过我说这些都是愚蠢的比赛，而且毫无意义。"

米克不喜欢别人将他的原话奉送回自己，特别是在这种情形下。"正是你让我决定陪他们玩下去。但我跟你说实话，安德，你是不可能打败我的。"

"这可未必。"安德说。

"你是我教出来的。"米克说。

"我都学会了。"安德说，"凡是我学到的，我都记得死死的。"

"那要恭喜你了。"米克说。

"我很高兴在这里还有个朋友。"但安德不能确定米克是否还是他的朋友。米克自己也不能确定。他们又聊了几句闲话，米克回了自己的桌子。

安德边吃边观察着四周，很多人都在交头接耳。安德注意到其中有一个人是马利德，他现在是这里年龄最大的战队长。大鼻子罗斯已经毕业了。佩查在远处一个角落里和几个战队长交谈，她一次也没向他看。许多人都在偷偷打量他，甚至包括正和佩查谈话的那个人。安德很清楚佩查是故意避开他的视线。这就是一开始便取得胜利所带来的烦恼，安德想，你会失去朋友。

给他们几个星期慢慢习惯吧。当我打赢了第二场战斗，这里将会平静下来。

午餐结束前，卡恩·卡比走到安德的面前向他表示祝贺，他又一次给安德留下了一个好印象。这是个高尚的行为，而且不像米克那样，卡比说话一点也没有小心翼翼。"我可真是大大地丢人了，"他坦白地说，"我告诉他们说你的战术是任何人都想象不到的，但没有人相信我。我希望你在下一场战斗中把他们打得落花流水，也算给我挣个面子。"

"好的，"安德说，"谢谢你来和我说话。"

"我认为他们这样对你非常可恶。通常，新战队长第一次走进食堂时，他们应当欢呼表示欢迎。但同时，通常新战队长第一次进来时，他的名字下总会有几场失败的记录。我来这儿也只不过是一个月的时间。如果有人应当受到欢呼的话，那只能是你。但这就是生活，让他们吃屎去吧。"

"我会努力的。"卡恩·卡比离开了，安德在心里将他加入到可以称为"人类"的那一栏里。

那个晚上，安德睡得比以往任何时候都香，直到晨灯亮起时才醒过来。带着清爽的感觉，他慢慢走出去洗澡，直到回来穿上制服时，他才注意到地面上有一张纸片。他正抖动制服准备穿上时，那张纸片在风中飘动着，引起了他的注意。他拾起来，仔细地看着。

佩查·阿卡莉，凤凰战队，7：00

这是他的老战队，他在四个星期前才刚从那里离开。他对他们的战术了解得一清二楚。这是一支最具灵活性的战队，对新环境的适应能力非常之强。部分原因可能是受到安德的影响。凤凰战队将会是最能承受安德的如行云流水般攻击的战队，他们的机动性足以和飞龙战队抗衡。看来那些教官已经下定决心要让他的生活变得更多姿多彩了。

纸片上写着的时间是7：00，现在已经是6：30了，他的一部分队员正要去吃早餐。安德把制服扔在一边，抓起急冻战斗服。几分钟后，他站在了飞龙战队的宿舍门口。

"先生们，我希望你们在昨天学到了一些东西，因为我们今天又要再来一次了。"

过了一会儿队员们才意识到安德指的是战斗比赛，而不是模拟训练。是不是搞错了，他们喊道，从来没有哪支战队连续两天参加战斗比赛。

他将命令递给A组组长"苍蝇"莫洛，莫洛看了一眼，立即高声发令："急冻服！"然后开始换装。

"为什么你不早点通知我们？"韩楚问道，只有他才敢向安德提出疑问。

"我想你需要洗个澡。"安德说，"昨天狡兔战队声称我们全靠身上的臭味才取得胜利。"

听到这话的队员们都哄笑起来。

"你是洗完澡回来后才发现那张命令的，是吗？"

安德望向声音来源，是豆子。他已经穿上了急冻服，傲慢无礼地盯着他。想报复我吗，豆子？

"当然，"安德轻蔑地说，"我不像你离地板那么近。"

四周响起一片更大的笑声，豆子被激怒了。

"很显然，老规矩已经靠不住了。"安德说，"所以你们最好在任何时候都要做好战斗准备。但是，虽然我不能假装喜欢他们这样对待我们，但我对一件事非常满意——就是我有一支能打硬仗的队伍！"

从那以后，就算他要他们不穿太空服跟他到月球上去，他们也会毫不犹豫地追随他。

佩查并不是卡恩·卡比，她的战队更加灵活，对安德神出鬼没的攻击适应得很快。在战斗结束时，安德有三名队员被冰冻，另外还有九名队员失去活动能力。但在最后，佩查却没有大方地向他表示祝贺，她眼中的愤怒似乎在说，我是你的朋友，你就这样羞辱我？

安德装做没有注意到她的愤怒。他想，经过几场战斗后，她会意识到实际上她给他造成的损失是别人无法做到的。但他仍旧从她身上学到了某些东西。在稍后的训练中，他会教他的小队长如何应付佩查对他们施展的诡计。至于佩查，他们很快就会再次和好。

他希望如此。

这个星期结束时，飞龙战队已经在七天内打了七场战斗。比分是7胜0负。安德的损失从未超过和凤凰战队作战时的损失，还有两场战斗他甚至没有一名队员被冰冻或失去活动能力。现在没有人再认为他排在战绩榜第一名的罕见成绩是侥幸得来的，他以闻所未闻的优势击败了最出色的战队。其他战队长早已对他刮目相看，有少数几个人每次吃饭时都坐在他身边，认真向他请教他是怎么在最近的一场战斗中击败对手的。他毫无保留地告诉了他们。他相信少数战队长将会按照他的思路来训练他们自己的战斗小组长和队员。安德和这少数几个战队长聊天时，更多战队长则聚在被他击败的对手周围，试图从他们身上找出安德的弱点。

很多人对安德产生了嫉恨情绪，他们恨他这么年轻就这么出色。跟他一比，他们的胜利就不值一提了。他在走廊经过他们时，从他们脸上看到了这股怨恨；接着又发现在战队长食堂里，他一坐下，桌边的一些人就会起身坐到别的桌边；在游戏室里有人有意用手肘撞他，他进出体育馆时有人故意绊倒他，他经过走廊时则有人用湿纸团从后面掷他。他们知道无法在战斗室里打败他，所以用别的方法折磨他。只要出了战斗室，他就不再是一个巨人，只是个小孩子。安德瞧不起他们的行径，但在内心深处，他很怕这些人。这种情绪隐藏得如此之深，连他自己都没有意识到。彼得从前就常用这些小手段折磨他，安德觉得自己好像又回到了家里一样。

当然，这些折磨只是小事。安德说服自己把这些当作对他的赞扬。其他战队现在已经开始模仿安德的战术，大部分士兵都学会了屈起膝盖攻击。原来的集群进攻模式被打破了，更多的战队长开始派遣他们的小组沿着墙壁移动。但没有人像安德一样建立五个小组的编制。这是他的一点小小的优势，对手总是考虑怎样防御四个小组的攻击，常常忽略了第五个。

安德已经把所有零重力下的战术技巧教给了他们，他还能从什么地方学到新东西呢？

他开始把注意力集中在录像室，那里存放了大量马泽·雷汉和其他伟大的指挥官在前两次入侵战争时的宣传片。安德提早一个小时结束日常训练，让他的小组长们自由训练各自的队员。通常他们会进行一些模拟战斗，小组对抗小组。安德留下来看了一会儿，直到认为他们做得不错，然后便离开战斗室，研究以往的战例。

大部分的录像片都是垃圾，无非是雄壮的音乐伴随着指战员们英勇作战的身影，还有一些太空舰队摧毁虫族据点的镜头。但在里面他也找到了一些有用的片断：像光点一样遥远的飞船在漆黑的太空中编队行动，更有用的是，飞船侧舷的灯光照亮了屏幕，显示出整个战场的景象。在录像片里很难立体地观察整个战斗的经过，片断通常很短，而且没有配上解说。但安德开始留意到虫族舰队的高明之处：如何以看似毫无规律的飞行路线来混淆视线，怎样制造圈套，用假撤退将联盟飞船引入陷阱。有些战役被编辑成多个片断，储存在多盘带子上。通过按顺序反复观看，安德可以重组整场战役。他开始注意到一些官方评论从未提到过的事情。他们总是尽量渲染人类取得的胜利，以唤起人们的自豪感和对虫族的厌恶，但安德开始怀疑人类最后到底是怎么取得胜利的。人类的飞船笨重而迟缓，他们的舰队对新战况的反应缓慢得令人无法忍受，而虫族的舰队看上去就像是一个整体，情况稍一改变，它们能够立刻作出反应。当然，第一次入侵时期，人类飞船完全不适合快速对战，但虫族的飞船也好不到哪里去。只是到了第二次入侵时，双方的飞船和武器才更加敏捷、致命。

安德现在是从虫族身上而不是从人类身上学习战术和策略。向它们学习，安德感到既羞且惧。它们是最可怕的敌人，丑陋、危险、令人憎恶。但它们打起仗来是真正的行家——幸好只是一定程度上的行家。虫族似乎总是死抱最基本的战略战术原则不放——在最重要的战场上投入尽可能多的兵力兵器。下级军官做不出什么让人大吃一惊的事，既不会闪现出天才的火花，也不会大失水准干蠢事。看得出来，虫族军队的纪律约束极严。

有一件很奇怪的事，虽然有关马泽·雷汉的传说数不胜数，但只有极少数录像带记录了他的战斗。从战事早期的带子上看，与虫族威力无比的主力舰队一比，马泽·雷汉的舰队简直小得可怜。那时虫族已经在彗星防御带击溃了人类舰队的主力，将人类飞船一扫而空。人类的战略对它们来说只是个笑话——这些影片经常播放，以激起人们对虫族的恐惧和愤怒。然后人类的抵抗力量仅剩下马泽·雷汉在土星边上的小舰队，人类已经处于毁灭的边缘，就在这时——

马泽·雷汉小小的巡洋舰一次射击，一艘敌军的飞船爆炸开来。录像上显示的只有这点东西。陆战队攻入敌舰的镜头倒是很多，里面倒着无数虫人的尸体，但没有拍下虫族士兵击毙人类士兵的镜头，有的话也是剪接插入的第一次入侵时的镜头。安德非常沮丧，马泽·雷汉取得胜利的影片显然是经过剪辑的。战斗学校中的学员本来可以从马泽·雷汉身上学习大量的东西，但每样和他的胜利有关的事情都隐藏在影片背后。这种隐瞒对希望通过学习达到马泽·雷汉那样成就的学员来说是非常不利的。

没多久，安德一遍又一遍观看战斗录像的事传遍了整个学校，录像室变得人满为患。绝大部分都是战队长。他们看着安德看过的录像，假装明白为什么他要看这盘带子，又从中学会了什么。安德什么都没说。甚至在他用不同的带子播放同一场战役的七个不同场景时，只有一个战队长试探地问："这些带子都是同一场战役的吗？"

安德只是耸耸肩，似乎说这根本无关紧要。

在第七天训练的最后一个小时，也就是安德刚打赢了第七场战斗以后几个小时，安德森少校亲自来到录像室。他将一张纸片递给一个坐在那儿的战队长，然后对安德说："格拉夫上校希望立刻在他的办公室见到你。"

安德站起来，跟着安德森穿过走廊。安德森锁上将学员与教官隔开的大门。他们来到格拉夫的办公室，他正坐在那张和钢地板钉在一起的转椅上。他又胖了一圈，即使在坐直的时候，肚子仍然溢出两边的扶手。安德想起他以前的样子。第一次见到他时，格拉夫看上去一点也不胖。仅仅过了四年。看来时光和压力对这位战斗学校的老板可一点也不客气。

"从你的第一场战斗算起，现在已经过去了七天。"格拉夫说。

安德没有回答。

"而你已经打赢了七场战斗,每天一场。"

安德点点头。

"你的成绩好得不同寻常。"

安德眨了眨眼睛。

"你会把你非凡的成功归结于什么,指挥官?"

"你给了我一支可以接受我想法的战队。"

"那你的想法是什么?"

"将敌军的大门定位成下方,把自己的腿部当作挡箭牌。不采取集群进攻,而是灵活地发挥机动性。我还用五个八人的小组代替了四个十人的小组,这些都有助于我们取得胜利。而且,我们的敌人对我们的新战术反应迟钝,我们用同样的战术不断地击败了他们。但这并不能保持很长时间。"

"那么你并没有期望能够一直保持胜利。"

"如果我们一直不改变战术的话。"

格拉夫点点头。"坐下,安德。"

安德和安德森坐了下来,格拉夫看着安德,安德森接上话头。"经过如此频繁的战斗后,你的队员现在处于什么状态?"

"他们都成了经验丰富的老兵。"

"但他们有什么感觉?他们觉得累吗?"

"就算如此,他们也不会承认的。"

"他们仍能保持锋芒吗?"

"利用电脑游戏窥探别人思想的是你,这个问题应该由你告诉我。"

"我们知道自己掌握了什么,我们只是想知道你掌握了什么。"

"他们都是非常优秀的战士,安德森少校。我很清楚他们也是有极限的,但目前还没到那个地步。有些资历较浅的士兵碰到了一些麻烦,因为有些最基本的技巧他们从未真正掌握,但他们非常努力地学习,不断取得进步。你到底想我怎么说，是说他们需要休息吗？他们当然需要休息。他们需要几个星期的时间休整。他们的文化课已经完了，功课一塌糊涂。但这些情况你们是知道的，而且很明显你们不在意，那我凭什么要担心呢？"

格拉夫和安德森交换了个眼色。"安德，为什么你要研究虫族战争的录像资料？"

"当然是想学习一些战术。"

"那些录像都是为了宣传而制作的，所有与战术相关的片断都被删掉了。"

"我知道。"

格拉夫和安德森再次交换个眼色。格拉夫敲了一下桌子。"你不再玩那个幻想游戏了。"他说。

安德保持沉默。

"告诉我为什么。"

"因为我已经打通了。"

"那个游戏是无法通关的，总有无数关卡在等着你。"

"我打通了所有关卡。"

"安德，我们希望尽量让你快乐，但如果你——"

"你们只是希望尽可能地将我塑造成最优秀的战士。到下面去看看战绩排行榜吧，看看所有的项目，到目前为止，你们对我所做的努力非常成功，祝贺你们。现在你们准备什么时候让我和下一个强劲的对手作战？"

格拉夫紧闭的双唇露出了一丝微笑，他无声地笑着摇摇头。

安德森把一张纸片递给安德。"就是现在。"他说。

邦佐·马利德，火蜥蜴战队，12：00

"离现在只有十分钟时间，"安德说，"我的队员刚刚训练完，他们都还在洗澡呢。"

格拉夫微笑着说："那他们最好赶快完事，孩子。"

五分钟后，他到达了飞龙战队宿舍门外。大部分队员刚洗完澡，正在穿衣服；有些队员已经去了游戏室或录像室消磨时间，等着吃午饭。他派了三个年轻队员把所有人叫回来，命令他们以最快速度穿上急冻服。

"我们的对手很强大，而且没时间让我们准备。"安德说，"他们在二十分钟前就通知了邦佐·马利德，当我们到达战斗室时他们至少已经进入房间五分钟了。"

孩子们愤愤不平，平时不敢在战队长面前说的大批脏话滚滚而出。为什么这样对我们？教官们肯定疯了。

"不要问为什么了，这些账留到今晚再算。大家累不累？"

"苍蝇"莫洛喊道："我们在今天的训练中已经耗尽了力气，还没算上今天早上让雪貂战队惨败的那场硬仗。"

"从来没有人一天之内参加两场战斗！""疯子"汤姆说。

安德用同样的语调回敬他："也从来没有人打败过飞龙战队！难道这次你们想认输吗？"安德的反问就是对大家抱怨的回答。他的意思很清楚，先打赢战斗，再问为什么。

所有人都回到宿舍，大部分已经穿上了急冻服。"出发！"安德吼道，队员们跟在他后面跑了出去。当他们到达战斗室门外的走廊时，几个队员还在边跑边穿衣服。很多队员跑得气喘吁吁，上气不接下气。这不是个好征兆，他们太累了。战斗室的门已经开了，里面连一颗星星也没有，空空荡荡，四周的灯光开到最大亮度。在这场战斗中，你根本没有地方躲藏，连个暗角都没有。

"太好了。"汤姆说，"他们还没到，跟咱们一样。"

安德将手指放在嘴唇中间，提醒他们保持安静。因为门开着，敌人可以听到他们说的话。安德用手势指着门的四周,暗示他们火蜥蜴战队毫无疑问藏在大门四周的墙壁上,他们的位置非常隐蔽,只要有人冲进来,他们就可以轻而易举地将他冰冻。

安德用手势命令他们全部退离大门。然后将几个高个子的队员包括汤姆拉到前面,让他们屈起膝盖,与身体保持垂直,形成一个"L"形,接着开枪冻住他们。队员们无声地望着他,他挑了一名个子最小的队员——豆子,将汤姆的激光枪交给他。他让豆子跪在汤姆被冻住的腿上,然后拉过豆子各持一支枪的双手,放在汤姆的腋窝下。

队员们现在明白了。汤姆是个挡箭牌,就像一艘载着豆子的装甲太空船。虽然他无法给敌人造成伤害,但他会为别的队员赢得时间。

安德指派另外两名队员当投手,等在门边,一会儿负责将汤姆和豆子扔进大门。接着继续将队员们安排成多个四人小队——一个做盾牌、一个做射手、两个做投手。一切准备妥当后,他指示投手们在接到命令后抬起他们的"投掷物"扔进大门,再跟在后面冲进去。

"行动!"安德喊道。

他们开始行动了,"盾牌"加"射手",一次两对扔进大门,做盾牌的队员处于射手和敌人之间。敌军立刻朝他们开火,但他们几乎只能击中前面那已经冰冻的队员,躲在"盾牌"后面的两个射手面对着毫无防御地展开在门后的敌军,几乎一枪一个准。紧接着当投手的队员也冲进大门,像敌人一样用墙上的扶手固定身体,从死角朝敌人开火。火蜥蜴战队的队员不知该向那些从上面屠杀他们的"盾牌"射击,还是该向和自己处于同一水平面的"投手"开枪,他们一片混乱,无所适从。在第一个飞龙战队队员穿过大门后还不到一分钟,战斗就结束了。飞龙战队有二十名队员被冰冻或失去活动能力,没有受伤的孩子只有十二个。这是他们最差的成绩,但不管怎么说,他们取得了胜利。

安德森少校走出来将钩子递给安德时,安德再也控制不住怒火:"我以为你会让一支有本事在公平竞赛中和我们对抗的队伍作战。"

"祝贺你获得了胜利，战队长。"

"豆子！"安德吼道，"如果是你来指挥火蜥蜴战队，你会怎么做？"

豆子在战斗中被击中失去活动能力，但没有完全被冻住，正飘浮在敌军的大门旁边，他大声回答："我会在大门前面保持移动。绝不能藏在敌人知道的地方一动不动。"

"你要作弊的话，"安德对安德森说，"为什么不让那支战队好好练练，作弊也好高明一点！"

"我想你现在应该解冻你的队员。"安德森说。

安德按下按钮解冻双方的队员。"飞龙战队解散！"他在解冻后立即喊道。这次他们不会精心集合起来接受敌军的投降，虽然最后赢得了胜利，但这不是一场公平的比赛——那些教官故意想让他们失败，只是由于邦佐的愚蠢才救了他们。这场战斗没有光荣可言。

安德离开战斗室时才想到，邦佐不会认为他的愤怒是针对教官而发的，他的西班牙式荣誉感会让他认为这是安德对他的污辱。他只知道即使占有不公平的优势，他还是被安德击败了。而且安德还让他最小的队员公然宣称说邦佐本可以取得胜利，他甚至没有留下来接受他体面的投降。就算邦佐早已不再怨恨安德，今天这件事也会在他心中种下仇恨的种子。他会像以前一样仇视安德，因怒火变得对安德产生杀机。邦佐是最后一个打过我的人，安德想，我肯定他没有忘记这事。

他也没有忘记战斗室发生的那起事件，当时高级学员们想阻止安德的额外训练。面对邦佐的威胁，安德很想回去再做些格斗练习，以防万一。但在每天一场战斗，甚至同一天进行两场战斗的情况下，安德知道自己根本没有时间和力气再做别的事。只好碰运气了。既然是教官让我陷入眼下的困境——他们就该保护我的安全。

豆子筋疲力尽地瘫在床上。还有十五分钟才到熄灯时间，宿舍里半数队员已经睡着了。他疲惫地从柜子里取出笔记本电脑，登录上去。明天要考几何，他连一点准备都没有。如果有足够的时间，就算没有学过的知识他也总能推导出来。五岁的时候，他就已经看懂了欧几里得的几何学说。但考试是有时间限制的，根本没有机会让他思考，他必须预习才行。很可能考糊，但今天打赢了两场战斗，他感觉不错。

登录之后，所有学习几何学的念头都消失了。一条信息在屏幕上闪烁着：

　　立刻来见我。——安德

现在的时间是21：50，离熄灯只有十分钟。安德是多久以前发出的信息？可他最好还是不要忽略它，说不定明天一早又有一场战斗——想想都觉得累。而且不管安德要和他谈什么，现在的时间都不合适。豆子溜下床铺，穿过空无一人的走廊来到安德的宿舍。他敲了敲门。

"进来。"安德说。

"刚看到你的留言。"

"没关系。"安德说。

"快熄灯了。"

"我会帮你在黑暗中找到回去的路。"

"我只是不清楚你知不知道现在已经是几点——"

"任何时候我都知道时间。"

豆子心里叹了口气。总是这样，每次他和安德交谈，最后总会变成争吵。他讨厌这样。他很佩服安德的天才，并因此尊敬他，但为什么安德从来看不到他的优点呢？

"还记得四个星期前吗，豆子？你要求我让你当小组长。"

"嗯。"

"从那时起我任命了五名组长，五名副组长，但没有你。"安德抬起眉毛，"对吗？"

"是的，长官。"

"告诉我，在这八场战斗中你表现如何？"

"今天是他们第一次击中我，但在我失去活动能力之前，计算机统计出我共击中了十一名敌人。我从来没有在一场战斗击中少于五名敌人，总是圆满完成每项交给我的任务。"

"为什么他们这么早就让你成为一名战队队员，豆子？"

"没有你早。"

"但为什么呢？"

"我不知道。"

"不，你知道，我也一样。"

"我曾经想过，只是猜想，要是你表现出色，教官们就会给你压担子——"

"告诉我为什么，豆子。"

"因为他们需要我们，这就是为什么。"豆子坐到地板上，盯着安德的脚，"因为他们需要有人打败虫族，这是他们唯一关心的事。"

"你能明白，这很重要，豆子。因为这个学校里的绝大部分学员都认为战斗本身是很重要的。其实不然。战斗重要是因为它能帮助教官们挑选在真正的战争中可以成为指挥官的学员，至于战斗比赛本身，去他的。这就是他们正在做的事，把比赛搞得一塌糊涂，连规则都不讲了。"

"真好笑。我还以为他们是为了打击我们才这样做的。"

"先把首次战斗比赛提前了九周，接着是每天一场，然后是一天两场，豆子，我不知道那些教官们在做什么，但我的队员都累了，我也累了，而且他们根本不遵守规则。我从计算机里调出了以前的记录，学校历史上从来没有哪支战队击败过如此之多的敌军,而且损失如此之少。"

"你是最出色的,安德。"

安德摇着头。"或许吧。我得到这些队员并不是偶然的。他们都是被其他战队拒绝的新兵,但现在我最差的士兵到了别的战队至少都能成为组长。教官们原来是站在我这一边的,但现在他们改变了想法,豆子,他们想整垮我们。"

"他们不可能整垮你。"

"真正了解我的话你会大吃一惊的。"安德突然猛喘一口气,好像感到一阵剧痛。豆子望着他,意识到不可能发生的事在自己眼前发生了。安德并不是在套他的话,而是在向他倾吐心声。不多,只有一点儿。安德是个人,他允许豆子看到这一点。

"或许会大吃一惊的人是你。"豆子说。

"我不可能每天都能想出新点子,总有一天会碰到我从未预料过的情况,而我却没有做好准备。"

"会有什么最坏的事情发生呢?最多输掉一场战斗而已。"

"没错,这就是最坏的事情。我不能输掉任何一场战斗,如果我输了任何……"

他没有再解释下去,豆子也没有问。

"我要你发挥你的聪明才智,豆子。我要你想出新的点子,为一些我们尚未碰到的情况做好准备。我想让你尝试一些事,哪怕是别人根本不会做的蠢事,尽管放手实验好了。"

"为什么选我?"

"飞龙战队虽然还有表现比你出色的士兵——不是很多,只有几个——但没有人的头脑比你更快、更灵活。"豆子没有说话,两人都知道这是真话。

安德将笔记本电脑递给他看,上面列着十二个名字。每个小队都有两到三人在名单上。"从里面选出五名队员,"安德说,"每个小队一名。他们将组成特别小队,交给你来训练,但只能在额外训练期间进行。你要怎么训练他们,把想法告诉我。不要过于执着,在任何一个项目上花太多的时间。平时你和你的特别小队都属于你们原来的小队,但当我需要你来完成某些只有你们才能完成的任务时,你就是他们的小队长。"

"这几个全是新兵。"豆子说,"没一个是老兵。"

"经过了上个星期的战斗后,我们所有的队员都成了老兵,豆子。难道你没有发现在个人战绩榜上,飞龙战队的四十名队员全部都排在前五十位?而且排行榜上的前十七位都是我们的队员。"

"如果我想不出什么新点子呢?"

"那说明我看错了你。"

豆子咧嘴笑了。"你不会看错人的。"

灯熄灭了。

"能找到回去的路吗,豆子?"

"或许不行。"

"那就留在这儿吧。"

"他们明天不会再给我们安排另一场战斗吧?"

安德没有回答。豆子在黑暗中听见他爬上床铺。

他从地板上站起来,也爬上床。在入睡之前,他想出了好几个点子。安德会满意的——全是别人压根儿不会想到的蠢点子。

CHAPTER 12
邦佐的阴谋

"佩斯将军,请坐。我知道您有急事找我。"

"正常情况下,格拉夫上校,我不想插手战斗学校的内部事务。在这里你说了算。而且抛开我们的军衔不说,我很清楚我能做的只是向你提出建议,而不是命令你采取行动。"

"采取行动?"

"请别装傻,格拉夫上校。美国人很喜欢装傻,但我没那么容易上当。我来这里的原因你知道得很清楚。"

"啊,就是说戴普向上级打了小报告。"

"他觉得自己对这里的学员怀有父亲般的责任。他认为你对于潜在的可能导致伤亡的事态过于疏忽,疏忽得超出了常规——简直就是阴谋,会造成一名学员死亡或重伤。"

"这里只不过是一所为孩子们设立的学校,佩斯将军。恐怕不需要联合舰队的宪兵司令亲自表示关注吧。"

"格拉夫上校,安德·维京这个名字已经传到高层,甚至传到了我的耳朵——有人谨慎地告诉我,说他是我们面临虫族入侵时唯一的希望。如果他的生命或健康处于危险之中,我想宪兵部关心、保护这个男孩算不上多管闲事。你认为呢？"

"该死的戴普，你也该死，长官。我知道我在做什么！"

"是吗？"

"比任何人都清楚。"

"噢，这倒很明显，因为根本没有人知道你到底在做什么。在这些'孩子'中，有些心怀恶意的人策划围攻安德，这个情况你已经知道八天了。这些人中，特别是一个名为邦尼托·德·马利德，一般称为邦佐的，根本没打算在围攻中将自己的暴力手段作丝毫限制。安德·维京这样一个对人类世界极其重要的宝贵资源将处于极度危险之中，他的脑浆很可能溅到你的学校墙壁上。而你，早已得知这个情况，却打算——"

"袖手旁观。"

"你知道这让我们感到非常不解。"

"安德以前就遇到过这种情况。那还是在地球的时候，当时他刚被解除监视器，同样有一群大孩子——"

"我并不是在对过去的事一无所知的情况下到这里来的。安德·维京已经让邦佐·马利德忍无可忍了，而你却没有派宪兵解决他们之间的纠纷。这很不合理。"

"当安德指挥着人类的舰队，必须做出事关人类生死存亡的决定时，难道我们也要派宪兵去保护他吗？"

"我看不出这二者之间有什么关系。"

"显然你看不出来。它们之间的关系就是必须让安德相信，不管发生了什么事，不会有大人走过来帮助他。在他的灵魂深处，他必须认识到在面对其他孩子时只能依靠自己解决问题。如果没有认识到这点，那他将永远不会达到巅峰。"

"如果他死了或受到了永久性的伤害，他也永远不会达到巅峰。"

"不会发生这种事的。"

"为什么你不直截了当让邦佐毕业算了,他已经到年龄了。"

"因为安德知道邦佐打算杀死他。如果我们提早送走马利德,安德就会知道是我们救了他。大家都很清楚,就其优点来说,邦佐并不是好得可以提前毕业。"

"还有其他孩子呢?也可以让他们帮他呀。"

"我们应静观事情的发展,这是我最早、最终和唯一的决定。"

"如果你错了,只有上帝才能拯救你。"

"如果我错了,只有上帝才能拯救我们。"

"哼!如果你错了,在虫子杀光我们之前,我会先把你送上军事法庭干掉你,让你的臭名传遍整个世界。"

"这倒很公平。但如果我碰巧做对了,请你们记得要授予我勋章。"

"凭什么?"

"就凭我阻止你险些坏了大事。"

安德坐在战斗室一角,手臂搭在扶手上,看着豆子训练他的特别小队。昨天他们练习了如何空手攻击,用脚卸掉敌人的武器。安德学过重力条件下的格斗术,他用自己这方面的经验帮助他们。零重力下格斗大不相同,但仍然可以借助飞行惯性制服敌人,这和在重力环境中是一样的。

今天,豆子得到了一件新玩具,称为"死线"。那是一种又细又长的双绞线,细得几乎让人难以察觉,用于在太空建筑中将两个物体系在一起。死线有时长达几公里,豆子的这条仅比战斗室的墙壁要长一些,很容易卷起来绕在他的手腕上,而且几乎不会被人注意。他像拉衣服上的线头一样将它解开,一头递给一名队员。"缠在扶手上,多绕几圈。"豆子拿着线的另一头穿过战斗室。

豆子认为可以把死线做成威力极大的绊索。它几乎是透明的,如果用几根这样的线并列在一起,很容易绊住从它上面或下面来去的敌人。

尔后，他又有了个主意，试着用它在半空中改变运动方向。他把死线牢牢系在手腕上，另一端仍然系在扶手上，向外滑动了几米远，然后径直弹了出去。死线拖住了他，让他突然改变方向，在空中划了一道弧形，狠狠撞在墙上。

他大叫起来。安德过了好一会儿才明白豆子并不是因为痛楚才高声叫唤。"你看到我的飞行速度有多快吗？看到我怎么改变方向的吗？"

很快，飞龙战队的所有队员都停下来，看着豆子练习他的绳索。他改变方向时的情形令人吃惊，特别是你根本看不到绳索在哪里。当他用绳索绕着星星移动时，速度比以往任何人能做到的快得多。

安德结束训练时已是21：40，队员们都很疲倦，但看到了一种新的战术，大家还是感到很开心。他们沿着过道走回宿舍，安德走在他们当中，没有说话，只听着他们议论。他们觉得筋疲力尽，是的，连续四个星期每天一场战斗，而且每场战斗都在挑战他们的极限。但他们感到非常自豪，非常开心。全队关系非常融洽，因为他们从没打过败仗，而且学会了相互信任。信任队友的表现，信任他们的指挥官，最重要的是，他们相信安德带领战队做好了应付一切的准备。

经过走廊的时候，安德注意到有些大孩子好像在走廊和楼梯的分支处交头接耳，有几个正处在他们的过道上，慢慢朝别的方向走去。事情显得太过巧合，因为他们中的大部分都穿着火蜥蜴制服，而剩下的几个家伙虽然属于别的战队，它们的指挥官恰好又是对安德最为不满的。少数几个人看了他一眼，又飞快地移开视线。其他的人则显得很紧张，尽管他们都装出一副轻松的神情。如果他们在走廊里袭击我的队员怎么办？我的队员年龄都很小，又完全没有受过重力格斗训练。他们哪有时间学习？

"嘿，安德！"有人喊道。安德停下来朝身后望去，是佩查。"安德，我能和你谈谈吗？"

安德想了一会儿，如果他停在这里和佩查谈话，他的队员将会很快走过他们，把他和佩查单独留在走廊里。"边走边谈吧。"安德说。

"只是一小会儿。"

安德转身跟上自己的队员。他听见佩查跑了上来。"好吧，我们边走边谈。"她靠近时，安德有点紧张。她是他们中的一个吗？是那些憎恨他、想伤害他的人当中的一个吗？

"你的一个朋友想让我提醒你，有些人想杀掉你。"

"有什么好奇怪的。"安德说。几个他手下的队员竖起耳朵倾听着。有人密谋对付他们的战队长，这可是个重要信息。

"安德，他们能做出那种事。自从你当上战队长，他们就一直在计划这件事。"

"我想你是指自从我打败了火蜥蜴战队后吧。"

"你打败凤凰战队时，我也恨你，安德。"

"我不怪任何人。"

"这件事是真的。你的朋友叫我今天单独和你谈谈，向你提出警告，让你在明天从战斗室回去时要小心，因为——"

"佩查，如果你刚才真的将我拉到一边谈话，跟在我们后面的十多个家伙就会在走廊里截住我。你能说你没有注意到这个情况吗？"

她的脸上突然现出怒火。"不，我没有。你怎么能这样想我？你知不知道谁是你的朋友？"她径直离开飞龙战队的行列，走到安德的前头，爬上通往上层甲板的梯子。

"这是真的吗？""疯子"汤姆问。

"什么真的？"安德巡视着宿舍，喝令两个正在打闹玩耍的队员上床睡觉。

"就是有些大孩子想干掉你的事。"

"只是传闻而已。"安德说。但他很清楚这不是传闻。佩查知道了某些事，而且从今晚情形来看她的说法绝不是空穴来风。

"或许这些事都是传闻，但你有五个小组长，他们都乐意护送你回战队长宿舍。懂我意思吗？"

"完全没必要。"

"听我们的吧，我们可以趁机讨好你。"

"我才不会上当。"拒绝他们是件傻事，安德很清楚。"随你们的便吧。"他转身就走。几个小组长一路小跑跟在后头。其中一个赶在安德前面帮他打开门，他们检查了一遍屋子，叮嘱安德锁门，熄灯之前才离开。

他的床上留了张便条：

千万别落单。——米克

安德咧开嘴笑了，米克仍然是他的朋友。不用担心，他们对付不了我，我手下有一个战队呢。

但在黑暗之中，他的战队并不在身边。那个晚上，他梦见了史蒂生。现在看来，当时的史蒂生是那么小，只有六岁，他那套硬汉做派又是多么可笑；然而在梦中，史蒂生和他的朋友将安德绑了起来，他无法还击，然后他们像安德对付史蒂生时一样，将那一切通通回敬给他。而后安德看见自己像个傻瓜似的在胡言乱语，试图向他的队员发布命令，但所有从他嘴里发出的字句听起来都像是疯人呓语。

安德在漆黑之中苏醒过来，心中充满恐惧。随后，他使自己平静下来，那些教官显然非常看重他的价值，否则他们不会让他面对这么大的压力。他们无论如何也不会允许他受到伤害。或许去年那些大孩子在战斗室里攻击他时，教官们正站在门外，注意事态发展；如果事态失去了控制，他们会介入并平息它。或许我可以就坐在这儿，无需惶恐。这种事他们当然会发现的。我会平安的。在战斗中他们会给我施加最大的压力，但在此之外，他们会保证我的安全。

想到这里，他再次睡了过去，直到第二天早上房门被轻轻打开，一张留给他的战斗通知书被留在地板上。

当然，这场战斗安德他们又赢了，但打得异常艰苦。战斗室里迷宫似的布满星星，在里面搜寻和痛击敌军花费了他们四十五分钟的时间。对手是波尔·史莱特利的灵獾战队，他们非常顽强，一直战斗到最后一人。教官们又想出了新花招——飞龙战队士兵让敌人失去活动能力或击伤敌人时，他们在五分钟后自动解冻。本来这是练习时的做法。只有当敌人被完全冰冻后，才彻底失去活动能力。但这种自动解冻程序却没有赋予飞龙战队。"疯子"汤姆第一个发现了他们的诡计，那时他们从后面受到了某些中弹"身亡"的敌军的攻击。战斗结束后，史莱特利握着安德的手说："很高兴你打赢了。如果我要打败你，安德，我希望是在公平竞争的条件下。"

"不要放弃他们给你的便利，"安德说，"如果你掌握了敌军没有的优势，不要放弃它。"

"噢，我可没那么傻，"史莱特利说，咧着嘴笑了，"我只是战斗之前和之后才考虑公平的问题。"

这场战斗拖得太长了，当它结束时，早餐时间已经过去了。浑身汗水、疲惫不堪的队员正等在走廊上，安德望着他们说："现在你们都知道了教官的用心。今天不训练了，通通休息，该玩的去玩，该学习的去学习。"大伙儿确实累坏了，这可以从他们的回应上看出来。他们甚至没有欢呼，连笑都不笑，只是无言地走回宿舍剥下急冻服。如果要大家继续训练的话，他们会服从命令，但他们已经耗尽了每一分精力，再说，没有吃早餐就让他们训练未免太不公平。

安德很想立刻就去冲个澡，但他也累坏了。他还没来得及脱下急冻服就躺在床上睡着了，好像只过了一小会儿，醒来时已经是吃午饭的时间。本来还打算这个上午多学点虫族战术呢。剩下的时间只够洗个澡，吃点东西，然后就该上课了。

他剥下了满是汗臭的急冻服，感到一阵寒意，肌肉虚弱无力。不应该在白天睡觉的。我开始松懈，开始变得虚弱了。决不能让这种情形发生在我身上。

于是他慢跑来到体育馆，强迫自己连续进行了三次爬绳训练，这才回到盥洗室洗澡。他没想过有人会注意到他没有在战队长食堂露面。当他在中午时分洗澡时，他的队员正在狼吞虎咽地吃着他们今天的第一顿饭，这时的他将彻底孤独无援。

甚至有人走进盥洗室的脚步声也没有让他警觉起来。当时安德正站在喷头下，让水流冲刷着他的头和身体，几乎没有注意那些微弱的脚步声。或许午餐结束了，他想。他又往身上抹了一遍肥皂。或许是什么人结束训练晚了。

或许都不是。他转过身，发现有七个家伙站在他面前，三三两两地靠在金属水槽上或站在喷头附近，正盯着他。邦佐站在最前，后面的家伙脸上露出暧昧的笑容，仿佛自信的猎人在望着他走投无路的猎物。但邦佐脸上没有一丝笑意。

"嘿。"安德说。

没有人回答。

安德关上喷头，身上依然打着肥皂，他伸手去拿毛巾。毛巾不见了。一个家伙正拿着它。是伯纳德。眼前的情景与史蒂生和彼得对付他时一模一样，他们缺少的只是彼得阴险的微笑和史蒂生明显的愚蠢。

安德意识到取走毛巾是他们的一个策略。没有什么比光着身子站在这里更让他感到软弱。这正是他们希望造成的效果，让他感到羞耻，然后击垮他。他不能如他们所愿。他告诉自己不能因为光着身子站在他们面前就软弱下来。他站得笔直,面对着他们,双手放在身侧。他将视线集中在马利德身上。

"走下一步。"安德说。

"这不是下棋。"伯纳德说,"我们都讨厌透了你,安德。你今天就会毕业,被开除了。"

安德没有看伯纳德。想要他命的人是邦佐,虽然他站在那儿一言不发。其他家伙只是凑热闹,他们不敢乱来。邦佐知道自己想做什么。

"邦佐,"安德轻声说,"你爸爸会为你感到骄傲的。"

邦佐身子僵硬了。

"如果看到现在的情形,他会很开心的。和一个光着身子在洗澡的孩子打斗,而且他还比你小,而且你还带了六个帮手。他会对你说,噢,这是我们的光荣。"

"没有人要打你,"伯纳德说,"我们只是来告诉你竞赛必须公平。最好偶尔打输一两场。"

其余孩子都笑了起来,但邦佐没有笑,安德也一样。

"做个自豪的孩子,邦佐。你可以回家告诉你爸爸说,是的,我打败了安德·维京,他只有十岁大,而我已经十三岁了。而且我只带了六个朋友做帮手,我们预先商量好了怎么对付他,甚至在他单独一人光着身子洗澡的时候动手——安德·维京实在太危险了,我们本该带上两百人来的。"

"闭上你的嘴,安德。"一个家伙喊道。

"我们不是来听这个小混蛋胡言乱语的。"另一个人说。

"你闭嘴。"马利德说,"都给我闭嘴,站到一边去。"他开始脱下制服。"光着身子,单独一人。是吗?安德,现在我们一样了。我的年龄比你大,这我没法控制。可真是个天才呀,知道怎么对付我。"他转向其他人,"看着门口。不要让任何人进来。"

盥洗室不是很大，周围都是金属管道之类的突出物。战斗学校的建筑物是一部分一部分地像发射低轨道卫星一样，从地面发射到太空组装而成的。房间四周安装了污水回收装置。设计非常紧凑，没有浪费一丝空间。因此，打斗中所能使用的战术很明显——将对方撞向那些突出物，直到对方受到足够的伤害为止。

一见邦佐的姿势，安德的心沉了下去。马利德显然也学过个人格斗课程，而且可能比安德更精通格斗技巧。他的步法灵活，身体强壮，而且充满愤怒。他不会手软的，他会朝我的脑袋打，安德想。他会尽一切可能伤害我的大脑。如果战斗持续下去，他就会取得胜利。他的力量足以压倒我。想从这儿离开的话，我必须速战速决，而且要让他没有反击的机会。安德再次体会到上次踢打史蒂生时产生的那种眩晕的感觉。但这次被打的会是我，除非我能首先击倒他。

安德向后退了几步，向外转动着喷头的把手，让喷头喷出热水。水蒸气立即从地面升起。他继续转动着。

"我不会害怕热水的。"邦佐说。他的声音很温和。

安德想要的不是热水，他要的是热量。他的身上仍然涂着肥皂，汗水粘在上面，让他的皮肤比马利德预料的更加光滑。

门外突然传来一声怒吼："住手！"有那么一会儿，安德以为是教官前来制止他们的打斗，但进来的只是丁·米克。马利德的朋友在门口拦住他，死死抓住他不放手。"住手，邦佐！"米克大喊，"别伤害他！"

"为什么不呢？"邦佐问，脸上第一次露出了微笑。嗯，安德想，他喜欢别人知道是他在控制局面，拥有权力的是他。

"因为他是最出色的，这就是为什么！还有谁能打败虫族？那才是最重要的，你这个笨蛋，别忘了虫族！"

邦佐不笑了。这就是他最恨安德的地方，安德确实对其他人很重要，而对邦佐却不然。你的话会害死我的，米克。邦佐最不想听到的就是我能拯救世界。

教官去哪儿了？安德想。难道他们不知道这场打斗中我们的第一次接触很可能就是致命的吗？这里不像战斗室，战斗室没有重力，不会造成严重损伤。而这里是有重力的，而且地板和墙壁都由坚硬的金属制成。现在不制止的话就来不及了。

"动他一下，你就是帮虫族的忙！"米克大喊，"伤了他你就是个该死的叛徒！"邦佐的人把米克的脸按在墙上，直到他说不出话来。

喷头的水蒸气让整个房间变得朦朦胧胧，汗珠从安德的身上滴落下来。动手吧，趁身上的肥皂泡还没有消失，趁身上仍然滑不溜秋，是主动出击的时候了。

安德退后几步，脸上假装露出害怕的神情。"邦佐，不要伤害我，"他说，"求你了。"

这正是邦佐一心希望看到的情形，他希望他的权威得到认可。对其他人来说，只要安德求饶就足够了；但对邦佐来说，这只表明他的胜利是肯定的。他飞起一脚，好像要踢出去，最后一刻却变踢为跨，一跃上前。安德注意到了对手重心的变化，身体蹲得更低了。这样对方抓他时更容易失去平衡。

马利德绷紧的肋部正对着安德的脸，他的手按在安德的背上，想抓住他。但安德一扭身，邦佐的手滑了过去。这时安德的身体已经转了过去，但仍然处于邦佐的掌握之中。这时正常的反击手段就是脚后跟向后反踢邦佐的裆部。但这需要非常准确才行，而且邦佐也料得到这一击，他已经踮起脚尖，臀部向后，让安德踢不到他的裆部。虽然看不到他的动作，但安德判断出了真实的情况，他注意到邦佐的面部离自己很近，几乎贴着自己的头部。于是他没有后跟反踢，而是从地板上全力跃起，就像队员们在战斗室的墙壁上反弹出去一样，用尽全身力气将他的后脑勺撞向邦佐面部。

安德及时转身，见邦佐噔噔噔倒退几步，已站立不稳。他的鼻子在流血，痛苦而惊讶地喘着大气。安德很清楚这时他有可能趁机逃出去，从而结束这场战斗，就像上次在战斗室的流血打斗一样。但战斗只会继续下去，一次又一次，直到一方的战斗意志消失为止。唯一的解决办法就是狠狠教训邦佐，使他所得到的痛苦多于他对安德的憎恨。

于是安德靠在身后的墙上，猛地跳起来，双手在墙上一推，狠狠一脚踹在邦佐的胸腹之间。借这一脚之力，他在空中一转身，着陆时手按在地板上，再用力一撑，身体射向邦佐下面。这一次，他准确无误地向上一脚踹在邦佐的裆部。

邦佐没有痛得大叫，他连一声都发不出来，整个人在空中飞起来了一点，就像安德踢的是一件家具。接着，邦佐的躯体瘫软下来，四肢摊开倒在喷头下四溅的水花里。他连避开这致命一击的动作都没来得及做。

"天哪！"有人叫道。邦佐的朋友冲过去关掉喷头。安德慢慢地站了起来，有人将它他的毛巾扔了过来。是米克。"快，离开这儿。"米克说，他拉起安德就跑。在他们身后，传来教官们冲下楼梯的沉重脚步声。现在他们来了，扮演的是医疗队的角色，去医治安德敌人的伤口。打斗之前他们躲到哪里去了？没有造成伤害的时候他们怎么不来？

安德心中很明白。他们不会来帮他。不管他面对什么，现在还是以后，都不会有人来将他救出困境。彼得或许是个人渣，但他的判断是对的，他总是对的：只有带来痛苦的权力才是真正的权力，如果你不能去杀死别人，你就只会永远屈服于那些能做到的人，而且没有人、没有任何人会来救你。

米克领着他回到宿舍，让他躺在床上。"什么地方受伤了吗？"他问。

安德摇摇头。

"你这下子可把他打垮了。当他抓住你时，我以为你死定了。但你的还击很凶狠。如果他再站久点，你可能会打死他的。"

"他想杀掉我。"

"我明白。我知道他的为人。没有人像他那样恨你。但不会再发生了，即使他们不开除他，把他赶回老家，他也不会再有脸来见你了。他已经丢尽了面子。他比你高二十厘米，但你却把他打得像只反刍的瘸腿奶牛。"

然而，安德看到的只有自己踢在邦佐的裆部时他望着自己的眼神，那是一种空洞、无感觉的眼神。那时他已经完了，失去了意识。他的眼睛虽然仍然睁着，但他没有办法作出反应或移动身体，只是呆呆地望着安德。那是一种可怕的眼神，击垮史蒂生的时候他也曾用这样的眼神望着我。

"当然，他们会开除他的，"米克说，"人人都知道是他挑起的打斗。我看见他们站起来离开战队长食堂。过了几秒钟我才发现你没在那儿，差不多一分钟后我才知道你去了哪里。我告诉过你不要单独行动的。"

"对不起。"

"学校应该开除他，他是个专门制造麻烦的家伙，去他妈的西班牙式荣誉感。"

让米克感到惊讶的是，安德这时忽然开始哭泣。他躺在床上，身上满是汗水和污迹。他在哭泣，泪水从紧闭的眼里渗出，融入他脸上的污迹里。

"你还好吗？"

"我不想伤害他！"安德哭道，"为什么他非要缠着我！"

他听到房间大门轻轻地打开，然后又关上。安德立刻意识到又收到了战斗命令。他睁开双眼，以为会看到清晨的黑暗，还没到早上六点吧。但是，房间里的灯依然亮着，他光着身子起床时，那张床仍然湿答答的。他的眼睛因为哭泣而肿痛。安德望了望桌上的电子钟，上面显示着时间——18：20。是同一天。今天我已经打了一场战斗，不，两场战斗——

那些该死的混蛋知道我发生了什么事,而他们却要雪上加霜。

威廉·毕,狮鹫战队;泰卢·莫木,猛虎战队,19:00

安德坐在桌边,纸片在他手里微微颤动。我做不到,他无声地说。然后他喊出声来:"我做不到。"

他站了起来,两眼模糊,四下寻找他的急冻服。然后他才想起来,洗澡时将它放进了清洗机。它仍然在那儿。

他走出房间,手里依然抓着那张纸片。晚餐已经结束了,过道上有几个学员,但没有人和他说话,只是望着他,或许他们为中午发生在盥洗室的事对他敬畏不已,或许是因为他脸上吓人的表情。飞龙战队大部分队员都在宿舍里。

嘿,安德,今天要训练吗?

安德将命令交给"热汤"。"那些狗娘养的,"他说,"一次打两队?"

"两支战队!""疯子"汤姆大叫。

"他们只会绊住对方的脚。"豆子说。

"我要去清理一下。"安德说,"让大家做好准备,召集全部人马,我在大门那里和你们会合。"

他走出了宿舍。身后一片大乱,他听见汤姆大吼道:"两支吃大便战队!非打得他们屁股开花不可!"

盥洗室里空无一人,里里外外都被清扫过了。浴室里,从马利德鼻子里流出的血迹已经被冲洗掉了,所有残迹都清理了。看上去这里好像什么事也没有发生过似的。

安德走到喷头下,让水冲刷着自己,打斗中流出的汗水冲下了排水槽。一切都消失了,但回收系统会将水循环再用,明天一早我们会喝到混杂着邦佐血液的开水。他的血和我的汗水,都是为教官们的愚蠢或残酷而流。

他擦干身子，穿上急冻服，向战斗室走去。队员们正等在走廊里，大门还没有打开。他走上前去，站在那堵灰色力场墙旁。战士们无声地看着他。当然他们都知道今天在盥洗室里的那场打斗。有了这件事，加上今天一早那场比赛留下的疲惫，大家都沉默无语。同时，一次面对两支战队也让他们感到畏惧。

他们无所不用其极，安德想。所有能想出来的诡计都用上了，改变了一切比赛规则。他们才不管呢，他们只想打败我。好吧，我烦透了这些战斗。邦佐的血染红了盥洗室地板上的水，这些战斗值吗？开除我吧，送我回家，我不想再打了。

大门消失了。仅在三米之外，四颗星星摆在一起，完全挡住了他们的视线。

两支战队还不够，他们还要安德无法看清战场的形势。

"豆子，"安德说，"带上你的小队，告诉我星星背面的情况。"

豆子从腰间解下死线，把一头系在身上，另一头交给他的小队里的一个队员，然后轻轻走进大门。他的小队紧随其后。他们已经练习过多次配合使用死线，几秒钟后便在星星表面系好绳子，手中握着死线另一端。豆子高速弹起，沿着一条几乎与大门平行的路线滑去。到达房间的角落时，他再次借力反弹，飞速朝敌军冲去。墙上明暗不定的光亮显示出敌军正在向他射击。由于绳索被星星的边缘挡住，绷得笔直，豆子变成了沿弧线移动，不断改变着位置，敌军无法击中他。他从星星另一头绕回来时，他的队员敏捷地抓住了他。他晃晃手脚，让等在门里的队友知道敌人连他一根头发都没碰到。

安德跃进大门。

"光线很暗。"豆子说，"不容易靠急冻服的亮光追踪他们，能见度糟透了。从这边的星星到敌人的那头都是开阔空间。他们的大门口围着八颗星星。星星边上有几个人盯着这边儿，此外我什么人都没看见。他们肯定都躲在星星背后等着我们。"

好像为了验证豆子的话，敌人开始朝他们大喊："嘿！胆小鬼，有胆就冲过来呀！别像娘儿们似的，飞龙战队真窝囊！"

安德心里一凉。太蠢了。他根本没有任何机会，数量是一比二，还要进攻敌人死守的坚固阵地。"在真刀真枪的战斗里，任何一个长脑子的指挥官都会撤退，以保存有生力量。"

"管他妈的。"豆子说，"这不过是场比赛。"

"当他们破坏规则玩弄诡计时，这就不再是一场比赛了。"

"那么，你也可以不择手段。"

安德咧嘴一笑。"没错。为什么不呢？我们用编队进攻，看看他们有什么反应。"

豆子吃了一惊。"编队！自打建队以来我们从来没用过编队进攻！"

"按正常情况说，我们还有一个月的时间才满训练期。现在咱们也该练练编队了，总得学学这种战术吧。"他用手指比了个"A"字手势，指指那扇空门，A组立刻上前。安德开始在星星后面分配任务。三平米的空间挤不下这么多人，大家又都迷惑不解，心中忐忑不安，安德花了差不多五分钟才使他们明白要做什么。

猛虎战队和狮鹫战队的骂声减弱了，两位战队长正在争论着是否利用压倒性的兵力向仍然躲在星星后面的飞龙战队进攻。莫木极力主张进攻——"我们的兵力是二比一"，毕则说，"待在星星后别动就赢定了。冲出去的话准会被他抓住破绽，想出办法打败我们。"

于是他们待着没动，直到最后在朦胧的灯光下，他们看到一大群敌军从安德那头的星星后面冲了出来。他们保持着队形，突然停止向侧面前进，仍然保持着编队，从正面向躲在八颗星星后面的八十二名敌人冲来。

"我的天哪，"一个狮鹫队员说，"他们用编队进攻。"

"一定是刚才那五分钟内集结起来的。"莫木说,"如果我们不等他们完成集结就开始进攻,肯定早就消灭他们了。"

"少胡说了,莫木。"毕低声说,"那个小家伙飞过来的样子你也看到了。他绕着星星转了一整圈,连墙壁都没碰一下。或许他们都有一些钩子之类的东西,这个你想到了吗?他们有些新玩意儿。"

飞龙战队的编队很奇特。这是一个方阵,一堵由紧紧附在一起的队员组成的人墙排在前头,后面是一排成圆柱形的小队,六个队员围在外面,两个在最里面。外层人员的四肢展开,被冰冻住,应该不可能互相抓住。但他们却凑得很紧,就像被绑在一起似的——实际上,他们确实被绑在了一起。

在编队内部,飞龙战队以惊人的准确率朝敌人射击,迫使狮鹫战队和猛虎战队紧紧缩在他们的星星后面。

"那个鬼东西的后面没有掩护,"毕说,"等他们来到星星之间,我们可以绕到他们后面——"

"不要只说不做,去干吧!"莫木说。他接受了毕的建议,命令他的队员沿着墙壁弹出去,在飞龙战队的编队后面反弹过来。

在猛虎队员手忙脚乱地出发时,狮鹫战队死守着己方据点。这时飞龙战队的编队突然改变了阵形。那个圆柱体和前面的挡墙分成两半,里面的队员弹射出来。与此同时,编队倒退起来,朝飞龙战队自己的门口滑去。大部分狮鹫队员继续朝编队正面以及躲在里面后撤的飞龙队员射击,猛虎战队则从飞龙战队背后消灭其残存队员。

但好像有些地方不妥。威廉·毕想了好一会儿才意识到哪里不对劲。那个编队在空中移动,按说是不会突然间倒退回去的。除非有人把编队向后推。而且,如果他们能将由二十名队员组成的编队推回去,那他们一定会被反作用力高速弹向自己这面来。

没错,他们在那儿。六名小个子飞龙队员从天而降,已冲到毕一伙的大门附近。从他们急冻服上面的亮光中，毕可以看出他们中的三个已经失去了活动能力，二名队员受了伤，只有一名队员保持完好。没什么可担心的，毕仔细地瞄准他们，扣下扳机，然后——

什么事也没有发生。

四周的灯亮了。

战斗结束了。

虽然眼睁睁看着他们，毕还是过了好一会儿才意识到刚才发生了什么事。四名飞龙队员用他们的头盔顶在了大门四角，另一名队员通过了大门。他们刚刚完成的是象征胜利的仪式。飞龙战队已经溃不成军，基本上没有伤着敌人，但他们居然有脸在敌人的鼻子底下举行胜利仪式，结束了战斗。

只是在这时，威廉·毕才想到飞龙战队并不只是结束了战斗，按照比赛规则，他们赢了。不管战况如何，除非有足够未被冰冻的士兵去触碰大门的四个角并让一名士兵从敌军的大门穿过，否则不会认定胜方。因此，从另一个角度来看，可以说那个结束时的仪式才代表着胜利。战斗室的识别系统将它视为战斗结束的标志。

教官大门打开了，安德森少校走进战斗室。"安德。"他呼叫着，四下张望。

一个飞龙队员想回答，但他的嘴巴被急冻服卡住了。安德森用钩子移过去，解冻了他。

安德在微笑。"我又打败你了，长官。"他说。

"胡说，安德。"安德森柔声说，"你的对手是狮鹫战队和猛虎战队。"

"你以为我是笨蛋吗？"安德说。

安德森大声地说："从现在开始，规则改变了，只有当敌军所有队员都被冰冻或失去活动能力后，才能去触碰敌方大门。"

"这种战术反正只能用一次。"安德说。

安德森把钩子递给他。安德立刻解冻了所有人。去他的惯例,一切都去他妈的!"嘿!"安德森离开时他大声喊道,"下回会怎么样?你要把我的队员锁在笼子里,让他们手无寸铁对付战斗学校全体学员吗?稍稍公平一点如何?"

其他队员七嘴八舌地大声赞同附和着。"就是嘛……"抱怨声不仅仅发自飞龙战队。安德森根本不想转身回应安德的挑战。最后,威廉·毕回答了他:"安德,只要有你参加战斗,不管怎么样,都不会出现公平的情况。"

"没错!"在场的队员们齐声喊叫。很多人都笑了起来。泰卢·莫木鼓起掌来。"安德·维京!"他高呼着。其他队员也跟着鼓掌,高呼安德的名字。

安德通过敌军的大门,他的队员跟着他。欢呼声一直伴随着他们通过走廊。

"今晚还训练吗?""疯子"汤姆问。

安德摇摇头。

"那明晚呢?"

"不。"

"好吧,什么时候开始训练?"

"不再训练了,直到我改变主意为止。"

身后传来一阵怨言。

"嘿,这不公平,"其中一个队员说,"这不是我们的错,是教官们破坏了比赛的公平。你不能就这样抛弃我们,因为——"

安德猛地一拍墙壁,朝那个队员吼道:"我不再关心什么比赛了!"声音在走廊里回响。其他战队的队员都从门里探出头来。他无力地说:"你明白吗?"他的声音低得几乎听不见,"战斗已经结束了。"

他独自回到他的宿舍。他很想躺下来,但不行,床还是湿的。这让他想起这一天所发生的一切。狂怒中,他从床架上拖下床垫和毯子扔出走廊。尔后,他卷起制服当作枕头,往绷在床架上的帆布上一躺。虽然很不舒服,但他不在乎,只要能睡就行。

刚睡下几分钟,门外响起了敲门声。

"走开。"他低声说。那个敲门的家伙不知是没听到他的话还是根本不想停下来,门继续响着。最后,安德说:"进来吧。"

是豆子。

"走开,豆子。"

豆子点点头却没有走开,只低头盯着自己的鞋。安德几乎想斥责他,朝他高声叫骂,让他滚出去。然而,他注意到了豆子疲惫的样子,他的身体疲倦地弯曲着,眼眶四周因为缺乏睡眠出现了黑眼圈。但他的皮肤仍然柔嫩,那是孩子的皮肤。圆整柔软的面颊,瘦弱的手臂。他还不到八岁。尽管他是那么聪明,那么热忱,那么出色,他仍然还是个孩子。还小。

不,他不是的,安德想。个头小,没错,但刚才的战斗中,豆子和他指挥的士兵肩负着全队的希望,正是因为他,飞龙战队才取得了胜利。他的表现非常出色。他不再是个菜鸟,不再是个幼稚的小孩。

豆子将安德的沉默和温和看作默许,他上前一步踏进房间。安德这才看到他手里拿着一张小纸片。

"你被调走了?"安德问。他不愿意相信,发出的声音却单调、沉闷,毫无兴趣。

"野鼠战队。"

安德点点头。当然,很明显。如果无法击败我和我的队员,他们就会调走我的部下。"卡恩·卡比是个好人。"安德说,"我希望他能看到你的价值。"

"卡恩·卡比今天毕业了。我们在战斗时他就得到了通知。"

"哦，那么谁指挥野鼠战队？"

豆子无助地摊开手，说："我。"

安德望着天花板，点点头。"当然。毕竟，你只比当战队长的正常年龄小四岁。"

"这可不是件好笑的事。我不知道这儿发生了什么事。先是不公平的比赛，现在又是这个。你知道，我不是唯一被调走的人。他们让半数的战队长毕业，把我们大部分队员调去指挥他们的战队。"

"哪些队员？"

"好像是——所有小组长和副组长。"

"当然了。如果他们要毁掉我的战队，他们会连根拔起。不管他们要做的是什么，这次他们做得很彻底。"

"你仍然会打赢的，安德。我们都知道。'疯子'汤姆说：'你们的意思是让我想出打败飞龙战队的办法？'每个人都知道你是最出色的。他们无法打垮你，不管他们怎么——"

"他们已经打垮我了。"

"不，安德，他们不能——"

"我不再关心战斗比赛了，豆子。我不会再为教官们战斗。不再训练，不再比赛。随便他们把那些小纸片放在地板上，随他们喜欢，但我不会接受。在我今天出门之前就已经决定了。所以我才要你去通过敌军大门。当时我也不知道行不行得通，但我已经不在乎了。我只想摆脱这种生活。"

"你应该看看威廉·毕脸上的表情。他就站在那儿，苦苦思索他是怎么失败的。你只剩下七名队员还能动弹，而他们却仅仅损失了三名士兵。"

"为什么我想看威廉·毕的表情？为什么我想打败所有人？"安德将手掌盖在眼前，"我今天将邦佐打得很厉害，豆子。我真的把他打伤了。"

"他自找的。"

"我把他踢飞了起来。他就像个死人，站在那儿挨打。我却不停地伤害他。"

豆子没有说话。

"我只是想确保他不会再来伤害我。"

"他不会了。"豆子说，"他们把他送回家了。"

"已经送走了？"

"教官没有说太多，他们总是守口如瓶。消息公布栏里说他毕业了，任职一栏里——你知道，通常都是战术学院、后勤学院、预备指挥学院、领航学院之类的地方——可他那栏里只写着西班牙的喀他赫纳，那地方是他的老家。"

"我很高兴他们让他毕业了。"

"去他的吧，安德，他应该觉得走运才是。如果我们知道他是怎么对待你的，我们会当场宰了他。他真的让一大群家伙围攻你吗？"

"不。只有他和我。他是为荣誉而战。"如果不是为了他的荣誉，他和其他家伙会一拥而上，那么，或许我真会被他们干掉。是他的荣誉感救了我的命。"我从不为荣誉而战，"安德又加了一句，"我只为胜利而战。"

豆子笑起来。"你的确胜利了，把他一脚踢出了星环。"

安德还没来得及回答，外面传来一阵敲门声。门打开了。安德还以为是他的队员，进来的却是安德森少校。跟在他后面的还有格拉夫上校。

"安德·维京。"格拉夫说。

"是，长官。"安德站起身来。

豆子还是那个倔脾气，他认为安德不应该受责备。"我希望向教官汇报我们对各位教官做法的感想。"

两位教官没有理他。安德森递给安德一张纸片。是一张大纸片，而不是战斗学校内部传达命令用的小纸片。这是调遣令，豆子知道它的含义。安德要被调出学校了。

"毕业？"豆子问。安德点点头。"这么长时间？他们未免也太慢了吧。你不过提前了两三年而已，说话走路穿衣服你全都学会了，他们已经没有东西可以教你了。"

安德摇摇头。"现在我只知道，游戏结束了。"他折起那张纸片，"我还有时间见见我的队员吗？"

"没有时间了。"格拉夫说，"你的航班二十分钟后起飞。还有，你最好不要去告诉他们，这会使事情变得简单一些。"

"是对他们还是对你们？"安德问。他没有等候答案。他转向豆子，握了他的手好一会儿，然后朝门口走去。

"等等。"豆子说，"你要调到哪儿去？战术学院？导航学院？还是后勤学院？"

"指挥学院。"安德回答说。

"预备指挥学院？"

"指挥学院。"安德说，他走出大门，安德森紧紧跟在后面。豆子拉住格拉夫的衣袖，说道："从来没人在十六岁之前升入指挥学院！"

格拉夫甩开豆子的手，走了出去，在身后关上了门。

豆子一个人站在房间里，想弄明白这意味着什么。没有人能不经过预备指挥训练直接升入指挥学院，必须先在战术学院或后勤学院经过三年预备指挥训练。而且，没有人能够在战斗学校待满六年之前就毕业，而安德仅仅待了四年。

体系已经崩溃了，毫无疑问。或许高层的某些人已经疯了，或许是那场战争出了什么错，那场真正的战争，虫族战争。除此之外，还能有什么原因让他们像这样毁掉训练体系，破坏游戏规则？还能有什么原因让他们选择一个像我这样的小孩子来指挥战队？

豆子从过道回到自己的床位，途中一直思考着这个问题。他刚走到床铺，宿舍的灯就熄灭了。他在黑暗中脱下衣服，摸索着塞进柜子。他的心情糟透了。起初他以为坏心情是因为害怕领导一支战队。其实并非如此。他知道自己会成为一个优秀的战队长。他有一种想哭出来的冲动。自从来到这里之后，除了头几天受思乡情绪影响外，他从未哭过。安德的名字在他脑中回响，喉咙里像塞了什么东西，他无声地哽咽着。他咬着自己的手，试图用痛楚来代替这种感觉。没有用。他再也见不到安德了。

最后，豆子终于平静下来。他躺在床上强迫自己放松，直到想哭的感觉消失为止。尔后，他倒头入睡。他的手放在嘴边，搁在枕头上，似乎不知道是想咬指甲还是想吮手指。他蹙紧眉头，呼吸又急又轻。他始终是一名战士，如果有人问他长大后想做什么，他会不知所措，不知道他们是什么意思。

走进那艘穿梭飞船时，安德第一次注意到安德森少校换了军衔。"没错，他现在是中校了，"格拉夫说，"实际上，就在今天下午，安德森少校已经被任命为战斗学校的校长。我被重新安排了别的任务。"

安德没有问他是什么任务。

格拉夫坐进过道旁的座椅，系上安全带。这儿只有一个外来的旅客，一个神情安定、穿着便服的男人，有人介绍说他是佩斯将军。佩斯带着一个公文包，格拉夫的行李却不比安德更多。知道格拉夫跟自己一样两手空空，这给安德带来了某种安慰。

返回地球的旅途中，安德只说了一句话。"为什么我们要回地球？"他问，"我以为指挥学院是在某处的小行星带上。"

"没错，"格拉夫说，"但战斗学校不能停泊远程飞船。所以我们得经由地球出发。"

安德很想问问这是否意味着他能见到自己的家人。突然间，一想到这个愿望或许能够成为现实，他又有点害怕。最终他还是打消了这个念头，只是闭上双眼，尽量让自己入睡。在他身后，佩斯将军观察着他。

为了什么目的,安德想不出来。

他们到达地球时正是佛罗里达炎夏的下午。安德已经很长时间没见过阳光了,光线几乎让他睁不开眼睛。他眯起双眼,打了个喷嚏,很想回到屋内。每样东西都是那么遥远,这里的地表没有战斗学校的地板那种向上伸展的曲度,站在地平面上,安德觉得自己似乎处在一个小山顶。真正的地心引力也和战斗学校的人造引力完全不同,安德走路时不自觉地在地上蹭着步子。他不喜欢这种感觉。他想回去,回到战斗学校,那是他在宇宙中唯一的归宿。

"把他逮捕了?"

"嗯,这种想法很自然。佩斯将军是宪兵司令,而战斗学校里确实发生了一宗死亡事件。"

"他们没有告诉我格拉夫上校是被提升了还是被送上了军事法庭,只是说他被调走了,要去向行政长官汇报情况。"

"这个兆头是吉是凶?"

"谁知道。从一方面看,安德·维京不仅熬过来了,而且超越了极限,取得了骄人的成就,这是老格拉夫的功劳。但从另一方面看,穿梭机上还有第四名乘客,装在尸袋里。"

"这只是学校历史上的第二起死亡事故。至少这一次不是自杀。"

"你觉得谋杀比自杀好,英布少校?"

"这不是谋杀,中校。我们从两个角度录下了事件的经过,没有人能责怪安德。"

"但他们会责怪格拉夫。当这一切结束后,政客们就可以翻查我们的记录,对我们的行为作出评判。如果他们觉得我们做得对,就会授予我们奖章,反之则会剥夺我们可怜的退休金,把我们送进大牢。至少他们有一件事做得很好,就是没有告诉安德说那个男孩已经死了。"

"这是第二次了。"

"他们也没有告诉他史蒂生的事。"

"安德可真是个吓人的孩子。"

"安德并不是个杀人魔鬼。只不过夺取了胜利——彻底、完全的胜利。如果有谁因此而恐慌的话,那应该是虫人。"

"知道对手是安德,简直让人有点替它们难受。"

"我只觉得对不起一个人,那就是安德。但我的抱歉程度还没到建议他们对安德放手的地步,我现在有权接触以前格拉夫才能看到的机密材料,我们舰队的行动之类。过去,我晚上还能睡着。"

"时间越来越紧了?"

"我不应该提到这件事的,这些都是机密。"

"我明白。"

"咱们这么说吧:让安德现在进入指挥学院,一点儿也不早,或许还晚了几年呢。"

CHAPTER

13

与华伦蒂的重逢

"竟然是小孩子?"

"两兄妹。他们上网后会反复使用五次代理隐瞒真实身份——他们为一些网络公司写评论,公司提供账号作为回报。花了我们好长时间才查出他们。"

"他们在隐藏什么?"

"什么都有可能。但很明显,他们最想隐藏的就是年龄。那个男孩14岁,女孩才12岁。"

"哪一个是德摩斯梯尼?"

"女孩,12岁的那个。"

"请原谅,其实我并不觉得这件事好笑,但我实在是忍不住。我们一直提心吊胆,一直极力说服俄罗斯不要把德摩斯梯尼太当回事。我们还以洛克为例说明美国人并不全是战争狂,结果这一切竟是两兄妹的游戏,两个小——"

"他们的姓都是'维京'。"

"啊哈,和我们的那个一模一样?"

"我们那个是老三,他们是老大和老二。"

"怪不得，卓越的遗传基因。那些俄罗斯人永远不会相信——"

"德摩斯梯尼和洛克与另一个维京不一样，不受我们的控制。"

"这里面有阴谋吗？有人在背后控制他们吗？"

"经过调查，我们可以确定没有人控制他们。"

"但这并不等于别人不能发明出你们无法察觉的方法和他们联络。实在是不可思议，两个小孩子——"

"格拉夫上校从战斗学校来这里之后，我和他见过面。据他分析，这两个孩子有能力做出这种事，他们的智商和能力实际上不输于我们那个维京，只是三个人的性格各有差异。他觉得奇怪的是这两个孩子所扮演的角色。德摩斯梯尼就是那个女孩，这一点我们很确定。但格拉夫说战斗学校没有接受她是因为她的性格过于温和，而最重要的是，她太容易被别人左右了。"

"德摩斯梯尼却恰恰相反。"

"而那个男孩则拥有豺狼的本性。"

"可那个洛克最近还被称作'美国唯一真正具有开放思想的人'啊？"

"真不知道他们到底是怎么搞的。但格拉夫建议我们不要干涉，我同意他的看法。现在暂时不揭露他们，不向上汇报，除非我们能肯定洛克和德摩斯梯尼与国外或国内的组织确有联系，或是他们发表了不合时宜的言论。"

"换句话说，就是放任自流。"

"我知道德摩斯梯尼看上去很危险，部分原因是因为他或她拥有大批追随者。但是，他们中最有野心的那个已经变成了一个温和明智的人，我认为这一点十分重要。话又说回来，他们能做的不过是发表言论，拥有的是影响力，不是权力。"

"以我的经验，影响力等于权力。"

"一旦发现他们越过了界限，我们可以轻而易举地揭露他们。"

"揭露他们只能在最近几年时间。我们等待的时间越久,他们的年龄就越大,那时戳穿他们所造成的震撼就越小。"

"你也知道俄罗斯的确在调动军队。总是有这种可能性:那就是德摩斯梯尼是正确的。这样的话——"

"这样的话,最好还是让德摩斯梯尼继续活动。好吧,我们不干涉,但只是暂时的,而且要对他们进行监控。当然,我还得想办法让俄罗斯人平静下来。"

尽管担惊受怕,华伦蒂还是在扮演德摩斯梯尼的过程中得到了乐趣。她的专栏文章现在已经被国内的每一个新闻网站转载,稿酬不断注入她的匿名户头给她带来了极大乐趣。偶尔,她和彼得会将仔细计算过数额的一笔钱以德摩斯梯尼的名义捐赠给某个特定的政坛候选人:钱的数量要足以引起人们的注意,但又不能太多,以免被认为她是在影响选举。写给她的信数不胜数,网络公司专门请了个秘书为她回复一些常见问题。来自国内外的信件中许多很有意思,有的充满敌意,有的却非常友好,总是旁敲侧击打探德摩斯梯尼的想法——对这些信件,她和彼得常常一起阅读,开心地取笑那些给小孩子写信,却对此一无所知的人。

然而,有时她也会觉得很羞愧。德摩斯梯尼的评论爸爸现在每期必读,他从不看洛克的文章,或许他看了,但从未听他提起过。吃晚饭时,他总是摘录一些在德摩斯梯尼当天专栏中的要点说给他们听,以为他们会听得津津有味。彼得很喜欢爸爸这样做——"瞧,它已经引起了普通大众的注意。"——华伦蒂却替爸爸感到屈辱。如果有一天,他发现了他告诉我们的那些专栏文章全都是我写的,而且我不相信甚至厌恶自己写的东西,他一定会大发雷霆,觉得受到了羞辱。

在学校里,她有一次差点惹来了麻烦。她的历史老师布置了一项作业,要求全班同学写一篇评论,讨论德摩斯梯尼和洛克早期专栏文章的差异。华伦蒂一时没有注意,她交上了一篇精彩深刻的分析文章。结果,她不得不尽力说服校长不要将她的文章发表在刊载德摩斯梯尼专栏的论坛里。彼得大发雷霆:"你写得太像德摩斯梯尼了,决不能发表它!我现在就要杀了德摩斯梯尼,你已经失去控制了。"

彼得发火时虽然可怕,但他的沉默却更让她感到恐惧。比如有一次,德摩斯梯尼被邀请加入总统的未来教育委员会,一个摆样子装门面的小团体。华伦蒂以为彼得会把这当成一次胜利,但他没有。"拒绝。"他说。

"为什么?"她问,"这个职位根本不用做事,而且他们说因为大家都知道德摩斯梯尼非常看重隐私,他们可以在网上开会。这会让德摩斯梯尼成为一个受人尊敬的人物,还有——"

"还有你觉得很开心,因为你比我更早取得了成功。"

"彼得,不是我和你,是德摩斯梯尼和洛克。我们创造了他们。他们不是真实的。而且,这项任命并不意味着他们喜欢德摩斯梯尼多于洛克,它只是表明德摩斯梯尼拥有更多支持者,你设计人物时就知道会是这个结果。给他任命职位会取悦一大批'反俄罗斯'人士和那些盲目的爱国者。"

"事情本来不应该这样发展。受到尊敬的人本来应该是洛克才对。"

"当然应该是他!得到真正的尊重要花很长时间,比取得表面上的尊重长得多。这些事都是你让我做的,而且我做得很好。难道你要因为这个生我的气?"

但彼得仍然恼怒了好几天,而且从那天起,他不再告诉她怎么写她的专栏,而是让她自己完成。他可能以为这样会使德摩斯梯尼专栏的质量大幅下降,但它依然很受欢迎。或许这让他更加生气,因为她从没有哭哭啼啼地跑来找他帮忙。她扮演德摩斯梯尼时间太久了,再也不需要任何人告诉她德摩斯梯尼是怎样思考的。

华伦蒂和其他一些活跃的政治组织的通信交流越来越多,慢慢知道了一些没有公之于众的信息。有些和她通信的军方人士常常无意间泄露一些隐晦的机密，她和彼得将这些信息拼合在一起，发现的是华沙条约国正在蠢蠢欲动的可怕情形。他们确实在准备开战，一场充满邪恶、血腥和自私的战争。德摩斯梯尼对华沙条约国的怀疑并没有错，它们无法容忍联盟的约束。

德摩斯梯尼这个虚拟人物渐渐获得了生命。很多时候，写到文章结尾时，华伦蒂发现自己已经在像德摩斯梯尼一样思考，认同那些本应用于哗众取宠的观点。读到彼得所写的洛克评论时，她发现自己常常很生气，认为洛克没有看出事件的真相。

或许老是扮演一个角色而不沉溺其中是不可能的。她心中出现了这个想法，为此担心了好几天，然后用它当作专栏的主题，抨击那些为了保持和平而对俄罗斯谄媚的政客，说明他们将会不可避免地完全听命于俄罗斯。这个论点击中了某些权力中心的要害，她收到了大量赞许的信件。她不再害怕自己会在某种程度上变成德摩斯梯尼。他比彼得和我所想的更加聪明，她想。

格拉夫在放学后等着她。他倚在车上，一身平民打扮。他又胖了一圈，第一眼见到他的时候，她根本没有认出来。他扬手招呼她，就在他准备作自我介绍之前，她想起了他的名字。

"我不会再写信了。"她说，"连那封信都不该写。"

"那么，我想，你也不喜欢那枚勋章吧。"

"不太喜欢。"

"一起散散步吧，华伦蒂。"

"我不和陌生人散步。"

他递给她一张纸片，这是一张他父母签字的许可她外出的表格。

"我想你不算个陌生人。我们要去哪？"

"去看一位年轻的战士，他已经到了你们格林斯博罗，正准备离开地球。"

她上了车。"安德今年才十岁。"她说,"你告诉过我们说只有到了十二岁才能离校。"

"他跳了好几级。"

"这么说他表现非常好?"

"见到他时你问他自己吧。"

"为什么只有我能去看他,而不是全家人一块儿去?"

格拉夫叹了口气。"安德有自己的想法,连你都是经过我们劝说后他才同意见的。至于彼得和你的父母,他不感兴趣。战斗学校的生活是——非常紧张的。"

"你的意思是什么?他疯了吗?"

"恰恰相反,他是我见过的神智最健全的人。他清醒地知道他的父母并不愿意重新翻开四年前尘封的记忆。至于彼得——我们甚至没有建议他们会面,不给他叫我们滚蛋的机会。"

他们驶上布兰迪湖边的公路,拐上拐下,到达山顶的一座白色木制建筑物。从上面望下去,一边是布兰迪湖,另一边是一片五英亩的私家人工湖。"这幢房子是一个叫梅迪尼的人建造的,"格拉夫说,"因为欠税,在二十年前拍卖给国际联合舰队。安德坚持与你的会面不能受到窃听,我向他作了保证,你们可以坐他亲手建造的木筏到湖中交谈。但是,我想提醒你一下,当你们的会面结束后,我要问你一些相关问题。你不一定非要回答,但我希望你能帮助我们。"

"我忘了带泳衣。"

"我们可以为你提供一件。"

"不会装上窃听器吗?"

"在某种程度上,你应该相信我们。例如,我知道谁是真正的德摩斯梯尼。"

她感到一阵恐惧,但什么都没说。

"从战斗学校回到这里后我就知道了,世界上可能总共有六个人知道他的真正身份。没有算上俄罗斯人——只有上帝才知道他们掌握了什么。但德摩斯梯尼不必害怕我们。他可以相信我们的判断力,就像我相信德摩斯梯尼不会把今天在这里发生的事告诉洛克一样。相互信任,我们才能学到彼此的长处。"

华伦蒂不知道他们认可的是德摩斯梯尼还是华伦蒂·维京。如果是前者,她不能信任他们。如果是后者,那么他们或许是可以信任的。他们不希望她和彼得讨论这件事,或许这意味着他们知道她和彼得是不同的。她在心里也在不断问自己,她和彼得之间还有区别吗?

"你说他做了一个木筏。他来这儿多久了?"

"两个月。还有几天就要走了,但你瞧,他现在似乎不太想继续学习了。"

"噢,那么我又再次成为医治他的灵丹妙药了。"

"这次我们不会审查你的信件,我们只希望事情能朝好的方向发展。我们非常需要你弟弟,人类正处于毁灭边缘。"

这一次华伦蒂已经长大了,她知道这个世界所面临的危机有多严重。毕竟当了这么长时间的德摩斯梯尼,她毫不犹豫地承担起自己的责任。"他在哪里?"

"码头下面。"

"我的泳衣呢?"

她从小山上走向他的时候,安德没有向她挥手致意;她踏上船坞时,他也没有朝她微笑。但她知道安德见到她一定很开心,因为他的视线一直没有离开她。

"你比我记得的样子大了许多。"她说了句傻话。

"你也是,"他说,"我记得你非常漂亮。"

"记忆常常靠不住。"

"不，你的样子没有变。来吧，我们到湖心去。"

她望着那小小的木筏，犹豫不决。

"只要不在上面站直就没事。"他爬上木筏，手脚并用，像蜘蛛一样只用指尖足尖支撑身体，"自从和你一起搭积木以来，这是我亲手做的第一样东西。彼得推不倒的东西。"

她笑了起来。他们以前喜欢用积木搭建一些东西，即使抽掉许多支撑物后它仍然能够站立。彼得则喜欢在这儿或那儿抽去一块积木，让下一个触到它的人一碰即倒。彼得是个混蛋，但他是他们童年生活的一部分。

"彼得变了。"她说。

"咱们别提他好吗？"安德说。

"好吧。"

她爬上木筏，比安德更加笨拙。他用木桨将筏子划向湖心。她注意到他皮肤黝黑，身强体壮。她把自己的发现说了出来。

"强壮来自战斗学校，黝黑的皮肤来自这个湖。我在水里消遣了很长时间。游泳时就像没有重量一样。我怀念失重的感觉。而且，躺在湖上，会产生一种感觉，好像被大地围绕着。"

"就像住在碗里一样。"

"我在一个碗里住了整整四年。"

"那么我们现在是陌生人了？"

"不是吗，华伦蒂？"

"不。"她说，伸手碰碰他的脚，随即突然挠向他的膝盖，那是他最怕痒的地方。

同一瞬间，他抬手抓住了她的手腕。虽然他的手比她还小，而且手臂细长，但他的力气却很大，将她的手紧紧抓住。一时间他看上去非常危险。然后，他放松下来。"噢，对了，"他说，"从前你常挠我痒痒。"

"再也不会了。"她缩回手。

"想游泳吗？"

她没有回答，而是从木筏另一边跳进水里。湖水清澈洁净，没有任何消毒氯水味儿。她游了一会儿，回到木筏，躺在水汽缭绕的日光下。一只黄蜂绕着她盘旋，在她脑袋边落到木筏上。她知道它在那儿，要在平时，她会害怕的。但今天不同，就让它在木筏上散步吧，像我一样晒晒太阳。

筏子震动了一下，她转过身，见安德正用手指捏死那只黄蜂。"这种虫子可恶极了。"安德说，"没招惹它们也会叮你一口。"他笑道，"我学会了先发制人。我表现得很好，没有人能击败我。我是学校里最出色的士兵。"

"只可能是这个结果。"她说，"你是维京家的嘛。"

"这有什么关系？"他说。

"这意味着你将要改变世界。"接着，她把她和彼得做的事告诉了他。

"彼得才多大？十四岁？已经计划要接管这个世界了？"

"他认为自己是亚历山大一世。为什么他不能做到？为什么你又不能做到？"

"我们不可能都是亚历山大一世。"

"你们是硬币两面的头像，而我是金属。"或许真是这样，她心里想。在这几年里，她和彼得一起做了许多事，虽然看不起彼得，但她却了解他。而安德现在只是一个记忆。一个很小很小、需要她保护的脆弱男孩，而不是眼前这个有着冷酷眼神和黝黑肌肤，用手指捏死黄蜂的小伙子。或许他、彼得和我是同一类人，一直都是。或许只是出于嫉妒，我们才认为彼此之间是有区别的。

"硬币的一面朝上时，另一面就会朝下。"

现在你认为自己是朝下的那一面，她想。"你的教官要我鼓励你继续学习。"

"那些不是学习，是游戏。全部都是游戏，从开始到结束。只要教官们高兴,随时随地都能改变规则。"

"但你也可以利用他们。"

"只有当他们想被利用的时候,或是他们认为正在利用你的时候,你才可以利用他们。不过,这太难了,我不想再玩了。每当我开始感到快乐,每当我以为自己能够控制局面时,他们就再捅我一刀。我不断做噩梦,在这里也是。我梦到自己在战斗室里,但不是在失重状态,他们在重力状态下玩游戏。他们不断改变重力方向,让我无法弹向想去的地方,到的地方总是我不想去的。我不断恳求他们让我出去,但他们不让我出去,不断把我拉回去。"

她从他的声音里听出了愤怒,以为是针对她的。"我想我来这儿的目的也是为了把你拉回去。"

"我本来不想见你。"

"他们告诉我了。"

"我担心自己仍然爱着你。"

"我希望你是。"

"我的担心和你的希望,两者都是真实的。"

"安德,它的确是真实的。我们或许很小,但并非没有权力。我们在他们的规则下玩得够久了,现在它成了我们的游戏。"她咯咯地笑着,"我接受了总统的任命,彼得气得发疯。"

"他们不让我使用网络。这里没有联网的计算机,只有一些安装在室内的机器,控制着安全系统和照明系统。都是陈旧不堪的老东西,一个世纪前安装的,那时他们设计的计算机什么东西都联不上。他们拿走了我的战队,我的笔记本电脑。可你知道吗?我根本不在乎。"

"你一定喜欢自己一个人待着。"

"不是一个人,还有我的记忆。"

"也许记忆中的你才是真正的你。"

"我记得的不是我,而是我对陌生人的记忆,对虫族的记忆。"

华伦蒂打了个哆嗦,仿佛身边突然吹过一阵寒风。"我不再看那些虫族录像了,总是千篇一律。"

"我常常花很长时间学习它们,研究它们的飞船通过空间的方式。有件事挺好笑,躺在这里,在这个湖上,我才想到所有虫族与人类近身作战的战斗都发生在第一次入侵时期。而在第二次入侵的所有录像中——那时我们的战士穿的都已经是联合舰队的军装——虫族战士总是在人类登上它们的飞船时就死了,躺在地板上一片狼藉。人类与虫族之间根本没有战斗的迹象。而马泽·雷汉的那场战役——则看不到任何相关的录像片断。"

"或许是一种秘密武器杀掉了虫族。"

"不,不,我关心的并不是人类怎么杀死他们的。我关心的是虫族本身。某一天我要和它们作战,但我却对它们一无所知。在我的生命中,我经历了许多战斗,有时是游戏,有时——不是。每一次我都打赢了,因为我了解我的敌人的思考方式。从他们的行为中,我能知道他们对我的判断,他们希望战斗怎样发展,而我应该怎么利用他们的想法。这方面我很擅长。我能看穿别人的思想。"

"这是对维京家孩子的诅咒。"她开玩笑道,但却止不住地为此感到害怕,怕安德会像了解他的敌人一样看透她。彼得总是能看透她,至少他认为是这样,但他有着邪恶的本质,即使他猜透了她最恶劣的念头,她也不会感到羞耻。而安德——她不想被他看透,那会让她觉得自己是赤身裸体地站在他面前,她会感到羞耻。"你是说,除非你能了解虫族的想法,否则无法打败它们?"

"我的想法更深一些。在这段百无聊赖的时间里,我也对自己作了分析,想弄明白我为什么会这么恨自己。"

"别这样,安德。"

"不要对我说什么'别这样,安德'。我用了很长时间才明白我的确憎恶自己,过去憎恶,现在同样憎恶。这么说吧:在我理解了敌人的想法的同时,理解到足以让我打败对方的那一刻,我同时也喜欢上了它们。我想,当你真正理解了某个人,了解他们的想法、他们的信仰时,你无法不像他们喜欢自己一样喜欢上他们。然后,在我喜欢上他们的那一刻——"

"你却要打败它们。"这种时候,她不再害怕被他看透。

"不,你不明白。我必须毁灭它们,我不能让它们再伤害我。我一遍又一遍碾碎它们,直到它们不复存在。"

"你不是这样的。"她的恐惧又回来了,比刚才更加强烈。彼得本来就是一个邪恶的人,但你,是其他人把你变成了一个杀手。你们是硬币的两面,但这一面与另一面如何分辨?

"我真的伤害了一些人,华伦蒂。我不是骗你。"

"我明白,安德。"你会伤害我吗?

"看看我变成了什么,华伦蒂?"他柔声说,"连你也怕我了。"他温柔地抚摸着她的脸颊,让她有一种想哭的感觉,就像当年他还是婴儿时那样抚摸着。她想起了那柔嫩的小手抚摸着她的脸庞的感觉。

"我没有。"她说,这一刻确实没有。

"你应该怕我。"

不,我不应该。"如果你总泡在水里,皮肤会变皱的。还有鲨鱼会来把你吃掉。"

他笑道:"鲨鱼早就明白了最好不要惹我。"他爬上木筏。筏子一斜,进了一股水。华伦蒂的后背感到一阵冰凉。

"安德,彼得会成功的。他很聪明,能够耐住性子,但总有一天他会赢得权力,就算不是现在,几年之后也会的。我不能确定这是件好事还是坏事。彼得是个残暴的人,但他知道如何获得权力、保持权力,而且有迹象表明一旦虫族战争完结，或者甚至在它结束之前，世界将会重新陷入混乱。在第二次入侵之前，华沙条约国就曾试图成为世界的霸主，战后如果它们再这么做——"

"那么彼得或许是二者中较好的选择。"

"你在自己身上发现了一些毁灭他人的欲望，安德。我也是。不管过去的测试结果如何，彼得并不是唯一有这种欲望的人。彼得身上还有一些建设者的因素。他不仁慈，但他不再毁坏每样出现在他眼前的美好事物。你知道，权力总是落到渴望权力的人手中，我想，比彼得更糟的还大有人在。"

"这么大力推荐？连我都该投他一票。"

"有时候，这些事显得蠢透了。一个十四岁的男孩和他妹妹计划着控制整个世界。"她想笑出来，但它一点也不滑稽，"我们不是普通的孩子，对不对？我们三个都不是。"

"难道你从没有希望过我们是普通孩子？"

她极力想象自己像别的女孩一样去上学，想象着不用为这个世界的未来承担责任的生活。"那太没乐趣了。"

"我不这么想。"他在筏子上摊开身子，仿佛要永远躺在水中。

有一点是真的。无论教官们在战斗学校里对安德做了什么，他们已经磨灭了他的雄心。他真的不想离开大碗中这些被太阳晒得暖洋洋的湖水。

不对，她意识到。不对。他只是自以为不想离开这儿，但在他的头脑中有着太多彼得的影子，或者我的影子。我们都不会为无所事事感到快乐。或许我们三个都一样，独自一人不可能感受到真正的快乐。

于是，她再一次激励他："有谁的名字是世界上每个人都知道的？"

"马泽·雷汉。"

"如果你像他一样打赢了下一场战争之后呢？"

"马泽·雷汉的成功只是侥幸。他保留了一支小小的预备队,本来没有人看好他。他只是碰巧在恰当的时间出现在恰当的地点。"

"但试想一下假如是你呢,如果是你打败了虫族,你的名字将和马泽·雷汉一样传遍世界。"

"让别人出名去吧。彼得想成为风云人物,就让他去拯救世界吧。"

"我说的不是名声,安德,也不是权力。我说的是机遇,就像马泽·雷汉碰上的机遇,当时那里需要一个人出来挡住虫族,他出现了。"

"如果我在这里,"安德说,"我就不会出现在那里。某个人会去做的,让他们拥有机遇吧。"

他漫不经心的口吻激怒了华伦蒂。"那件事关系我的生命,你这个自私的混蛋。"如果她的话刺痛了他,他也没有显示出来,只是闭着眼睛继续躺在那儿。"在你很小的时候,彼得折磨你,我没有躺在一边等着爸爸和妈妈来救你。他们永远不明白彼得是多么危险。我知道你戴着监视器,但我也没有等他们。你知道因为我阻止了他伤害你,他是怎么对付我的吗?"

"闭嘴。"安德低声叱道。

她看到他的胸膛在颤抖,她知道自己深深刺痛了他。她知道自己就像彼得一样,看准他最弱之处狠狠地插上了一刀。她不作声了。

"我不能打败它们。"安德轻声说,"如果有一天我像马泽·雷汉一样担负重任,人们就会把全部希望寄托在我身上,但我却无法实现他们的愿望。"

"如果你做不到,安德,那这个世界上没有人能做到。如果连你都不能打败它们,那它们理应取得胜利,因为它们比我们强大,比我们高明。这不是你的错。"

"把这些话对死去的人说吧。"

"如果不是你,还有谁能做到?"

"任何人都可以。"

"根本没人能做到,安德。我跟你说,如果你努力过,但失败了,这不是你的错。但如果你因为连试都不愿试而导致我们的失败,那所有的责任都在你,是你害死了我们。"

"不管怎么说,我都是个杀手。"

"你还能成为什么?人类进化出智慧并不是为了像你这样躺在湖上,逍遥自在。杀戮是我们学会的第一件事,而且,对我们来说是件好事,否则我们早就灭绝了,老虎之类的猛兽将占据地球。"

"我不可能击败彼得,不管我怎么说、怎么做,我都做不到。"

华伦蒂意识到安德的心理问题来自彼得。"他比你大好几岁,比你强壮。"

"虫族也一样。"

她注意到了安德的推理过程,更准确地说,注意到了他错误的推理过程。他可以打败所有人,但在内心深处他知道总有一个人能够毁掉他,他知道他从未获得真正的胜利,因为有彼得——一个无法击败的冠军。

"你想打败彼得?"她问。

"不。"他回答说。

"打败虫族,再回家看看,看还有谁会注意彼得。当全世界的人都爱戴你、敬佩你时,看看他的眼神。在他的眼里只有失败,安德。这就是你打败他的方法。"

"你不明白。"他说。

"不,我明白。"

"不,你一点也不明白,我根本不想打败彼得。"

"那么你想怎么样?"

"我想让他喜欢我。"

她没有回答。她只知道,彼得不会喜欢任何人。

安德没有再说一句话，只是躺在那里……

华伦蒂身上的汗水干了。黄昏来临时，蚊子开始在四周嗡嗡叫唤。她最后在水中泡了一下，然后开始将木筏推向岸边。安德似乎没有觉察她在做什么，但他不规则的呼吸告诉她，他并没有睡着。他们回到岸边时，她爬上船坞说："不管你的决定是什么，我都爱你，安德，比以前更爱你。"

他没有回答。她不知道他相不相信。她走回小山丘，朝格拉夫大发雷霆，是格拉夫让她这样对待安德的。但毕竟，她已经完成了军方的要求，说服了安德重新回到训练中，他有好一段时间是不会原谅她的。

安德走进门去，身上依然还是湿的，他在湖中又泡了一会儿。外面都黑了，房里也一片漆黑，格拉夫正等着他。

"我们现在就走吗？"安德问。

"由你决定。"格拉夫说。

"什么时候？"

"当你准备好的时候。"

安德洗了个澡，穿上衣服。他最终还是习惯了便服，但少了制服和急冻服总觉得不大对劲。我永远都不会再穿上急冻服，他想。那是战斗学校里的游戏，我挨过来了。他听见蟋蟀在森林里叫个不停，不远处传来了汽车缓慢行驶在沙砾上的沙沙声。

还有什么东西要带走吗？他从图书馆借了几本书，但它们属于这所房子，他不能带走。他唯一拥有的东西就是亲手建造的木筏。可它也只能留在这儿。

房间的灯亮了，格拉夫依然等在那里。他也换了装，重新穿上了军服。

两人坐在汽车后座，沿着乡村小径驶向航空站。"人口在不断增长，"格拉夫说，"他们在这个地区保留了树林和农田。这里是分水岭。雨水从这儿开始形成多条河流，大量地下水从四周汇聚过来。地球是很深的，从根本上说,在它的内心深处是有生命的,安德。我们人类只不过生活在最表层,就像昆虫生活在船坞边那潭死水的浮渣上。"

安德一言不发。

"我们用独特的方式训练指挥员,因为必须如此——他们必须目标明确,不能被其他事情分心,因此我们要孤立他们。就像你一样,让你和其他人分隔。这种方法的确有效。但当你见不到别的人,忘记了地球的生活,住在被冰冷太空围绕的金属墙里时,你很容易忘记为什么地球是值得拯救的,为什么这个世界的人值得你所付出的代价。"

所以他们把我带来这里,安德想。你们时间不多,可是你们宁愿耗费三个月来让我爱上地球。好吧,你做到了。你所有的诡计都成功了。华伦蒂也一样。她是你的另一个诡计,让我想起我到战斗学校并不是为了我自己。好吧,我想起来了。

"我或许利用了华伦蒂,"格拉夫说,"你可以因此而恨我,安德,但你要记住一点——她之所以能打动你是因为,你们之间的感情是真挚的,那才是最重要的。数十亿人类之间千丝万缕的联系,才是你为之奋斗并且要保护的目标。"

安德把脸转向窗口,看着外面的直升机和飞船起起降降。

他们乘坐一架直升机到达联合舰队的"矮桩"太空港。这里有个正式名称,以一位去世联盟首脑的名字命名,但人人都叫它矮桩。这是这里过去那个可怜小城的名字,现在小城已经被彻底推平,成为通向散布在帕姆利科海湾中那一个个巨大的钢筋混凝土人工岛的通道。岸边有一些枝条末端垂在水中的老树,几只水鸟,在咸水里迈着小步。此时天空中下起了淅淅沥沥的小雨,地上又黑又滑。

格拉夫领着他穿过迷宫般的过道。他们的通行证是格拉夫随身带着的一个小塑料球,他把小球投进过道旁的小孔,门打开了,卫兵立正朝他们敬礼。小球被弹出来,格拉夫一行继续前进。安德注意到开始时每个人都注视着格拉夫,但随着他们逐渐深入发射基地,人们都把目光投向了自己。入口处的人留意的是那个真正拥有权力的人,但到了人人都有权力的地方,大家所关心的是他的货物。

格拉夫坐进飞船里紧靠安德的座位,系上安全带。到了这个时候,安德才意识到格拉夫要和他一起出发。

"你要跟我多久?"安德问,"要一直跟着我吗?"

格拉夫微微一笑。"陪你走到头,安德。"

"舰队已任命你为指挥学院的院长?"

"没有。"

那么,舰队解除了格拉夫在战斗学校的职务,唯一目的就是专门陪伴安德前往他的下一所学校。安德心想,我到底有多重要?在他脑海里,彼得的声音轻轻响起,这是一个问题。他明白彼得的意思:我怎么利用这个优势?

他耸耸肩,试图将思绪转移到别的地方。彼得或许有统治世界的幻想,但安德没有。可回头一想战斗学校里的生活,安德意识到,虽然自己从来没有追求权力,他却总能拥有它。但安德认定,这种权力源自优异的表现,而不是通过什么手段获得的,他没有理由感到羞愧。或许除了豆子外,他从来没有利用这种权力伤害过别人。至于豆子,事情最终也是朝着好的方向发展。豆子最后成了朋友,取代了阿莱在他心中的位置,而阿莱则取代了华伦蒂。华伦蒂在帮助彼得实现他的梦想,但不管怎样,她仍然爱着安德。回忆将他的思绪带回了地球,回到躺在水中的安静时光,树木繁茂的小山像怀抱一样环绕在四周。那就是地球,他想。对他来说,那不仅仅是个直径数千公里的球体,那里有被波光粼粼的湖水环绕着的森林,山巅处若隐若现的房子,湖边郁郁葱葱的土坡,鱼儿欢快地跃出水面,鸟儿啄着虫子在天空振翅,处处是蟋蟀的歌声、轻轻吹拂的微风和小鸟的啁啾。在他遥远的童年,一个女孩的声音占据了他的生活,这个声音保护了他免受折磨,也正是这个声音使他不顾一切,宁愿返回战斗学校甚至离开地球再过上四年、四十年或四百年。即使她更爱彼得,他仍然愿意为她做任何事。

他的眼睛闭着,一声不吭,只有均匀的呼吸声。格拉夫的手伸过过道,轻轻拍了拍他的手。安德吃了一惊,身子变得僵硬,格拉夫很快缩回手。一时间,安德惊讶地想到,格拉夫或许真的关心他。不,不可能,这只是另一个老谋深算的姿态。格拉夫正在将一个小男孩训练成指挥官。在指挥课程的第17单元,安德曾经从讲课的教官那儿学过怎样用肢体语言抚慰下级。

飞船只用了几个小时就到达了内行星空间站。空间站是座有3000名居民的太空城市,居民们呼吸的空气和水都是循环再利用的,他们的工作就是为那些像老黄牛一样在太阳系里开垦的拖船和来往于地球与月球之间的货船提供服务。到了这里,安德觉得像回了家一样,因为它的地板和战斗学校的一样,都是向上倾斜的。

他们要乘坐的拖船还相当新,联合舰队经常报废过时的飞船,更换最新的型号。它的工作是将小行星带那里的工厂飞船分解小行星提炼出来的冷拉钢运回来。钢铁将继续被送往月球。拖船目前连着十四艘驳船,而格拉夫再次将他的小球投入读取装置,驳船立即从拖船上脱钩。这样拖船会飞得更快,无须等待内行星空间站的指令,直接前往格拉夫指定的目的地。

"我们都知道,算不上什么大机密。"拖船船长说,"每次不告诉我们目的地时,准是去ISL。"分析缩写,安德猜测ISL的意思应该是Inter-Stellar Launch(内恒星空间站)。

"这次可不是。"

"那么要去哪里?"

"联合舰队司令部。"

"我的安全级别不够，连那个地方在哪儿都不知道，长官。"

"你的飞船知道。"格拉夫说，"让你的主电脑读取这上面的数据，然后按照它设定的航线飞行。"他把一个塑料球递给船长。

"我是不是应该在整个航行中闭上双眼，免得发现目的地是哪里？"

"噢，不，当然不用。舰队司令部设在小行星'艾洛斯'上，从这儿出发，用最高的速度航行到那里大概需要三个月的时间。当然，这次旅途需要全速飞行。"

"艾洛斯？我还以为已经被虫族摧毁了，听说它上面充满了放射性——咦，什么时候批准我了解这些机密的？"

"没有批准。所以在我们到达艾洛斯之后，肯定会在那里给你安排新的工作，永久性的。"

船长立刻明白过来，怒火万丈。"我是个飞行员，你这个浑蛋！你们没有权力把我关在一块大石头上面！"

"我会忽略你对上级的不敬之词。我深表歉意，但我的命令是以最快的速度征集一艘可用的军用拖船。不是专门找你的麻烦，我们到达时，第一个见到的就是你。振作一点，战争或许会在十五年后结束，那时司令部的地点就不再是机密了。顺便说一下，艾洛斯的外表已经涂上了黑色的隐形镀膜，它的反射率只比黑洞亮一点。如果你是那些依赖视觉泊靠飞船的飞行员，那可得注意了，你是看不见它的。"

"多谢关照。"船长说。

在船长终于能够心平气和地与格拉夫交谈时，他们的旅程已经差不多过了一个月。

飞船的主电脑储存了一个容量有限的图书馆——它的主要藏品是娱乐资讯，与教育相关的内容则少得可怜。因此，在他们的旅途中，每当早饭和晨练之后，安德和格拉夫通常都会聊聊天。他们谈论战斗学校、地球、小行星、物理，还有安德想知道的所有事情。

他最想知道的就是有关虫族的事。

"对于虫族人类知道得不多。"格拉夫说,"我们没有抓到过任何活着的虫人。哪怕我们解除了它们的武装,将它们生擒活捉,它们也会立刻死去。我们甚至连它们的性别也不能确定。实际上,绝大多数虫人可能都是女性,但她们的性器官不是萎缩就是发育不全,所以我们也说不准。对你最有用的信息可能就是它们的心理状态,但目前我们对这方面一无所知。"

"那把你知道的都告诉我,或许我会从中获得某些需要的信息。"

于是格拉夫打开了话匣子。如果不是在数十亿年前上天选择了人类作为地球的主人,虫族这种有机生物体极有可能在地球上进化出来。在分子层面,它们并没有什么特别之处。甚至遗传物质也是如此。在人类看来,它们长得像昆虫,但它们的内部器官却比任何昆虫都复杂和专业化。虽然它们进化出了内骨骼,外骨骼几乎全部退化,但它们的生理结构仍然与它们的祖宗——很像地球上的蚂蚁——相似。"不要被这一点所迷惑,"格拉夫说,"说它们的祖先像蚂蚁,跟说我们的祖先本来大有可能像松鼠一样,都没有什么意义。"

"如果我们的祖先当真像松鼠,咱们现在的成就可真不算小。"

"是啊,松鼠不会建造飞船。"格拉夫说,"从搜集松果到捕获小行星、在土星的星环上建立永久性的空间站,这中间经历的变化可真是挺大的。"

虫族能看到的可见光谱很有可能与人类相同,在它们的飞船和地面设施上都发现了人造光源。但是它们的感觉器官似乎都已经退化,在它们身上也没有发现什么证据,表示嗅觉、味觉和听觉对它们有什么意义"当然,我们现在也不能完全确定。但我们没看到它们利用任何声音互相交流。最奇怪的是,它们的飞船上也没有发现任何通讯设备。没有无线电,没有任何能够发送和接收信号的装置。"

"它们的飞船能直接通信。我看过那些录像带,飞船之间有明显的交流。"

"没错。但我说的不是飞船,而是虫人对虫人,思想对思想。这是我们从它们身上了解到的最重要的信息。不管它们是怎么做到的,它们的交流是即时性的。光速不再是障碍。当马泽·雷汉击败它们的入侵舰队时,它们全都立刻停止了活动。一瞬间,根本没有时间发出信号。一切都停止了。"

安德想起了录像,那些未受损伤的虫族死去时都保持着原来的姿势。

"从那时起,人类知道了世界上可能存在比光速更快的通信方式。那是七十年前的事了,明白之后,我们终于成功地研制出超光速通信仪。这可不是我的功劳,提醒你一下,那时我还没出生呢。"

"怎么做到的?"

"我说不明白核心微粒①的物理原理。世界上没几个人懂。重要的是人类研制出了'安塞波(ansible)'。它的正式名称是核心微粒视差即时通信仪,但有个家伙从一本古书上信手拈来了这个名字,结果就传开了。大多数人完全不知道这部仪器的存在。"

"这就是说我们的飞船即使隔着银河也能即时通信。"

"不止如此,"格拉夫说,"在宇宙中的任何一个角落都能即时联络。但虫族不需要任何通信设备就能做到这点。"

"那么在被击败的那一刻,它们在老家的同伴就已经知道了战败的消息。"安德说,"我以前总以为——每个人都以为它们是在二十五年以后才得知它们的侵略军吃了败仗。"

"保密是为了避免人们陷入恐慌。"格拉夫说,"我下面要说的是

---

① 作者杜撰的一个概念,既是可以在宇宙中即时传送信息的安塞波的工作基础,又是组成宇宙万物的基础。

你不知道的机密——如果你在战争结束前打算辞去联合舰队的军职的话……"

安德觉得受了污辱。"如果你真的了解我,你应该知道我是个守口如瓶的人。"

"这是规定。每个年龄小于二十五岁的人都被视为潜在的泄密者。当然,这对一个有很强责任感的孩子来说不公平,但它的确有助于减少泄密的机会。"

"这么神神秘秘有什么必要?"

"因为我们正在冒一个极大的风险,安德,我们不想让地球上每个网站上的网民都对我们的决定妄加揣测。你知道,我们一旦研制出实用的安塞波,会立即把它安装在我们最好的飞船上,并派遣这些飞船去攻击虫族的母星。"

"我们知道它们的母星在哪里?"

"是的。"

"那么我们并不是在等待着第三次入侵?"

"我们自己才是第三次入侵者。"

"我们进攻它们?怎么从来没听人说起过?人人都以为我们集中了大量战斗飞船,守在彗星防御带——"

"一艘都没有,我们在那里根本没有防御。"

"如果它们派遣一支舰队来攻打我们呢?"

"我们就死定了。但我们的飞船没有发现这种入侵舰队,连一艘飞船都没发现。"

"或许它们已经放弃了战争,不再侵略我们。"

"或许吧。那些录像你也看过,你敢把整个人类的命运押在它们不会再来上吗?"

安德估算着已经过去的时间。"我们的攻击舰队已经出发了将近七十年——"

"有一些是。还有一些三十年前出发,另一些则在二十年前。我们现在制造的飞船比过去的更加先进,对太空飞行的知识也越来越多。但是,每一艘离开造船厂的飞船都已经出发前往虫族的母星或其前哨目标,每一艘。飞船肚子里塞满巡航舰、战斗机,正朝着虫族的世界进发,而且正在减速,因为它们已经快到了。第一批出发的飞船将攻击最远的目标,较迟出发的飞船攻击较近的目标。我们的时间安排非常精确,各批次飞船抵达战场的时间相差不超过几个月。不幸的是,攻击它们母星的是我们最早期、最落后的飞船。不过,那些飞船的威力仍然非常强大——我们拥有一些虫族从未见过的武器。"

"他们将在何时到达目标?"

"五年之内。安德,舰队司令部已经做好一切准备。那里有安塞波主机,协调各进攻舰队;我们的飞船状态良好,随时可以投入战斗。安德,我们唯一缺少的就是指挥战斗的司令。当舰队到达时,我们需要懂得如何使用那些舰队的人。"

"如果没有这种人呢?"

"我们会尽力而为,发掘我们所能找到的最优秀的指挥官。"

他在说我,安德想,他们要我在五年之内做好准备。"格拉夫上校,我不可能及时做好指挥舰队的准备。"

格拉夫耸耸肩。"那么,你就尽最大努力吧。如果你没有准备好,我们只能有什么人才用什么人才。"

安德松了口气。

但只是一小会儿。"当然,安德,目前我们还没有找到合适的人选。"

安德知道这是格拉夫的另一个诡计。他让我相信一切都依赖于我,因此我不能松懈,我得敦促自己付出最大的努力。

但不管是不是个诡计,目前的情况可能是真实的。因此,他会竭尽全力,这是华伦蒂对他的希望。五年,只有五年的时间就要接敌开战,而我还一无所知。"五年后我才 15 岁。"安德说。

"差不多 16 岁,"格拉夫说,"就看你学得怎么样了。"

"格拉夫上校,"他说,"我只想回到地球,在湖中痛痛快快游泳。"

"等我们战胜敌人后再说吧,"格拉夫说,"或者被敌人打败之后。在它们回到这里消灭我们之前还有几十年时间。那幢房子还在那里,我向你保证你可以随便畅游,多久都行。"

"但我的年龄还小,必须接受安全条例限制。"

"我们会派武装警卫二十四小时保护你的。这类事情军队知道怎么处理。"

他们一起笑了起来。但安德提醒自己格拉夫只不过装出是自己朋友的样子,他所说的一切都只是为了引诱安德变成一台高效率战斗机器的谎言。我会不折不扣地变成你要我做的工具,安德无声地说,但我并不是受了你的欺骗才这样做,我愿意这样做是出于自己的选择,你这个狡猾的老狐狸。

空间拖船在不知不觉中到达了目的地,这时他们还看不见艾洛斯。船长将影像显示给他们看,又在同一块屏幕上添加了红外线图像。他们的位置正处于它的上方,相距只有 4000 公里,但艾洛斯只有 24 公里长,外表又不反射太阳光,肉眼是无法辨认的。

船长将飞船停泊在环绕着艾洛斯的三个着陆平台中的一个。它不能直接在艾洛斯上着陆,因为艾洛斯安装了重力增幅器,而这艘拖船是专为拖拽货运飞船设计的,它的引擎无法抗衡重力。船长气愤地与他的飞船分手,安德和格拉夫的心情却很愉快,有一种从监狱里释放的感觉。登上那艘接他们到艾洛斯的航天飞船时,他们仍在不断地取笑那部船长最爱看的电影。他经常一遍又一遍反复观看,被它逗得哈哈大笑。船长抵挡不住两人的取笑,板起面孔撤退,假装要去睡觉。之后,仿佛是临时想起，安德问了格拉夫最后一个问题。

"我们为什么要和虫族开战？"

"我听说过各种各样的原因，"格拉夫说,"有人说它们的星球已经饱和，不得不向外殖民；有人说它们无法忍受宇宙中还有别的智慧生命存在；有人说他们根本没把我们当作智慧生命；还有的人说它们有神秘的宗教信仰；甚至有这种说法，说它们看到了我们过去的电视节目，认为我们是一群无可救药的暴力狂。什么原因都有。"

"你相信哪一个？"

"我相信哪个原因根本不重要。"

"我真的想知道。"

"它们一定是通过某种直接方式进行交流的，安德，用思维交流。一个虫人心里想的事，其他虫人都知道；一个虫人能记住的事，别的虫人也都能记住。它们为什么还要发明语言？为什么还要学习怎么阅读和写作？就算它们见到了，它们又怎么能理解阅读和写作是什么东西？还有信号、数字，所有我们用作交流的事物它们都无法理解。这不是能不能将一种语言翻译成另一种语言的问题，而是它们根本没有语言。我们用各种交流方式与它们联系，可它们连接受我们信号的通信设备都没有，它们不知道我们正在给它们发信号。或许它们也向我们发出了思维波，而且无法理解为什么我们没有做出回应。"

"那么整场战争的起源就是因为我们无法彼此交谈？"

"如果对面的家伙不能把他的想法告诉你，那么你永远都不能肯定他是不是想干掉你。"

"不理会它们不就行了？"

"安德，并不是我们到它们那儿去，而是它们来到了我们的家园。如果它们愿意不理会我们，那么在一百年前的第一次入侵之前就那么做了。"

"或许它们不知道我们是智慧生命，或许——"

"安德，相信我，这个问题已经讨论了上百年，没有人知道答案。但说到底，我们不可避免地会作出现在这个决定：如果我们和虫族之中有一方要被消灭，我们非得他妈的使出吃奶的力气，争取成为最后活下来的一方。我们身上的基因不允许我们做出其他任何一种选择。自然不可能进化出一个没有强烈生存欲望的物种。个体可能会做出自我牺牲，但作为整体的种族永远不可能做出停止生存的决定。因此，如果可能的话，我们会将虫族杀得一个不留，同样，如果它们有这个本事，也会把我们杀个一干二净。"

"要我说，"安德说，"我也支持力战求存。"

"我明白，"格拉夫说，"这就是你在这儿要做的事。"

CHAPTER 14

最后的战役

"你可真够磨蹭的,格拉夫。虽说距离不短,但三个月假期未免太过分了。"

"我只是不想交给你一件受损的货物。"

"有些人做事总是慢吞吞的。好吧,他是我们唯一的救星。请原谅我,你得明白我们的焦虑。我们这儿已经安装了'安塞波',不断接收我们的飞船发回来的进展报告。我们每天都得面对即将发生的战争。真是火烧眉毛了,可他实在太小了。"

"他具备成为杰出统帅的素质,他具有伟大的力量。"

"我希望他也具备杀手的本能。"

"他有。"

"我们计划来一次突然袭击,测一测他的反应。当然,所有的测试都得经过你认可。"

"我先看看再说。我也不会说什么测试内容无关紧要之类的假话,切瑞纳格上将。不用担心我会事后批评你的命令,我来这里的唯一原因是因为我了解安德,如果我觉得你的计划不对,我会当场提出的。"

"我们能告诉安德多少内情?"

"不要浪费时间让他去了解什么星际飞行的原理。"

"那'安塞波'的事呢？"

"我已经告诉过他了，还有那些飞船的事。我说他们会在五年内到达目的地。"

"看来留待我们告诉他的事没有多少了。"

"你们可以给他讲武器系统。他必须充分掌握武器系统的情况，才能在指挥作战时做出正确的决定。"

"呃，看来我们还是有点用处的嘛，你对我们可真大方。我们已经安排了五具模拟器中的一具专供他使用。"

"其他的呢？"

"其他模拟器？"

"其他孩子。"

"你来这儿仅仅是照顾安德的。"

"只是好奇罢了。请别忘了，他们全都是我的学生。"

"现在他们是我的学生了。他们将了解我们舰队最核心的机密，格拉夫上校，这个机密连你都不知道。"

"什么机密？你怎么说话像个大祭司似的。"

"这是一尊神，一种宗教，哪怕对我们这些通过安塞波掌握着星群间无比宏大的舰队的人来说也是这样。我能看出你觉得我故弄玄虚，心里烦透了。但我可以向你保证，这种厌烦情绪只表示出你的无知。安德很快就会了解我所知道的一切。他的手将穿越群星，神出鬼没地调动舰队。他胸中的伟大力量将会发挥出来，在全宇宙面前显露其锋芒。你是一块顽石，格拉夫上校，但我不在乎对牛弹琴。到你的宿舍安顿去吧。"

"我没有什么要安顿的，我只带了我身上穿着的衣服。"

"你什么都没有？"

"他们替我把薪水存在地球的某个账户里。我从来没用过，准备以后买几件便服——休假的时候。"

"一个非物质主义者。可你却胖得很不体面……一个贪图口腹之乐的苦行僧?真是矛盾呀。"

"紧张的时候,我就吃。而你呢,你紧张的时候,只会废话连篇。"

"我喜欢你,格拉夫上校。我想我们会处得很融洽的。"

"融洽不融洽我不大在乎,切瑞纳格上将。我为了安德而来,我和他都不是为你而来的。"

从拖船飞抵艾洛斯的那一刻起,安德就讨厌上了这个地方。他在地球上感到很不舒服,因为那里的地板是平的。艾洛斯却让他更加难受。这个小行星粗糙的外表就像一个纺锤,最窄的地方仅有 6500 米。它的外壳全被用于吸收光线并将其转变为能量,每个人都不得不住在小行星内部墙壁光滑的房间里,房间由一条条隧道连接起来。困扰安德的并不是它狭窄的空间——他感到不舒服是因为所有隧道的地板都是向下倾斜的。第一次通过隧道时,安德就被它弄得晕头转向,特别是那条环绕艾洛斯最窄处的隧道。虽然这里的重力只有地球上的一半,但那种下坠的错觉仍然十分强烈。

房间的比例也让他不舒服——天花板太矮,过道太窄。总之,不是个舒适的地方。

但是最令人不舒服的,是这里居民的数目。安德对地球上的城市一点印象都没有,在他眼里,最理想的人口密度就是战斗学校里的情况。在那里,见到的每个人他都认识。而在这儿,上万个人居住在一块岩石里。好在并不拥挤,尽管大部分空间都用于安装维生装置和其他设备。安德最不习惯的是,环绕在他周围的,全都是陌生人。

他们根本没给他认识任何人的机会。他经常看到指挥学院的其他学员,但由于他从来没有长时间上过任何一门课,他们对他来说只是几张陌生面孔。有时他要去不同的地方听课，但通常总是接受不同教师的单独指导，偶尔由别的学员辅导，这些学员只会出现一次，接着便再也见不到了。他一个人吃饭，有时和格拉夫上校一起吃。去体育馆健身就是他的娱乐，但他极少会看到同一个人在那儿出现两次。

他知道自己再一次被孤立了。这一次不是让别的学员恨他，而是根本不给机会让他们成为朋友。反正他也无法和大部分学员交上朋友，他们全部都是十三四岁的半大小伙子。

于是安德心无旁骛地将全部身心都投入到学习中去。他学得又快又好。航天学与军事史对他来说就像喝水一样简单，理论数学有点难度，但如果碰上一道与空间和时间相关的问题时，他发现自己的直觉比他的计算更加可靠——他常常看一眼就知道答案，但如果要计算出来的话，却得花上几分钟甚至几小时来琢磨那些数据。

让他兴奋的是，那儿有一台模拟器，是他见过的最完美的游戏机。教官和别的学员一步步训练他如何使用这东西。开始时，他并不知道这部游戏机的威力，他选择了战术级别，只控制着一架战斗机持续不断地四下搜索，找到敌人并摧毁它。计算机控制的敌机火力强大，异常狡猾，只要安德用过一种新的战术后，几分钟后计算机就会反过来用这种战术对付他。

这部模拟器使用了全息投影，他的战斗机用一个小光点代表，敌军战斗机则用另一种颜色的光点表示，它们在一个边长十米的立体空间中穿梭行动。控制系统非常灵敏，他可以向任何方向旋转影像，从不同的角度观察，还可以移动图像的中心，让双方格斗的影像拉近或离远。

他逐渐能够熟练控制战斗机的速度、移动方向、方位和武器系统之后，游戏的难度变得更大。有时会一次出现两架敌机，有时空中会出现一些飞船残骸构成的障碍物。他不得不开始留意飞船燃料和武器弹药。现在计算机开始给他分配一些特定任务，让他去完成某个任务或摧毁某个目标。他只好放弃了追逐敌人的乐趣,集中精力去完成任务以取得胜利。

掌握单机模式后,他们允许他升级到多机模式,他可以指挥四架战机的编队。他发出命令来模拟指挥四架战机的飞行员,还可以不仅仅按照计算机的指令去达到目标,他有权自主决定采取什么战术,判断哪几个目标是最有价值的,然后让战机编队按他的命令行动。他也可以随时短暂地控制编队中的一架单机。开始时他常常这样做,但每次当他只指挥一架单机时,编队里的其他三架战机很快就会被击毁。随着游戏的难度变得越来越高,他不得不将更多时间用在指挥整个编队上。当他这样做时,胜利的几率也变得越来越高。

不知不觉间,他来到指挥学院已经一年了。模拟器的十五个等级他都打得十分熟练。从控制一架战斗机到指挥一支舰队,他都得心应手。他早就意识到,对于指挥学院的学员来说,这个模拟器相当于战斗学校的战斗室。其他的课程虽然很有帮助,但他真正要学的就是怎么操纵模拟器。很多人时不时走进来观察他的操作情况。他们从不出声——几乎从不出声,除非要教他某些东西。那些观察者会留下来,一言不发,只是在旁边看着,等他完成任务时便转身离去。你们在干什么,他很想问,在给我打分吗?判断能不能将舰队托付给我?你们不要忘了,我可没求你们让我指挥舰队。

他发现自己把战斗学校里学到的知识都用在了模拟器上。每隔几分钟,他就会重新设定模拟器视角,让它旋转以免陷入颠倒的方向。他常常从敌人的角度观察自己的位置。能像这样控制真是太美妙了,他可以看到战场上的每一点状况。

然而,模拟器也有它不足的一面,由计算机控制的战机灵活性太差了,它们没有主动权,无法适应战场上千变万化的情况。要是他的战斗小组长在就好了,这样他就可以分派他们担任战斗机中队长,无须事无巨细全靠他一个人了。

第一年快结束的时候，他已经打赢了模拟器里每一场战斗。操纵起模拟器来如臂使指。一天，在和格拉夫吃饭时，他问道："那具模拟器只有这些本事了？"

"什么只有这些本事了？"

"它现在的难度太低，已经有好一段时间没有增加难度了。"

"噢。"

格拉夫看上去好像没怎么在意，他总是这样。但第二天，一切都改变了。格拉夫不见了，他们给安德带来了一位新同伴。

早上安德醒来时，这个人已经来到他的房间里。他是个老头儿，盘着腿坐在地板上。安德期待地望着他，等着他开口说话，但他却一言不发。安德自顾自起床洗澡、换衣服。那人不说话就算了。他很早就学会，当某些不寻常的事情发生时，等待比询问会让他得到更多信息。大人们常常比他更快失去耐心。

他准备出门了，那人依然没有说话。门打不开。安德转身面向那个坐在地板上的老头。老头看上去大约六十岁，迄今为止，他是安德在艾洛斯上见过的年纪最大的人。脸上满是花白的络腮胡子，只比他新剪的头发短一点点。老头冷冷地望着安德，眼中毫无表情，一片漠然。

安德转向门口，再次努力打开它。

"好啦，"他放弃了努力，说，"门怎么锁上了？"

那老头依然面无表情地望着他。

那么这是个游戏，安德想。好吧，如果他们要我去上课，就会打开房门。如果不是这样，门就打不开。我才不管呢。

这种没有规则、只有对方才知道目标的游戏，安德一点儿也不喜欢。他不想参与，也不想为这种事生气。他靠在门上，做了一些放松练习，很快便平静下来。那个老头继续冷漠地望着他。

几个小时过去了，安德仍然没有说话，老头也像座石像般保持着沉默。

安德想知道他是不是从艾洛斯某个精神病院逃出来的疯子，正躲在他的房间，沉浸在疯狂的梦幻中。时间一分一秒地消逝，始终没有人开门，也没有人来看他，他越来越肯定这件事是有预谋的，教官们故意要让他恐慌。安德不想向这个老头屈服。为了消磨时间，他开始做一些从个人防御课程里学到的练习。

安德绕着房间四处游走，练习突击和踢腿。一个踢腿动作使他靠近了那个老头，但这一次，那个老头突然伸手抓住他的左脚，将他一把提起，重重摔在地板上。

安德一跃而起。他气坏了。那个老头仍然平静地盘腿坐在地上，呼吸平稳，仿佛刚才根本没有移动似的。安德拿出格斗姿势准备打斗，但那老头一动不动的姿势让他无法出手。那么，把这老家伙的头踢飞？然后向格拉夫解释——噢，这个老头先惹我，我不得不反击。算了吧，不行。

于是他重新继续自己的练习。老头则一直盯着他看。

白白浪费了一整天时间，像个囚犯一样困在宿舍里，安德感到又累又恼火。最后，他停止练习，走回自己床边取他的笔记本电脑。就在他俯身去拿笔记本电脑时，他感到有一只手粗暴地插到了他的两腿之间，还有一只手一把抓住他的头发。一瞬间，他被头下脚上地按在地上。身体在脸和肩膀的位置被那老头的膝盖压在地板上，后背被弯到最大限度，双腿也被老头的手臂紧紧钳在半空中。

安德根本无法挥动手臂，也没有办法伸直背部踢出双脚。不到两秒钟时间，那老头彻底征服了安德。

"好啦。"安德喘着气说，"你赢了。"

老头的膝盖用力往下一压。"从什么时候开始，你不得不告诉自己的敌人说他赢了？"

安德一声不吭。

"我出过一次手,安德·维京。为什么那个时候你不立刻还击?因为我看上去没有恶意?刚才还转身背对着我,太愚蠢了!你什么都没学会,你根本没有老师。"

安德感到愤愤不平。"我有很多老师,我怎么知道你会突然变成一个——"

"一个敌人,安德·维京。"老头低声说,"我现在是你的敌人,一个你从未碰到过的、比你更聪明的敌人。这里没有老师,有的只是敌人。敌人会怎么做,只有敌人才会告诉你;只有敌人才能教会你如何毁灭与征服;只有在敌人面前才能暴露出你的弱点;也只有敌人才会告诉你他的长处。游戏的唯一规则就是如何打败敌人,如何阻止他打败你。从现在起我就是你的敌人,也是你的老师。"

说完,老头松开安德的腿,但膝盖仍然压着安德的头,安德无法用手臂来保持平衡,双腿"砰"的一下重重撞在地板上。一阵钻心的痛楚随即传了过来。随后,老头站在一旁,让安德爬起身来。

安德慢慢缩回双腿,嘴里模糊不清地呻吟着。他四肢着地,喘息着,慢慢恢复体力。尔后,他猛地挥出右手,击向他的敌人。老头快速向后跳开,安德的攻击落空了。老头抬脚踢向安德的下巴。

但安德的下巴并不在那儿,他背部着地,从地板上滚了开去。在这一瞬间,老头的踢打动作使他失去了平衡,安德伸脚蹬向老头的另一条腿。老头倒在地上,但在此之前他及时伸手击中了安德的面部。安德双手一阵乱舞,却找不到可以扶持的物体,他倒了下去,一阵劈头盖脑的击打落在他的背部和手臂上。安德个子太小了,无法穿过老头猛烈挥动的手臂进行还击。最后,他终于设法脱离老头的打击,拖着身子向门口爬去。

老头再次盘腿坐下,但他的冷漠消失了。他在微笑。"这次好一点,孩子。但动作太慢了。指挥舰队应该要比指挥自己的身体还要自如,否则和你一起战斗的同事将会处于危险之中。得到教训了吗?"

安德慢慢点了点头，他全身上下都痛得要命。

"很好。"老头说，"那么我们以后不用再像现在这样打斗了。你的敌人将是模拟器。从现在起，将由我而不是计算机来安排你的战斗。我将设计出敌人的战略，很快你将学会如何移动得更快，如何识破敌人给你设下的陷阱。你要记住，孩子，从现在起你的敌人将比你更聪明，更强大。从现在起你将常常面对失败。"

老头的脸又变得严肃起来。"你会被打败，安德，但总有一天你会打赢的。你将学会如何打败敌人，我这个敌人会教你怎样做。"

"老师"站了起来。"在这所学校里，通常都由年纪大的学员训练年纪小的学员。他们是同伴，大学员将把他知道的一切都教给小学员。他们总是互相战斗，互相比赛，也总是待在一起。我选择了你做我的同伴，小学员。"

老头走向门口。安德道："你这么老了，怎么可能还是学员？"

"无论多老，都是虫族的学员。我曾向虫族学习，而你，将向我学习。"

老头把手按在门上，门打开了。安德突然跃起，并起双脚猛蹬在他的背上。老头一声痛叫，扑倒在地板上，强大的反弹力把安德的双脚震得隐隐作痛。

老头慢慢爬起来，扶着门上的把手，脸上痛苦地扭曲着。他看上去似乎失去了战斗能力，但安德不再相信他。可是，尽管他小心戒备，他还是没有老头动作迅速。很快，他发现自己已经躺在对面墙脚下的地板上，鼻子和嘴唇流着血，原因是头在那些位置刚撞过。他勉强扭过头，见老头正站在门口，弯着身子，手叉在腰上。老头在对他微笑。

安德也咧开嘴笑了。"老师，"他说，"你有名字吗？"

"马泽·雷汉。"老人回答说，转身走了出去。

从那天起，安德便一直待在马泽·雷汉身边。老人很少说话，但他总是看着安德：吃饭、辅导和训练时，他都寸步不离，连晚上也待在他的屋里。有时马泽会离开一会儿，但每次他不在的时候，门总是被锁上，直到他回来后才能打开。安德有一个星期把他称为"狱卒雷汉"，但马泽欣然接受了这个外号，一点也没觉得难堪。安德很快便放弃了自己的孩子气。

马泽也给了他一些补偿——他给安德带来了以往战役的完整录像。他们仔细观看了虫族的第一次入侵和联合舰队在第二次入侵中的惨败录像。录像内容完全没有删节，而且是连续的。重要战役的录像相对较多，他们可以从多个角度来研究虫族的战略战术。在安德的一生中，第一次有老师指出他的不足之处，让他有一种豁然开朗之感。安德第一次找到了一个他真正佩服的人。

"你怎么还没死？"安德问他，"你参战已经是七十年前的事了，刚见面时我以为你还不到六十岁呢。"

"相对论的奇迹。"马泽说，"自从那场战役以后，舰队把我在这儿困了二十年，甚至不肯让我指挥出发前往虫族母星和殖民地的飞船。后来，他们慢慢地理解了我身为一名战士，在战争重压下的某些行为。"

"什么行为？"

"以你的心理状况，你现在还无法理解。我只能告诉你，他们意识到虽然我不能再指挥舰队——不等舰队到达虫族母星我就会死掉——但我仍然是唯一一个真正了解虫族的人。他们意识到，我是唯一一个凭借智慧而不是运气打败虫族的人。他们需要我在这里培养出另一个能指挥舰队的接班人。"

"于是他们把你送上一艘飞船，让它以接近光速飞行——"

"然后再掉头返回这里。那是一段极其乏味的旅程，安德。我在太空中飘荡了五十年，从技术上说，在我身上只过了八年时间，但感觉却像是过了五十年。这一切都是为了能让我把一切技能传给下一任司令。"

"那么，我会成为下一任司令吗？"

"我们只能这样说，你是目前我们能找到的最优秀的人选。"

"还有别的候选人吗？"

"没有。"

"那么，我就成为唯一的选择了，对吗？"

马泽耸了耸肩。

"但你还能指挥。你还活着，是吗？为什么不继续让你指挥呢？"

马泽摇摇头。

"为什么呀？你赢过一次。"

"我不能再当司令，是有极其充分的理由的。"

"告诉我你是怎么打败虫族的，马泽。"

马泽的表情无法捉摸。

"其他人指挥的战役你至少让我看了七遍。我想我已经知道如何击破虫族过去的战术了，但你从没让我看过你打败虫族的录像。"

"这些录像背后隐藏着很多秘密，安德。"

"我知道。我曾经试着设想当时的情况，把一个个零碎片断拼凑起来。你只率领着一支弱小的预备队，而敌人的舰队船坚炮利，还有数量远远超过你们的战斗机，但你只瞄准了一艘敌舰，朝它开火，接着就是一声爆炸。我看到的只有这些战斗片断。这以后看到的就是突击队登上虫族的飞船，发现它们早已死在飞船内部。"

马泽咧嘴一笑。"秘密保守得挺严的。来吧，我们来看看那段录像。"

录像室里只有他们两人，安德手掌贴门，闭锁门闸。"好了，咱们来看吧。"

屏幕上显示的正是安德过去从不同的带子上拼凑到一起的情形。马泽以自杀式的突击冲入了敌军阵形的心脏部位，接着是一声爆炸，然后——

然后什么也没有发生。马泽的飞船继续移动,避开爆炸的冲击波,在虫族其他飞船中左冲右突。但它们没有朝他开火,甚至没有改变航向。两艘敌军的飞船互相撞在一起,爆炸开来,它们的碰撞是毫无理由的,任何一个飞船驾驶员都能避免这种碰撞。但它们却连一丝轻微的闪避动作都没有。

马泽按下快进键,跳过前面的一段。"我们等了三个小时,"他说,"没有人敢相信眼前发生的一切。"录像上显示,接下来,联合舰队的飞船开始慢慢接近虫族舰队,突击队登上了虫子们的飞船,开始切割飞船的外壳。后来又发现全部虫族已经一动不动地死在原位。

"就这些。"马泽说,"所有能看到的东西你都看过了。"

"为什么会这样?"

"谁也不知道答案。我个人有一些推论,但大批科学家说我不够资格发表评论。"

"可你是那个打赢战争的人。"

"我也觉得我有资格评论,但你知道,那些外星生物学家和外星生物心理学家无法接受一个纯粹猜测的解释。我想他们全都恨我,因为看过那些录像带后,他们不得不放弃自己正常的生活,在艾洛斯上度过余生。这是安全措施,你知道的。他们是不会高兴的。"

"把你的想法告诉我。"

"虫族没有语言,它们用思想来交流。这种交流和核心微粒效应相同,是即时性的,就像'安塞波'一样。但大多数人都认为这种交流方式是一种它们能够控制的手段,就像语言一样——我给你发出一个思维波,然后你再回答我。我从不相信这种说法。它们对战况的反应太迅速了。那些录像你都看过了,它们没有协商采取哪一种行动。每艘飞船都像是一个生物体的一部分。它们的反应就像你的身体在打斗时的反应一样,每个不同部分都自动作出反应,无须考虑怎么实施你的想法,这是一种本能反应。它们之间没有思想交流这个过程,它们的所有思想都是共同的,即时性的。"

"它们的整体就像是一个人,而每一个虫族战士就像这个人的手或者脚?"

"是的。我不是第一个这样想的人,但我第一个相信这种解释。在战役结束后,我曾经提出过一些想法,但那些外星生物学家都嘲笑我,让我闭嘴,说那些想法太幼稚愚蠢。我的想法是:虫族的的确确是虫子,就像地球上的蚂蚁和蜜蜂,有蜂后和工蜂。或许数亿年前它们就是以这种方式来进化的。我们能确定的是,我们所见到的每一个虫族都不能生育幼虫。既然虫族能进化出类似蜜蜂、蚂蚁一样共同思考的能力,为什么虫族不能有自己的蜂后或蚁后呢?这种蜂后或蚁后——虫族的女王——也许仍然是它们群体的中心。这种进化早期的存在形式大有可能延续下来。"

"那么,是虫族女王控制着整个群体?"

"我有证据。这些证据那些科学家们没有一个见过。第一次入侵时期不可能看到我说的证据,因为那次它们的目的是探测。但它们第二次入侵的目的是为了殖民。它们想建立一个新的蜂巢,或别的什么东西。"

"所以它们带来了一位虫族女王。"

"这些是第二次入侵时的录像,当时它们在小行星带击溃了我们的舰队。"马泽·雷汉调出那段录像,将虫族的编队显示在屏幕上,"告诉我哪艘是虫族的母船。"

这任务可不容易完成。安德看了很久都找不出来。虫族飞船不断移动,每一艘都是。看不出明显的旗舰,也没有明显的指挥中枢。但慢慢地,随着马泽一遍又一遍重放录像,安德开始注意到它们的移动都是沿着一个中心点向外辐射。那个中心点不断变动,但经过长时间的观察之后,现在它变得很明显了:虫族舰队的"眼睛"和"大脑"是由一艘特定的飞船所担任的。他把它指了出来。

"你看出来了,我也看出来了。在所有看过这些录像的人中只有两个人能看出来。但我们是对的,是吗?"

"它们让这艘飞船的移动方式像其他飞船一样。"

"它们知道这是它们致命的薄弱环节。"

"你是正确的。那就是虫族女王的座机。但不难想象,只要你一接近女王的座机,虫族将立即集中全部火力,倾泻在你的飞船上,把你炸得粉身碎骨。"

"我知道。但这也正是我不明白的地方。当时虫族并不是没有阻止我——它们朝我猛烈开火,但它们似乎无法相信我竟然真的想杀死虫族女王,这让它们慢了一拍。或许在它们的世界里,虫族女王从来不会被杀死,它只能被俘获或被打败。我做了一件它们从未想过的事。"

"于是在它被杀死之后,其他虫族也随之死去。"

"不,它们只是丧失了意识。在我们登上第一艘飞船时,它们还是活着的,不过只是在生理上。它们不会移动,也不会对任何事作出反应,甚至在我们的科学家对它们进行解剖,想多了解一些有关虫族的情况时,它们仍然没有任何反应。但过了一会儿之后,它们全都死了,连遗嘱都没留下。失去了虫族女王它们就全完了。"

"为什么科学家们不相信你?"

"因为我们没有找到虫族女王。"

"可它已经被炸成碎片了。"

"战争就是这样。生存是第一位的,生物学研究只好退居其次了。不过,他们中的有些人也渐渐开始认同我的想法了。住在这个地方,证据就摆在你面前,你总不能闭上眼睛不看吧。"

"艾洛斯上有什么证据?"

"安德,好好看看你周围。人类不会造这样的建筑,别的不说,我们喜欢高高的天花板，怎么会弄得这么矮。这是虫族第一次入侵时的前哨基地。在我们察觉之前，他们就挖空了这个小行星。我们现在住的是一个虫族的巢穴。但我们付了租金，牺牲了上千名战士才把它们一个房间一个房间地清除出去。虫族很顽强，它们寸土必争。"

现在安德明白了为什么他总是觉得这些房间不大对劲。"我早就知道，这不是人住的地方。"

"这里藏了不少好宝贝啊。如果它们知道我们会打赢第一场战争，它们很可能根本不会建造这个地方。我们之所以能够掌握操纵重力的知识，是因为虫族在这里安装了重力增幅器。我们学会有效利用恒星能量也是源于他们涂黑了这颗小行星的外表。实际上，就是因为这个原因我们才发现这个巢穴。三天之内，艾洛斯逐渐从我们的望远镜里消失了。我们派出一艘飞船来查找原因，这才明白了是怎么回事。飞船传回了这里的影像，影像中也包括了虫族如何登上那艘飞船，屠杀我们的船员。虫族搜查飞船的整个过程中，影像一直在传送，直到虫族将整艘飞船拆毁时才停止。这是它们的盲点——它们从来没有通信装置，因此杀死船员之后，它们从未想过还会有人能看到它们。"

"它们为什么要杀死船员？"

"为什么不呢？对虫族来说，干掉几个船员就好像你剪指甲一样，有什么可大惊小怪的。它们可能觉得除掉驾驶飞船的工作人员相当于关掉通信流，根本没把这些行为看成谋杀有独立意识、独立遗传基因的生命体。对它们来说，谋杀不是什么大不了的事。它们只把杀死虫族女王看作谋杀，因为杀死一个虫族女王就是切断了一整条基因链。"

"所以它们根本不知道自己在干什么。"

"不要为它们辩解，安德。它们不知道自己正在杀人，不等于它们没有杀人。我们当然有权尽最大努力保卫自己，唯一的方法就是在它们杀死我们之前先把它们干掉。你要从这个角度来看问题。至今为止，在所有战役里,它们杀死了成千上万人,成千上万个有独立意识的活生生的生命体啊,而这种生命体,我们却只杀了它们一个。"

"如果你没有杀死那个虫族女王,马泽,我们会输掉那场战争吗?"

"我得说打输的可能是三比二。我仍然认为在它们消灭我们之前,我有可能将它们的舰队打个稀巴烂。它们反应敏捷,火力强大,但我们也有一点优势。我们的每一架战斗机里都有一个能够独立思考的飞行员,我们每一个人都可以针对不同的情况作出明智的决定。而它们则每次只能作出一个决定。虫族思考的速度很快,但它们却说不上聪明。而我们,即使在第二次入侵时期,尽管有些愚蠢懦弱的指挥官输掉了许多重要战役,但他们的某些下级军官仍然重创了虫族的舰队。"

"当我们的反击舰队到达它们的母星时应该怎么做?还是和上次一样,直取虫族女王?"

"虫族掌握了航行星际的本领,它们可不笨。上回的策略只能使用一次。我估计,这一次我们不会在太空中和它们的虫族女王遭遇,虫族女王只会留在母星上。毕竟,虫族女王并不需要亲临战场才能指挥战斗。唯一需要她亲自出场才能办成的只有繁殖后代。第二次入侵时我们碰上了虫族女王,但那是虫族的一次殖民行动,那个虫族女王是想到地球上繁殖后代的。这一次嘛——不,我们的战术不会再起作用了。我们将不得不直接面对它们的舰队,把它们一支一支击溃。它们可以从母星周围的十多个星系中获得资源,我估计在每一场战役中,它们的数量都会大大超过我们。"

安德想起自己曾经有一次面对两支战队。那时我认为他们在作弊,可当真正的战争来临时,根本不会有公平可言。而且,战场上也没有什么大门可以供我夺取。

"我们只有两件事是优于它们的,安德。一是我们在开火时用不着瞄得非常精确,我们的武器拥有极广的杀伤范围。"

"第一次和第二次入侵时我们不是用过核导弹了么？"

"我们的新武器'设备医生'威力大得多。核武器的威力太小了，小到可以在地球上使用。而那位'小大夫'却不一样，绝对不能用在咱们自家的行星上。到现在我还觉得可惜，第二次入侵时我怎么没有一枚这样的武器。"

"'设备医生'是什么？"

"我不知道原理，也不明白它是怎么造出来的。在两束光波的汇聚之处，它会形成一个分解物质的能量场，引起原子大爆炸。物理方面你懂多少？什么程度？"

"我们绝大部分物理课都花在天体物理学上，但理解个大概还是做得到的。"

"这种武器形成的能量场呈球形向外扩展，但扩展范围越广，能量就越弱。除非碰上大量物质。只要出现这种情况，它就会引起新的大爆炸，能量变得更强。波及飞船的体积越大，所形成的新能量场就越强。"

"那么这种能量场每一次波及新的飞船，就会扩展出一个新的更大的球形——"

"如果他们的飞船靠得足够近，就会形成连锁反应，将它们统统分解。然后能量场会慢慢消失，分子又会重新融合在一起，原来的飞船变成一大堆含有大量铁分子的尘土。不会造成辐射，也不会有碎片四下飞溅，剩下的只是一堆尘土。或许我们可以在初战中诱使它们聚在一起，但虫族学得很快。以后的战斗中，它们的飞船之间会保持相当的距离。"

"那么'设备医生'并不是一种导弹，不能将它射向空旷的地方？"

"没错。导弹现在已经没多大用处了。第一次入侵时，我们从他们身上学到了很多东西，但他们对我们也了解了不少。例如，他们学会了如何建立能量防护罩。"

"我们的'小大夫'能穿透防护罩吗？"

"对它来说，防护罩简直跟不存在似的。你无法透过防护罩来瞄准和聚集光束，但由于防护罩的发电机总是在它的正中位置，所以稍加演算就能确定方位。"

"为什么还没有训练我使用'设备医生'？"

"你一直在接受别的训练啊。我们可以让计算机帮你控制那东西。你的任务就是使人类舰队处于最有价值的战略位置，然后选取一个攻击目标。飞船的主电脑会帮你瞄准目标，它做得可比你好多了。"

"为什么叫它'设备医生'？"

"开发这种武器时，它的名称是'分子分解设备'（Molecular Detachment Device），可缩写成 M.D.Device。"

安德仍然不明白。

"M.D. 就是医学博士的缩写。于是'M.D.Device'就成了'设备医生'，这是个玩笑。"

安德并不觉得有什么好笑。

学院改造了模拟器。安德使用模拟器时仍然可以控制视像的远近和角度，但飞船操纵面板不见了，取而代之的是一套全新的控制装置，还有一副带有耳机和麦克风的小型头盔。

等在那儿的技师迅速向他讲解了如何戴上那个头盔。

"但我怎么控制飞船？"安德问。

马泽解释说，他已经用不着再去直接控制飞船了。"你已经到了训练的下一个阶段。你通过了战略模式下的每一个级别的测试，现在该让你集中精力学习如何控制整支舰队了。就像在战斗学校里指挥战斗小组长一样，你将会和支舰队的支队长合作。你的任务是训练和指挥三十六名这样的支队长。你必须把你高超的战术传授给他们，还得了解他们的能力和极限，将大家结合成一个整体。"

"他们什么时候来这儿?"

"他们已经坐在了自己的模拟器面前。你可以通过头盔对他们说话。控制面板上的新操纵装置可以让你看到任何一个支队长的视域。在真实的战争中,你只能看到己方飞船看到的东西。这种设计就是尽可能接近实战的情况。"

"我怎么能和没见过面的支队长合作?"

"为什么你非得看见他们不可?"

"我要认识他们,知道他们的想法——"

"你会通过他们在模拟器里的表现了解他们。况且,我觉得你没什么可担心的。他们正等着你的命令。戴上头盔后就可以听到他们的声音。"

安德戴上了头盔。

"赛俩目。"他的耳边响起一声低语。

"阿莱。"安德说。

"还有我,那个小东西。"

"豆子。"

熟悉的声音继续响起,佩查、米克、"疯子"汤姆、沈、"热汤"韩楚、"苍蝇"莫洛,所有曾和安德一起作战的最优秀的队员都来了,每一个都是安德在战斗学校里所信任的人。"我不知道你们都在这儿。"他说,"我还不知道你们都来了。"

"他们已经用这个模拟器折磨了我们三个月。"米克说。

"你会发现我是迄今为止最出色的战术家。"佩查说,"米克曾向我挑战,但他的水平在我面前像小学生一样。"

于是他们又开始并肩战斗了。每个支队长指挥各自属下的飞行员,安德则指挥支队长。他们演练了多种配合方式,计算机模拟出各种战况,迫使他们尝试不同的战术。有时,模拟器会让他们指挥一支巨大的舰队,安德将它划分成三到四个大队,每个大队包含三到四个支队;而另一些时候，模拟器只给他们一艘太空战舰和十二架战机，这时他就会挑选出三名支队长，让他们每人指挥四架战机。

他们玩得很开心。计算机控制的敌人不太聪明，虽然他们犯了很多错误，但总能打赢。经过三个星期的练习后，安德已经完全了解了手下支队长们的实力。米克，能够熟练地执行指示，但他面对突发情况时总是慢人一拍；豆子，他无法高效地控制太多数量的飞船，但他指挥少量飞船时简直就是一把解剖刀，能将计算机派来攻击他的敌军切成碎片；阿莱，他的战略才能几乎比得上安德，可以放心地将半支舰队交给他，只需稍加点拨就行。

安德深入了解他们之后，给他们分配任务时更加得心应手。每一次，模拟器将战场态势显示在屏幕上之后，安德才知道自己手下有多少飞船，敌方舰队又是如何展开的。他只需要几分钟时间就可以调集他需要的中队长，将某几艘飞船或某个战斗群交给他们指挥，给他们指定任务。随着战况的进展，他会从一艘飞船的视域跳到另一艘，提出自己的建议，或者偶尔激励一下士气。其他人只能看到自己视域范围内的情况，所以有时他发布的命令在下级看来毫无意义，但他们学会了信任安德。让他们撤退他们就撤退，他们明白这可能是因为他们正处在一个暴露位置，或者是为了引诱敌人进入包围圈。即使安德没有向他们发出命令，他们也知道安德信任他们能够自行作出最好的判断。如果某个人的战斗风格不适合当时的战况，安德就会挑选别的人来完成任务。

大家彼此建立了信任，由他们控制的舰队行动迅速，反应敏捷。三个星期之后，马泽回放了他们最近的那场战斗，但这次是从敌人的视角拍摄的。

"这就是你们攻击时出现在敌人眼里的情形。你有什么想法？例如，反应的速度？"

"我们看上去就像虫族自己的舰队。"

"你跟它们真是棋逢对手，安德。你的速度和它们一样快。还有这儿——看这里。"

安德看到他的支队长们行动一致，每个人都能针对不同的情况灵活地作出反应。他们全都按照安德的命令行事，但完成任务的手段更加大胆、灵巧，而且还懂得隐蔽自己的战术意图。他们能够积极主动地攻击每一艘出现在眼前的虫族飞船。

"虫族女王的智慧极高，但它的注意力每次只能集中到少数几件事情上。你的支队长却能够面对自己的任务保持敏锐的头脑，而且他们都由一个天才指挥官来指挥。所以，你们是具有一定优势的。优秀的指挥官、先进的武器、可以与虫族匹敌的速度、高度灵活的大脑，这些都是你们的优势。但你们的弱势在于你们的兵力与敌人相比永远都会相差悬殊，而且每经过一次战斗之后，敌人就会更了解你们，它们将学会如何对付你，适应你们的战术，它们的变化会立即反映在下一场战斗中。"

安德等着他的结论。

"所以，安德，我们现在就要开始对你进行训练。我们已经给计算机编了程序，让它模拟出多种与敌军相遇的情形。我们采用了在第二次入侵时敌人的行动模式。但这次并不是由计算机来控制敌人，而是由我来控制敌军部队。开始时你会碰到一些能够轻易取胜的战役，你要从中学习，因为我会一直跑在你的前头，把更难更巧妙的战斗队形输入计算机，接下来的战役难度会越来越高，它会把你一步一步地推向你的能力极限。"

"如果超出了我的极限呢？"

"时间不多了。你必须以最快的速度掌握战斗技巧。我把自己送上飞船，保存自己的生命直到你的出现，而当我回来时，我的妻子和孩子都已经去世，我的孙子也到了我这个年纪。对我来说他们就像陌生人。我切断了与所有我爱的人的联系，离开了我所熟悉的一切，生活在这个异族留下的坟墓里，我生存的目的就是不断培养一个个学员。我对他们每一个人都充满希望，但最终，每一个都变得懦弱无能，成了失败者。我不断地教，不断地培养，但没有一个人能达到要求。你，就像在你之前的无数个学员一样，也肩负着巨大的责任，但也许你的心中也有失败的种子。我的工作就是找出它们，尽我最大的努力击败你。相信我，安德，我一定不会手下留情。"

"那么我并不是第一个接受这种训练的人。"

"不，你当然不是第一个。但你是最后一个。如果你不能学会，我们已经没有时间另找别人了。所以我把希望都寄托在你身上，因为你是唯一剩下的人。"

"其他人不行吗？那些支队长呢？"

"他们中有谁可以替代你？"

"阿莱。"

"说老实话。"

安德沉默了。

"我不是个开心的人，安德。人类的天性并不追求开心，它只追求灿烂辉煌。生存是第一位的，在此之后才能考虑开心不开心的问题。因此，安德，我希望你不要因为训练中缺乏乐趣抱怨我。你可以在训练之后的闲暇时间尽情娱乐自己，但你必须将训练摆在首位。胜利就是一切，因为没有它一切都不复存在。如果你能把我死去的妻子还给我，安德，你才有资格向我抱怨这个训练让你付出多大的代价。"

"我并没有逃避任何事。"

"但你会的，安德。因为我将尽最大努力把你碾成齑粉。我会采取一切手段来击败你，而且绝不会手下留情，因为当你面对虫族时，它们的手段将比我厉害一百倍，对于人类，他们是绝对不会产生一丝怜悯的。"

"你无法将我碾成齑粉，马泽。"

"噢？我不能吗？"

"因为我比你厉害。"

马泽笑了。"咱们走着瞧，安德。"

天还没亮，马泽就叫醒了他。时钟指向 3 点 40 分，安德迷迷糊糊跟着马泽穿过走廊。"早睡早起，"马泽念叨着，"会让人变成傻瓜，变成睁眼瞎。"

安德刚才正梦见虫族在解剖他。但它们并不是剖开他的身体，而是挖掘他的记忆，把它像一幅全息图片一样显示出来，并试图弄明白它的内容。真是个怪梦。在穿过走廊到达模拟室的途中，安德一直都没有回过神来。虫族在他睡着的时候折磨他，而马泽则在他醒着的时候逼迫他，在这二者之间，他找不到可以喘息的机会。安德强迫自己保持清醒。显然，当马泽说要把安德碾成碎片时，他是认真的。比如现在，他故意在安德疲惫和不清醒的时候强迫安德与他作战，这些伎俩安德早已料到。好吧，今天我不会让你得逞的。

他坐上了模拟器，发现他的支队长们都已经就位，正等待着他。敌人还没有出现，他将他们分成两队，进行模拟对战。他同时向两方军队发布命令，让每一个支队长都获得充分训练。他们开始时动作都很慢，但很快就进入了状态，头脑越来越清醒。

过了不多久，模拟器清空屏幕，飞船都消失了，场景立刻转换。在屏幕边缘附近，模拟器显示了三艘人类星际战舰的全息投影，每一艘战舰上都载有十二架战机。虫族显然已经获悉人类舰队的出现，他们集结成一个球状编队，将一艘飞船围在中央。安德没有上当——它不会是运载虫族女王的飞船。虫族战机的数量是安德的两倍，但它们都靠得很近，它们不该这样——"设备医生"会给它们造成意想不到的破坏。

安德点选了一艘战舰，让它在屏幕上闪烁着。他对着麦克风发出命令："阿莱，这是你的。你可以安排佩查和威列德指挥战机。"接着他给另两艘战舰和舰上的战机指定了指挥官，但在每一艘战舰上他都抽调出一架战机交给豆子指挥。"滑到他们的下方，豆子，直到他们开始追逐你——然后，掉头回来当预备队。停在一个利于迅速出击的位置。阿莱，集中你的兵力攻击他们球体上的一点。先不要开火，等候我的命令。这只是调遣阶段。"

"这次很容易搞定，安德。"阿莱说。

"是很容易，但小心没大错。我希望不损失一艘飞船就全歼它们。"

安德将预备队分成两群，躲在阿莱后方的安全距离外。豆子的位置已经超出模拟器的范围，安德只好不时切换到他的视角以追踪他的方位。

与敌人直接斗智斗勇的是阿莱的部队，他的舰队组成一个子弹头阵形，试探着敌军的虚实。他的舰队一靠近，虫族的飞船就往后撤，似乎想把他们引向中央那艘敌舰。阿莱的战机没有冲上去，从敌人旁边通过。但虫族的飞船随即跟上了他们，等他们回头靠近时，虫族飞船再一次往后撤退。当阿莱的战机再次掠过敌军旁边时，虫族飞船又恢复成一个球状。

佯攻，撤退，避开到一边，然后又撤退，佯攻，虫族不断地玩着这个"猫捉老鼠"的游戏。尔后，安德发出指令："冲进去，阿莱。"

阿莱的"子弹头"冲了进去，他朝安德喊道："你知道他们会敞开大门让我冲进去，然后将我包围起来活生生吞掉。"

"不要管中央那艘敌舰。"

"听你的，头儿。"

敌人的球体开始收缩。安德投入他的预备队：敌军的飞船集中在球体侧面，离预备队不远。"攻击那里，它们最集中的地方！"安德喊道。

"这种行动违背了过去四千年积累的军事经验。"阿莱说，他调动自己的战机朝前冲去，"我们应该在力量超过对方的地点寻求突破。"

"在这次模拟战斗中，他们显然不清楚我们武器的威力。这个办法只会奏效一次，那就让它更灿烂些吧。开火时机由你自决！"

阿莱启动了"设备医生"。模拟器里的场景非常壮观：开始时是一两艘，接着是数十艘，然后绝大部分敌舰都被炸得粉碎，发出了耀眼的光芒。"保持安全距离。"安德喊道。

球体远处的几艘残余敌舰虽然没有受到连锁爆炸的影响，但要把它们干掉实在是太容易了。豆子秋风扫落叶似的消灭了几艘向他的方向逃亡的敌舰——战斗结束了。这场战斗胜得比他们最近几场战斗更加容易。

安德向马泽指出这个情况，马泽只耸耸肩："这是模拟真实进攻时的情形。总会有一场战斗是在他们没有了解我们实力的情况下进行的。现在你们的困难才真正开始。不要为这次的胜利而骄傲自大，很快我就会让你面对真正的挑战。"

安德每天要和他的支队长训练十多个小时，但他们的训练时间不是连续的。马泽会在下午让他们休息几个小时。由马泽监控的模拟训练每隔两三天就进行一次。正如马泽所承诺的，他们不能再轻易取胜了。敌人很快就不再试图包围安德，不再将舰队聚集在可以产生连锁反应的距离。每次都会出现一些新情况，一次比一次困难。有时安德只能拥有一艘星际战舰和八架战机，有时敌人会躲在小行星带里面，有些时候敌人甚至会留下固定的空间站，当安德命令他的支队长接近搜查时，它就会爆炸开来，让安德损失了不少兵力。"你不能漠视你的损失！"一次战斗之后，马泽朝他吼道，"实战中你不会拥有无限的计算机模拟出来的战机，你只会有一点兵力，再也不会增加了。必须习惯不作无谓的牺牲。"

"这不是什么无谓的牺牲。"安德说，"如果我总是害怕损失飞船，不敢冒险，我是无法打赢战斗的。"

马泽微笑着说："非常好，安德。你开始掌握诀窍了。但在真实的战斗中，你是会有上级的，更糟糕的是，他们会因为你的损失暴跳如雷。你看，如果敌人够聪明的话，他们就会在这里截住你，消灭汤姆的部队。"他们一起回顾整场战斗。在下一次训练中，安德会把马泽向他指出的失误展示给他的支队长,他们很快就会懂得如何避免再犯同样的错误。

安德的伙伴们都认为自己已经做好了参战准备。这一队人合作无间,一起面对真正的挑战。他们之间的信任更胜从前,战斗也开始变得让人愉快。他们告诉安德说其他不用训练的人会到模拟室来观看他们训练。安德想象着朋友们陪伴着他的情形,他们会一起为取得的胜利欢呼大笑,也会为危急情况提心吊胆。有时他觉得这会影响他的注意力,但另一些时候,他渴望他们都能在自己身边。甚至在他躺在木筏上、沐浴在温暖的日光下时,他也从未感到如此孤单。马泽·雷汉只能算他的伙伴,他的老师,但绝对不会是他的朋友。

不过他没有抱怨。马泽已经说过,他的字典里没有"怜悯"这个词,安德开不开心对别人来说是完全不值得关注的。大部分时间里,这种情绪甚至对安德自己来说也是毫无意义的。他把精力都集中在训练上,努力从战斗中学习。他并不满足于从战斗中得到的某些特别的教训上,而是考虑着如果虫族更加聪明,它们会采取什么样的战术,在未来的战斗里他又如何应付。无论是睡是醒,他仿佛同时处于过去的战斗和未来的战斗之中。他对支队长们施加了太多压力,偶尔也会激起他们的反抗。

"你可真仁慈。"一天,阿莱说,"我们没做到随时随地聪明绝顶,你真该发火才是。如果你还这样惯着我们的话,我们说不定会觉得你喜欢我们哩。"

耳机里传来几个支队长的笑声。安德意识到他说的是反话,他的回答是长久的沉默。最后,他没有理会阿莱的抱怨。"再来一次,"他说,"这一次别自伤自怜的了。"支队长们又重新进行了一次训练,这次做得很好。

支队长们对作为指挥官的安德的信任与日俱增,但他们之间的友谊、在战斗学校里的美好回忆,却慢慢淡化、消失了。支队长们之间现在变得更加亲密,更加互相信任对方。但安德不再跟支队长们一伙,他不仅是支队长们的老师,还是支队长们的指挥官。安德和支队长们之间的距离正像马泽和安德之间的距离一样,他也和马泽对自己那样对支队长们无比苛刻。

至少,在他醒着的时候是这样。每天晚上洗澡准备上床时,他的脑子里仍然在和模拟器战斗。但入睡后,其他事情开始出现在他脑海中。他常常想起那具巨人的尸体慢慢地腐烂。虽然他记不起它在电脑屏幕上的形状,但它在他的梦中变成了真实的尸体,死亡的气息在它上面挥之不去。在他的梦中,很多事物都变了样。那个在巨人肋骨之间形成的小山村现在住满了虫族居民,它们神情庄重地向他致礼,就像古罗马的角斗士们在供罗马皇帝消遣而死之前那样。在他的梦里,他对虫族没有仇恨。甚至在知道了它们已经把虫族女王藏起来时,他也没有停留下来搜寻它的踪迹。他总是很快离开巨人的尸体。在他到达操场时,那群孩子总在那儿出现,嘲笑他。他们的面容属于他所认识的人。有时是彼得,有时是邦佐,或者是史蒂生和伯纳德。还有的时候,这群可怕的东西变幻成阿莱、沈、米克和佩查的样子。有时它们中的一个会变成华伦蒂,在他的梦里,他仍然会把她扔进水里,看着她渐渐沉没。她无助地在水里挣扎求生,最后慢慢地不动了。他将她拖出水面,拉上他的筏子,她躺在那儿,脸上因恐惧而变形。他俯在她身上号啕大哭,高声尖叫。他一次又一次喊着:这只不过是个游戏,是个游戏。他只是在玩游戏!

然后马泽·雷汉摇醒他。"你在梦中大叫。"他说。

"对不起。"安德说。

"没什么,是时候开始下一场战斗的时候了。"

训练的进程逐渐加快。现在他们每天进行两场战斗,安德尽量压缩训练时间。别人休息时,他翻看以往的战斗录像,试图找出自己的薄弱环节,为下一场战斗做好准备。在这段时间里,有时他能抓对敌人的路子,将敌人打得溃不成军。但也有些时候,他却被敌人变幻莫测的战术弄得一筹莫展。

"我认为你在作弊。"一天,安德对马泽说。

"喔?"

"你可以观看我的练习过程,你知道我在做什么。无论我做什么,你好像都做好了准备。"

"你看到的战况绝大多数都是计算机模拟出来的,"马泽说,"你的新战术只有在战斗中用过一次之后,计算机才会对它作出反应。"

"那么是计算机在作弊。"

"我看你需要多睡一会儿,安德。"

但他无法入睡。夜里,他醒着的时间越来越长,睡眠质量越来越差。他常常在夜里惊醒,不知是为了考虑游戏的事还是想逃离他的梦魇。睡梦中仿佛有人在驱赶着他,迫使他翻出最可怕的记忆。这些记忆似乎变成了现实,他再次生活在其中。对他来说,夜里的梦变成了真实的情景,而白天倒好像是在梦中。他担心自己不能清醒地思考问题,这会让他在玩训练游戏时不能集中注意力。但每次只要游戏开始,它总是能刺激他的神经,让他兴奋起来。他怀疑自己的理智正在慢慢丧失,但又不知道如何确认这一点。

他似乎真的在失去理智,不再像以往一样只损失几架战机就能取得胜利。有几次敌人的诡计使他的弱点暴露无遗。还有几次敌人迫使他展开消耗战,他的胜利看上去靠的是运气而不是战术。这时马泽的脸上就会露出轻视的神情,他会对那场战斗作出点评。"看看这些,"他会说,"你根本无须这样做。"而安德则会和支队长们重新投入训练。支队长们试图保持高昂的士气,但有时他们不断犯错的事实会让他的失望情绪不自觉地流露出来。

"有时我们难免犯错误。"有一次佩查在他耳边说。这是个寻求安慰的借口。

"有时我们不会。"安德回答她。即使她应得到安慰,安慰也不会来自他。他只会当她的老师，让她在别人那里寻求安慰吧。

有一次，战斗几乎演变成一场灾难。佩查将她的部队带得太远，暴露了目标，这时她才发现安德的主力并没有跟在她附近。仅过了一小会儿，她就几乎全军覆没，只剩下了两艘战舰。

安德追上她，命令她将两艘战舰移到别的方位。她没有回答，也没有任何反应。她再不行动的话，那两艘战舰也将无一幸免。

安德立即醒悟到自己把她逼得太紧了。她太出色了，所以他经常挑选她参加战斗。除少数人之外，他对她比任何人都苛刻。但现在没有时间理会佩查，也没有时间为自己对她所做的事内疚。他命令"疯子"汤姆接替佩查指挥那两架残余的战舰，继续战斗，尽力挽回败局。佩查的任务是整场战役的关键，她一败下阵来，安德的战略几乎彻底垮台了。如果敌人不是太急于利用优势、行动又过于笨拙的话，安德或许已经失败了。但沈及时抓住机会使用了"设备医生"，一次连锁反应就分解了一大群靠得太近的敌舰。"疯子"汤姆指挥那两艘残存战舰趁机通过这个缺口，重创了敌人。虽然他和沈的部队最终还是被消灭了，但他们为战友创造了机会。"苍蝇"莫洛指挥他的部队肃清了残敌，艰难地取得了胜利。

在战斗结束之时，安德听到佩查在麦克风里抽泣着："告诉他我很抱歉，我只是太累了，脑子无法思考，就是这样。告诉安德我非常抱歉。"

接下来的几场训练她都没有参加。当她再次归队时，她的反应已经不像以前那样迅速，胆子也越来越小。使她成为一个优秀指挥官的大部分潜质已经丧失。安德无法再用她了，只有执行一些例行巡逻任务时，在安德的严密监管之下，她才有机会重新指挥。佩查不是笨蛋，她知道发生了什么事。但她也明白安德没有别的选择，她对安德表示了理解。

摆在眼前的事实是佩查已经崩溃了，而佩查还远远不是他的支队长中最弱的一个。这是一个警告——他不能给支队长们施加超出他们承受极限的压力。在这以后，每次指派支队长时，他都要留意他们的训练频率，以免他们过度劳累。他必须让大家轮流休息，这意味着有时在战斗中他只能指派一些实力稍差的支队长执行任务。给他们减缓压力，相当于给自己施加更大的压力。

一天深夜，一阵痛楚将他惊醒。枕头上有一摊血迹，他的嘴里有一股鲜血的味道，手指颤抖着。他意识到在睡着的时候，他把自己的手放进了嘴巴。鲜血淌个不停。"马泽！"他大叫。马泽·雷汉惊醒了，立即召唤医生。

医生帮他处理伤口时，马泽说："我不管你咬得多厉害，安德，自残肢体并不能让你离开这个学院。"

"我睡着了，"安德说，"我根本没想过离开指挥学院。"

"很好。"

"其他人呢，那些没有通过训练的人。"

"你在说什么？"

"在我之前，你的其他学生，那些没有通过训练的，他们现在怎么样了？"

"什么事也没有。我们并没有惩罚任何人。他们只是——不再继续训练。"

"像邦佐·马利德。"

"马利德？"

"他回家了。"

"跟他不一样。"

"那他们怎么样了？他们失败的时候，会怎么样？"

"这很重要吗，安德？"

安德没有回答。

"没有人在这个训练进度上失败，安德。你看错了佩查，她会恢复状态的。但佩查是佩查，你是你。"

"我的一部分就是她，是她造就了我。"

"你不会失败的，安德。不会这么早。你经历了艰苦的磨炼，但你总能打赢。你还不知道自己的极限在哪里。但如果你觉得自己已经达到了极限，那么你就比我想象中更为软弱。"

"他们死了吗？"

"谁？"

"那些失败的人。"

"不，他们不会死。天哪，孩子，你玩的是模拟游戏。"

"我想邦佐一定死了。昨晚我梦到了他。我想起我把头撞到他脸上时，他看着我的眼神。我一定把他的脑袋撞碎了，那些血从他眼睛里流出来。我想在那时他已经死了。"

"只是个梦罢了。"

"马泽，我不想不断梦到这些东西。我害怕睡觉，我总是想起一些不想回忆起的事。我的一生都在我眼前放出来，似乎我是一台记录器，而另外一个人却看着我生命中最可怕的一部分。"

"不管如何，我们不能让你吃安眠药。很抱歉让你做了噩梦。睡觉时我们把灯开着好吗？"

"别开玩笑！"安德说，"我担心自己发疯。"

医生包扎好了绷带，在马泽的提示下离开了。

"你真的很害怕？"马泽问。

安德想着，他不能确定。

"在我的梦里，"安德说，"我无法肯定我是否还是真实的自己。"

"那些怪异的梦就像是个安全阀，安德。在你的生命中，我给你施加的这些压力才只是开始。你的身体在压力下寻求补偿，就是这样。你是个大小伙子了，不要再害怕漆黑的夜晚。"

"好吧。"安德说。他决定以后不再把他的梦告诉马泽。

日子一天天过去，每天都是一成不变的训练，直到安德显示出崩溃的迹象。他开始患上了胃疼的毛病。医生让他改吃清淡的食物，但很快他便对任何食物都失去了胃口。如果马泽对他说："吞下去！"安德就会机械地将食物放进嘴里。但只要没有人命令他吃东西的话，他就会呆坐在食物面前一动不动。

又有两名支队长步佩查的后尘崩溃了，即使在休息时，压力也令他们喘不过气来。现在的每一场战斗，敌人的兵力都是他们的三四倍之多。而且当形势不妙的时候，敌人更多地采用撤退战术，它们会在后方重新集结兵力，负隅顽抗，战斗于是变得越来越长。有时在他们击毁最后一艘敌舰之前，战斗会持续数小时之久。安德开始在同一场战斗中轮换他的支队长，让精力充沛的后备接替那些开始变得迟钝的人。

"你知道吗，"一次豆子抱怨说，他正接过"热汤"韩楚残余四艘战舰的指挥权，"这个游戏远不像以前那么有趣了。"

尔后，在某天训练中，安德正给他的支队长分配任务时突然眼前一黑，倒下去撞在控制面板上，脸上鲜血直流。

教官们赶忙让他卧床休息。接下来的三天里，他一直处于迷迷糊糊的状态。他想起了在梦里见过的面孔，但他知道那些并不是真实的面孔。有几次他见到了华伦蒂，还有彼得、战斗学校的朋友，另外几次他则见到了虫族正在解剖他的尸体。当他见到格拉夫像个慈祥的父亲般弯着腰对他说话时，他的梦似乎变得真实起来。但醒来之后，他唯一看见的只是他的敌人——马泽·雷汉。

"我醒了。"安德说。

"我知道，"马泽回答说，"你休息得够久了。今天你有一场战斗。"

于是安德起身投入战斗，他又打赢了。但那一天只进行了一场战斗，教官们提早让他上床休息。脱下衣服时，他的双手抖个不停。

夜里，他在迷糊之中感到有两只手正在温柔地抚摸着自己，充满了友爱和关怀。他在梦中听到有两个声音在说话。

"你从来没有对他这么关心。"

"那时他还没有肩负起这个重任。"

"他还能支持多久?他正在崩溃的边缘。"

"他会坚持到底的,就快结束了。"

"这么快?"

"还有几天,他会挺过来的。"

"他还能行吗?你看看他现在的样子。"

"没事的。即使在今天,他的表现也比以往好。"

在他的梦里,这两个声音听上去像格拉夫上校和马泽·雷汉。但在梦中总是如此,最疯狂的事情总会发生,因为他甚至梦到其中一个声音说:"我受不了了,真不想让他继续受这种折磨了。"另一个声音回答说:"我知道,我也同样爱他。"然后,说话的人变成了华伦蒂和阿莱,在他的梦里他们俩正在埋葬他,在他们掩埋他尸体的地方,一座小山拱了起来,他的身体慢慢风干,变成了虫族的家园,就像游戏里的巨人那样。

全都是梦。如果他能得到关爱和怜悯,那也只能发生在他的梦里。

他醒过来打了另一场战斗,再次取得了胜利。尔后,他又上床睡觉,生活在自己的梦里。接着又是战斗、胜利、睡觉……他几乎没有注意到自己什么时候清醒,什么时候睡着,而他也毫不在意。

虽然没有人告诉他,但下一天将会是他在指挥学院里的最后一天。当他醒来时,马泽·雷汉没有在房间里等着他。他梳洗完毕,等着马泽来解封房间的舱门。但马泽没有出现。安德试着推了推门,它打开了。

这个早晨马泽对他放任自流,这是个意外吗?没有人陪伴着他,告诉他必须吃饭,必须训练,必须睡觉,完全没有人管他。自由。现在的问题是,他反而不知道自己要做些什么。他想了一会儿,觉得应该去找他的支队长,和他们面对面交谈,但他不知道他们在哪里。也许他们全去了二十公里以外,他不知道。他神志恍惚地穿过走道,来到食堂吃早饭。几个军官坐在旁边,正开心地交流着黄色笑话,安德一点儿也听不懂。尔后,他走向模拟室进行训练。虽然自由了,但除了训练之外,他找不到别的事情可干。

马泽正在那里等着他。安德慢慢踱进模拟室。他的步伐有些零乱,身体疲惫迟钝。

马泽皱着眉头。"你醒了吗,安德?"

模拟室里还有些别的人。安德不知道为什么他们会在这里,但他懒得去问。根本不值得开口,反正没有人会告诉他。他走到控制台前坐下来,开始做战斗准备。

"安德·维京,"马泽说,"请转过身来,今天的游戏需要作一些小小的说明。"

安德转过身,扫了一眼聚集在房间后面的那群人。大部人他从来没有见过,有些甚至穿着便服。他看见了安德森,对他会出现在这里感到奇怪。他走了谁来照看战斗学校?他还看到了格拉夫,这让他想起在格林斯博罗郊外森林里的小湖,他很想回家。带我回家去吧,他无声地对格拉夫说。在我的梦里,你说你是爱我的,带我回家吧。

但格拉夫只是朝他点点头,这是一个问候,而不是承诺。而安德森看上去则好像根本不认识他似的。

"请留心听着,安德。今天是你在指挥学院的最后一场测试。这些观察员将对你的学习情况做出评估。如果你不想他们在房间里,我们可以安排他们到另一台模拟器上观看。"

"没关系,他们可以留下。"这是最后的测试了,过了今天,或许他就可以好好休息了。

"这次要对你的能力极限进行公平的测试,因此,这次的测试不会像你以前的训练一样,你将会碰到前所未有的挑战。今天的战斗加入了一些新的元素。战斗的地点是在一颗行星周围，这会对敌人的战略产生影响，同时也会迫使你根据情况灵活反应。今天，请集中全部精力。"

安德召唤马泽走近，轻声问："我是第一个达到这个进度的学员吗？"

"如果今天你打赢了，安德，你将成为第一个取得成功的学员。我没有权力说得更多了。"

"好吧，可我有权利了解它。"

"过了今天，你想怎么任性都行。但今天，如果你能将全副精神都集中到这个测试中，我将感激不尽。不要浪费你从前所付出的努力。现在，你怎么对付那颗行星？"

"我必须派人到背面侦察，那是个盲点。"

"没错。"

"而且重力将会影响我的燃料——向着它飞行将比离开它更省燃料。"

"是的。"

"可以用'小大夫'来对付这颗行星吗？"

马泽变得严肃起来。"安德，在两次入侵期间，虫族都没有攻击平民。这将导致报复，必须由你决定它是不是个明智的策略。"

"那颗行星是唯一的新玩意吗？"

"哪次战斗我只会给你唯一一个新玩意？你想得起来吗？我向你保证，安德，今天我不会对你手软。我要对舰队负责，不能让一个二流学员毕业。我会尽全力对付你，安德，决不会放你一条生路。在你脑子里，你要记住你学会的所有知识、你对虫族的所有了解，你会有一个公平的机会。"

说完，马泽离开了房间。

安德对着通话器喊道："你们都来了吗？"

"我们全部都在，"豆子说，"今天的训练有点耽搁了，是吗？"

看来他们没有把事情告诉那几个支队长。安德考虑着是否应该告诉他们这场战斗对他有多重要，但他认为他们的精力已经够集中了，再也增加不上去了。"对不起，"他说，"我睡过头了。"

他们笑了起来，没人相信。

他领着他们在太空中冲刺了几圈，为即将来临的战斗热身。他比以往花费更长时间清理自己的思绪，将注意力集中到指挥工作上。很快，他就恢复了状态，他又变得思维敏捷，反应迅速。他对自己说，我觉得我的头脑还够清醒。

模拟器清屏。安德等待着游戏开始。如果我通过了今天的测试会怎么样？

还有另一所学校要去吗？还会有一年或两年严格的训练吗？还会有几年被孤立起来吗？还会有几年被别人推来搡去吗？还会有几年我无法控制自己的生活？他试着计算自己的年龄，十一岁。不对，很多年前自己就已经到十一岁了吧？还是很多天以前？肯定是在这里到的十一岁，在指挥学院，但他想不起具体日子了。或许十一岁那天他根本没有留意。没有人留意他的生日，或许除了华伦蒂。

等待游戏开始的时候，他希望自己这次会失败，来一次完完全全的惨败，他们就不会再让我训练。就像邦佐，他们让他回家了。邦佐已经被派到喀他赫纳。他想被派到格林斯博罗，打赢了意味着他的苦难将会继续，而失败了则意味着他可以回家。

不，不对，他对自己说。人类需要我，如果我失败了，或许我根本无家可归。

但他不相信会这样，尽管他的理智告诉他是这样。另一方面，在头脑的更深处，他很怀疑人类是否真的需要他。马泽对他的逼迫只是另一种诡计，只是为了让我做教官们希望我去做的事。只是为了不让我停顿下来，不让我去干别的事，永远不让。

敌人的舰队出现了，安德的厌倦变成了绝望。

敌军的数量与安德的部队相比几乎达到了1000比1，模拟器用绿色光点显示敌人。敌人组成数十个不同的编队，不停变换着方位和形状，看上去仿佛杂乱无章地穿过模拟器上空白的区域。他的舰队没有办法通过它们的阵形——明明看上去是空旷的区域突然会收拢变窄，接着另一个地方又空了出来，而那些看上去可以通过的薄弱阵形也会突然之间变得无法穿越。那个行星就在远处的屏幕边缘，安德只知道，在它的后面，在模拟器显示区域之外，还有大量敌舰等着他。

至于他的兵力，这次只有二十艘星际战舰，每艘只装载了四架战机。他知道这种只配有四架战机的飞船是旧型号的产品，行动笨拙，而且舰上"小大夫"的有效范围也只有新式飞船的一半。他们总共只有八十架战机，却要和至少五千艘或许一万艘敌舰作战。

他听到了支队长们沉重的喘息声，后面的观察者也发出了轻声诅咒。总算有人注意到这不是个公平的测试。但这无济于事，公平根本不属于这个游戏，这是毫无疑问的。他连一丁点成功的机会都没有。我通过了前面所有的测试，可他们却不想让我通过这最后一个。

在他的脑海里，他又见到了邦佐和那群帮凶威胁他生命时的情形，那时他可以羞辱邦佐，和他单打独斗，但在这里是完全不可能的。而且他没有敌人预料不到的绝招，就像他在战斗室里面对大孩子时那样。马泽对安德的能力太了解了。

身后的个别观察者开始咳嗽，还有人在紧张地踱着步子。他们开始意识到安德可能会不知道怎么应付这个局面。

我不会在意了，安德想。你们可以随意改变规则。如果你们甚至连一丁点机会都不给我，我为什么要玩下去呢?

这就像他在战斗学校里的最后一场战斗，那时他们用了两支战队同时对付他。

就在他想起那场战斗的时候，豆子也想到了，他的声音在耳机里响起:

"记住，敌人的大门在下方。"

莫洛、"热汤"韩楚、威列德、登柏，还有"疯子"汤姆都笑了，他们也想起来了。

安德也笑了。这很滑稽。大人们把所有一切看得如此严肃，孩子们也同样如此，直到突然之间，那些大人走火入魔，把它当作了真实的战争，而孩子们则看穿了他们的把戏。算了吧，马泽，我才不关心能否通过你的测试，我才不管要不要遵守你的规则，如果你能作弊，那么我也能。我不会让你用卑鄙的手段打败我——我要先下手为强。

在战斗学校的最后一场战斗中，他赢得胜利的方法就是不理会敌人的进攻和自己的损失，他所做的只是通过敌军的大门。

而敌军的大门正在下方。

如果我打破了这条规则，他们是不会让我成为司令的。让我当司令太危险，我不会再玩这个游戏了。但那就是我的胜利。

他飞快地对着麦克风吩咐几句。下属支队长们分领自己的部队，集结成厚厚的一团，一个球体，指向距离最近的敌方队形。敌人没有试图击溃安德的舰队，它们巴不得把他的舰队引进纵深，团团围住再下手痛歼。马泽至少考虑到了一点，到了这个时候，敌人已经知道了我的厉害，安德想。可这样一来，我就可以争取到一点时间。

安德命令向下躲开敌人，然后拐向北面，接着是东面，然后往下飞去。他看上去毫无计划，但每次都离敌人的行星更近一点。最后，敌人终于开始逼近，未免太近了些。猛然间，安德的队形散开。他的舰队仿佛变得一团混乱，那八十架战机似乎没什么预先计划，只是各自为战，胡乱朝敌人开火，各自毫无指望地分头冲入虫族舰群。

几分钟战斗后，安德又一次低声吩咐他的支队长。转眼之间，残余战机中有十多架重又聚合到一起组成编队。但是现在，他们已经将敌人最强大的那个舰队集群甩在身后。付出巨大代价之后，他们终于穿透敌人的封锁，离敌人的行星只剩下不到一半的距离。

敌人现在明白了，安德想。马泽肯定能看穿我的意图。

或许马泽不会相信我会这样做。这样更好。

安德弱小的舰队左冲右突，他派出两三架战机佯装进攻，然后又命令他们回撤。敌人向他们逼近，收缩自己四散分布的舰只，集结兵力准备作最后一击。敌军在安德的外围层层设防，他已经无法逃进开阔空间。他们向他步步紧逼。太好了，安德想，近点，再近一点。

然后，他悄声发布一道命令，飞船像流星一般朝行星表面坠落下去。这些飞船都是星际战舰和太空战斗机，完全没有承受穿进大气层所产生的热量的装备。但安德并没有打算让它们这样做。几乎就在它们开始俯冲的那一刹那，他们都将舰上的"小大夫"瞄准到一个唯一的目标——那颗行星。

一架、两架、四架……他的七架战机被击中爆炸开来。现在这已经成了一场赌博，就看他能有几架战机能够坚持到达发射范围。一旦它们能够将目标锁定在行星上，事情很快就会见分晓。只需要瞬息时间能够启动"设备医生"，这就是我的全部希望。安德突然想到，或许计算机没有被编排程序模拟行星受到攻击后的情形。要是这样的话，我应该怎么做？要大吼一声"嘭"，说你们死了？

安德把手从控制台上拿开，俯下身子紧盯着屏幕。现在影像已经移近到敌人的行星，飞船正因受到它的引力而急速坠落。肯定已经到达发射范围了，安德想。它一定被"设备医生"击中了，计算机不知道怎么处理它的影像。

现在行星的表面已经占据了半个屏幕，行星正在冒出一团团气泡，接着是一声惊天动地的爆炸，无数行星残骸向外朝着安德的战机飞来。安德试着想象行星内部所发生的变化。能量场不断膨胀，它的分子猛然爆裂，但分裂后形成的原子却无处可去。

三秒钟内,整个行星完全炸裂开来,变成一个由明亮的尘埃组成的球体,行星碎片急速向外飞来。安德指挥的战斗机是第一批被毁灭的目标,代表它们的光点突然消失了,现在模拟器只显示出紧紧尾随的敌方飞船。它们很近,和安德预料的一样。行星的连锁反应呈球状向外扩展,它的速度使敌军的飞船来不及躲避。大爆炸裹挟着引发它的带着"小大夫"的战机不断扩张,一艘接一艘地将在其扩展路径上的飞船统统分解成一团团闪亮的尘埃。

只有在模拟器屏幕的最边缘,"设备医生"造成的能量场才开始衰减。两三艘残余的敌舰正在半空中飘浮着。安德自己的旗舰没有受到波及,但大量敌舰和它们所保护的行星都变成了一堆粉尘。重力吸引了大量残骸,粉碎的行星物质正再次朝下坠落,重新聚成大团尘土。这是一颗新的行星,正变得越来越热,而且在高速旋转。它现在比以前那颗行星的体积小多了,大部分质量都变成了一团团云雾,正在向外飘散。

安德的头盔里充满支队长们喜悦的欢呼,他摘下头盔,这才发现房间里已是一片欢腾。穿着制服的军人互相拥抱,他们大笑着,欢呼着;其他的人则在痛哭;有些人跪在地上或趴在地上,安德知道他们正在祈祷。但他不明白这是怎么回事。完全不对头,他们应该生气才对呀。

格拉夫上校推开拥抱着他的人,奔到安德面前。泪水从他的脸上滴落,但他却在笑。他弯下腰,伸出手臂拥抱安德。安德吃了一惊。他抱得很紧,轻声对安德说:"谢谢你,谢谢你,安德。感谢上帝把你带给了我们,安德。"

其他人也围了过来,握着他的手向他表示祝贺。他竭力想弄明白这是怎么回事。他最终通过测试了吗?可这是他的胜利,而不是他们的,而且他作了弊。为什么他们的表现看上去似乎他取得了光荣的胜利?

人群分开,马泽·雷汉走了过来。他直接来到安德面前,伸出手。

"你做了一个艰难的选择,孩子。胜利或失败,消灭它们或被它们消灭,都只在你的一念之间。但上帝知道你没有别的选择,你只能那样做。祝贺你。你打败了它们,一切都结束了。"

一切都结束了,打败它们?安德不明白。"我打败的是你。"

马泽笑了起来,更大的笑声响彻了整间屋子。

"安德,你从来没有和我对战。自从我成为你的敌人之后,你的游戏就不再是'游戏'了。"

这似乎是个笑话,但安德没有听懂。他打了无数场游戏,付出了大量心血,可现在他却说这不是游戏?他开始生气了。

马泽伸手放在他的肩膀上。安德甩开了他的手。马泽的神情严肃起来。"安德,在过去的几个月里你已经成为了我们的舰队司令。这就是第三次入侵。没有什么游戏,那些战斗是真实的,而唯一与你作战的敌人就是虫族。你打赢了每一场战役。今天,你终于和它们在母星上决一死战,它们本土的虫族女王和所有殖民地的女王都在那上面,而你将它们全部都消灭了。它们不会再来侵略我们了。这全是你的功劳,你拯救了世界。"

这是真的,不是游戏?安德太累了,他一点也不明白。他指挥的飞船不仅仅是在屏幕上的光点,都是真实的飞船,他毁灭的飞船也是真实的飞船。而且那个被他炸得粉碎的世界也是真实的。他走过人群,躲开人们的祝贺、热情的手和喜悦的表情。他回到自己的房间,脱下衣服,爬进床铺的深处,然后睡着了。

安德是被人摇醒的。过了好一会儿他才认出来人是格拉夫和马泽。他翻身背对他们。让我睡觉吧。

"安德,我们要和你谈谈。"格拉夫说。安德再次翻过身子面向他们。

"从昨天晚上起,他们在地球上整天都在播放那场战役的录像。"

"昨天?"他已经睡了整整一天。

"你成了英雄,安德。全人类都知道了你的事迹,你和你的同伴的事迹。我想地球上的任何一个政府都会把他们最高级的勋章授予你们。"

"我把它们全杀了,是吗?"安德问。

"谁?"格拉夫说,"那些虫族?那就是我们的愿望呀。"

马泽俯下身子。"那正是这场战争的目的。"

"我杀死了它们所有的虫族女王。它们没法再繁殖后代,我把它们的一切全毁了。"

"如果它们攻击我们,它们也会这样做的。这不是你的错,我们不得不这样做。"

安德抓住马泽的制服,将马泽拉到面前。"我根本不想把它们全部杀死。我不想杀死任何人!我不是个杀人狂!你们需要的不是我,混蛋,你们要的是彼得,但你们逼我做这些事,你们欺骗了我!"他放声大哭,失去了控制。

"没错。我们是欺骗了你,这就是整个计划的关键。"格拉夫说,"我们只能用欺骗的手段,否则你就不能完成这个任务。这就是我们所处的困境。我们必须拥有这样一个指挥官,他同情虫族,这样才能像虫族一样思考,才能理解它们并可以预料它们的行动。他必须充满激情,这样才能赢得下属的敬爱,与他们合作无间,将他们联合成一部完美的机器,像虫族那样的完美机器。但具有这种同情心的人不可能成为我们所需要的冷酷无情的将领,无法不惜任何代价来取得胜利。如果你知道了真相,你是不可能完成这个任务的。而如果你是那种在知道真相后也愿意执行任务的人,你又不可能对虫族了解得如此之深。"

"而且必须由一个孩子来完成,安德。"马泽说,"你的反应比我快,智慧也比我高。我太老,太小心翼翼了。每个知道战争危害的正直的人都不可能全身心投入到战斗中去。但你不知道。我们设法不让你知道。你年轻、聪明,而且不计后果。这就是你出生的目的。"

"在每一架战机里都有一名真实的飞行员,是吗?"

"是的。"

"我命令飞行员冲下去送死,而我却一无所知。"

"可是他们知道,安德,他们义无反顾地执行命令。他们知道这是必须付出的代价。"

"可你们从未问过我!你们什么真相都没有告诉我!"

"你必须成为我们的武器,安德。就像激光枪和'小大夫',能够完美地运作,但却不知道你瞄准的目标是什么。将你瞄准目标的是我们,我们对此负责。如果有什么罪孽,那是我们的罪孽。"

"以后再说吧。"安德说,他闭上了双眼。

马泽·雷汉晃动着他的身体。"不要睡了,安德。"他说,"我们有件重要的事情要告诉你。"

"你们利用我完成了任务,"安德说,"别来烦我了。"

"这就是我们来这里的原因。"马泽说,"我们正想告诉你,人类是不会放过你的,绝对不会。地球陷入了疯狂,人类正准备开战,美国声称华沙条约国准备发起攻击,而对方则以同样的说法反驳。虫族战争结束还不到二十四小时,世界就重新陷入了战乱,而且情况比以往更糟。每一方都关注着你,每一方都想得到你。你是历史上最伟大的军事统帅,他们想让你领导他们的军队。美国人、盟军,所有利益集团都企盼着你。除了华沙集团,他们希望你死。"

"对我来说,这是个不错的选择。"安德说。

"我们必须把你从这儿带走。艾洛斯上到处都有俄罗斯裔的士兵,行政长官也是俄罗斯人。这里随时会变成血腥战场。"

安德再次翻身背对着他们。这次他们没有再打扰他。但是,他也无法入睡,继续听着他们说话。

"我怕的就是这个,雷汉。你把他逼得太紧了。那些前哨阵地能够抵挡一段时间。你本来可以让他不时休息几天。"

"你不也是这样做的吗,格拉夫?现在却要来对我评头论足,说本来该这样本来该那样?如果我不逼他,事情不知道会演变成什么结果。没有人知道。我只好采用自己的方法,这种方法起了作用。最重要的是,起了作用。记住我的辩白,格拉夫。或许有一天你也会用到它的。"

"对不起。"

"我看到了这件事对他造成的影响。丽琪上校说他很可能受到了永久性的伤害,但我不相信。他很坚强。对他来说,胜利至关重要,而他赢得了胜利。"

"别对我说什么坚强不坚强,这孩子只有十一岁。让他好好歇歇吧,雷汉。情况还没有最终恶化,我们可以派个警卫守在他的门外。"

"或许该派警卫守在别的门外,使人误以为那是他的宿舍。"

"随便吧。"

他们离开了,安德再次回到了梦中。

除了几次偶尔惊醒以外,安德一直在浑浑噩噩中度过。一次,他醒来了几分钟,感到有样东西压在他的手上,钻进肉里,手上持续传来一阵阵隐隐的痛楚。他伸手过去摸到了它,是一根针插进了他的血管。他试着把它拔出来,但它贴得很紧,他虚弱得连手都抬不起来。还有一次,他在漆黑中惊醒,听到有人在他附近低声咒骂,他们吵醒了他。他想不起他们在说些什么,只依稀记得有人说:"把灯打开。"再有 次,他醒来时好像听到有人在他旁边轻声哭泣。

或许已经过了一整天,或许是一个星期,而在他的梦里,时间好像过了数月之久。他似乎在梦中回顾着自己的一生。他再次回到了巨人的饮料游戏中,穿过长着狼脸的小孩,重新经历可怕的死亡,不断被杀死;他听到森林里传来一声低语,你必须杀掉那些小孩才能到达"世界尽头"。他试着回答,我根本不想杀死任何人,从来没有人问过我是否想杀死别人,但森林里传来嘲弄的笑声。当他在"世界尽头"跃出悬崖时,有几次没有像往常一样出现云朵接住他,而是来了一架战机,载着他飞到虫族母星上空,他在那里可以观察得非常清楚。当"设备医生"的能量场到达行星时,死亡在瞬间爆发。然后景象越来越近,直到他能看到每一个虫族居民爆炸开来,发出耀眼的光芒,在他眼前瓦解成一堆尘埃。虫族女王周围都是婴儿的尸体。只是那个虫族女王变成了妈妈,那些婴儿都变成了华伦蒂和他在战斗学校认识的伙伴。其中有一个是邦佐,他躺在那儿,鲜血从他的眼睛和鼻子里流出,他朝着安德叫喊,这不是你的荣誉。梦境每一次结束时,总是有某些能将人面容映照出来的东西出现——镜子、水池或战机的金属外壳。

开始时,里面是彼得的脸,满面鲜血,嘴里露出一截蛇尾。然而,过了一会儿,彼得的脸变成了安德自己的面孔,年老而悲伤,悲痛的眼里怀着对数十亿被谋杀者的忏悔——但那是他自己的双眼,他很愿意拥有这一双悲痛的眼睛。

在人类进行内战的五天里,安德一直处于这种状态之中。

当他再次醒来时,发现自己正躺在黑暗之中。远处传来"砰砰"的爆炸声。他听了一会儿,尔后,传来一阵轻柔的脚步声。

他翻过身,猛地伸手向空中一抓。确实有人,他抓住了某个家伙的衣服,将他拉倒在膝盖前。如果有必要,他可以杀掉这个人。

"安德,是我,是我!"

他认出了这个声音。它从他的记忆里浮出,仿佛在里面已经贮存了数百万年。

"阿莱。"

"赛俩目,呆子。你想干吗?要杀我?"

"是的,我以为你要对我行凶。"

"我只是不想吵醒你。好吧,至少你还剩下一点生存的本能。马泽这样形容你,他说你正在变成一个植物人。"

"没错,我正努力这样做。那些巨响是怎么回事?"

"这儿发生了一场战斗。我们这个区域实行了灯火管制,以保证安全。"

安德伸伸脚,想坐起来,但却办不到。他的头痛得要命,整个人缩作一团。

"不要坐起来,安德。没事的,我们会打赢的。并不是所有华沙条约国士兵都追随俄罗斯。当联盟统帅告诉他们说你仍然忠于联合舰队时,很多人都倒向了我们这边。"

"可我一直在睡觉。"

"他也没撒谎呀。你不会在梦里阴谋策划背叛我们吧,是吗?有些俄罗斯士兵告诉我们说,当他们的长官命令他们搜索你的踪迹并要杀死你时,他们几乎把他给杀了。不管他们对别人是怎么想的,安德,他们都敬爱你。整个世界都在看着我们的战斗。不管是白天还是黑夜,电视里一直播放着录像。我也看过一些,内容完全没有删节,里面可以清楚地听到你的声音在发布命令。你的表现非常出色,我想你可以到电视台找份工作。"

"我可没这个想法。"安德说。

"我在开玩笑,嘿,你会相信吗?我们打赢了。我们真想快点长大,这样就可以亲自参加战斗。我的意思是,我们都是小孩,安德,但我们确实参加了真实的战斗。"阿莱笑着说,"总之,你也有份。你那时真是太出色了,嗨,我怎么老说废话。我想不出当时你是怎么在最后关头使我们摆脱困境的,但你做到了。你那时真是个天才。"

安德注意到他说话时用的是过去式。"那我现在表现如何,阿莱?"

"仍然很出色。"

"哪方面?"

"在……任何方面。无数士兵愿意跟随你到宇宙尽头。"

"我不想去宇宙尽头。"

"那么你想去哪里?他们都会跟随你。"

我想回家,安德想,但我不知道它在哪里。

爆炸声沉寂下来。

"有声音传过来。"阿莱说。

他们仔细聆听着。门开了,有个人走进来,看上去个头很小。"结束了。"来人说。那是豆子的声音。就像为了证明他的话似的,灯突然亮了起来。

"嘿,豆子。"

"嘿,安德。"

佩查跟在后面走了进来,米克拉着她的手。他们走到安德的床前。"嘿,英雄醒过来了。"米克说。

"谁赢了?"安德问。

"我们赢了,安德,"豆子说,"当时你不是在场吗?"

"他没疯到那种程度,豆子。他是指刚才那场战斗。"佩查拉过安德的手,"地球上达成了一项停战协议,官员们已经谈判了好几天。最后大家接受了洛克提案。"

"安德不知道洛克提案是什么——"

"非常复杂,但对我们来说就是,国际联合舰队可以保留下来,但华沙条约国的飞船要撤出,它们正赶回地球。我认为俄罗斯之所以同意这项提议,是因为他们国内的各州爆发了一场起义。每个人的生活都被打乱了。这儿有五百人战死了,但在地球上的情况更糟。"

"联盟总部同意了。"米克说,"说到底是地球上的乱子,管他呢。"

"你还好吗?"佩查摸着他的头,"你把我们吓坏了。有人说你疯了,我们却认为他们才是疯子。"

"我是疯过。"安德说,"但我现在没事了。"

"你什么时候恢复正常的?"阿莱问。

"就在我以为你要来杀我的时候,那时我决定要先下手为强。我想我内心深处始终是个杀人狂。但我宁愿活着也不愿意被杀。"

他们大笑起来,都同意他的话。安德却突然哭了。豆子和佩查手足无措,他们跟安德靠得最近。"我想念你们,"他哭着说,"我真想见你们呀。"

"可你过去把我们整得不轻。"佩查回答说。她吻了一下他的脸颊。

"你们是最出色的。"安德说,"越是我最需要的人,我用得越厉害。是我的错。"

"现在每个人都没事了,"米克说,"缩在黑暗角落里整整五天,我们还有什么毛病治不好的。"

"我用不着再做你们的指挥官了,对吗?"安德问,"我不想再指挥任何人。"

"你不用再指挥任何人。"米克说,"但你永远都是我们的指挥官。"

大家沉默了一会儿。

"那么我们现在该做什么?"阿莱说,"虫族战争已经结束了,战争降临到了地球,甚至波及这里。我们该怎么办?"

"我们都是孩子。"佩查说,"他们可能会把我们送进学校。这是法律规定的。十七岁以前非得上学不可。"

他们全都大笑起来。他们一直笑着,直到泪水从他们脸上滑落。

CHAPTER
15
尾声——死者代言人

  湖依旧在那里。四下里没有一丝风,两个人坐在浮动平台的椅子上。一只小小的木筏系在旁边。格拉夫用脚钩着绳索,拽着筏子一下靠近,一下漂远。

  "你瘦下来了。"

  "一种压力长肉,另一种压力掉肉。我呀,完全受身体化学摆布。"

  "一定很难挨吧?"

  格拉夫耸耸肩:"还行吧。我知道自己被裁定无罪了。"

  "我们中有很多人不同意这个判决。大家都对那里发生的事感到震惊。虐待儿童、对谋杀事件的疏忽——那些记录邦佐和史蒂生死亡的录像相当可怕,看到一个孩子对另一个孩子做出那种事让人极为不安。"

  "其实,那些录像帮了我的大忙,救了我。检察官从中断章取义,而我们则将它完整地播放出来。一看就明白,事情不是安德挑起的。那以后,大家只管乱放马后炮,放放炮就完了。我申辩说我的所作所为都是为了保护全人类的生命,而且我的手段确实成功了。我们说服了法官,要求控方必须得拿出明确证据,证明即使没有接受我们给他的训练,安德也能打败虫族。在那之后,事情就简单了。毕竟是战争中嘛,不能过分苛求。"

"不管怎么说，格拉夫，这对我们来说是个极大的解脱。我知道我们之间曾有过争吵，他们利用我们的谈话录音作为起诉你的证据。但从那以后我就知道你是正确的，我为你作了辩护。"

"我知道，安德森。律师告诉了我。"

"你目前有什么打算？"

"我不知道，继续休假吧。我攒了几年的假，足够休息到退休为止。我还有大量工资，全存在银行里没动。我可以选择自己喜欢的生活，或许就这样什么都不做。"

"听上去不错，但我受不了。我已经收到三所大学的邀请，他们把我称为教育家。我说我在战斗学校里所关心的只是比赛，他们却不相信。我想我会接受另一份工作。"

"做体育协会专员？"

"战争已经结束，是重新回到体育运动的时候了。再说，那份工作几乎相当于放假。协会里只有二十八支球队。这么多年来看着那些孩子在战斗学校里训练，橄榄球比赛在我看来简直就像小孩玩泥巴一样简单。"

他们一起笑了起来。格拉夫叹了口气，用脚推动着木筏。

"那只筏子，你肯定坐不上去。"

格拉夫摇摇头。"是安德做的。"

"那就对了。你就是在这里把他带走的。"

"这地方甚至已经被奖赏给他了。我亲自关照，让他获得足够的回报，他会得到一辈子花不完的钱。"

"如果联盟同意让他回来用这些钱的话。"

"他们不可能让他回来。"

"怕德摩斯梯尼太来劲？"

"德摩斯梯尼已经不会在网上出现了。"

安德森抬了抬眉毛。"这是什么意思?"

"德摩斯梯尼已经退休了,永久性的。"

"你知道一些内情,你这个老混蛋。你知道德摩斯梯尼是谁。"

"曾经知道。"

"好吧,告诉我!"

"不。"

"你不是开玩笑吧,格拉夫?"

"我从来不开玩笑。"

"至少你可以把原因告诉我。我们中许多人都认为那个德摩斯梯尼总有一天会成为联盟霸主。"

"这是完全不可能的。而且,即使政治上追随德摩斯梯尼的那帮白痴也无法说服联盟总部同意让安德回到地球。安德太危险了。"

"他现在只不过才十一二岁。"

"这就更加危险,因为别人很容易就能操纵他。无论在地球上哪个地方,安德的名字已经成了一个符咒。一个少年上帝,神迹的创造者,能够将生与死玩弄于股掌之间。每个渴望称霸世界的野心家都想拥有这个孩子,将他推到战争前线,让这个世界争斗不休。如果安德回到地球,他最想的就是回到这里,休养生息,补偿失去的童年。但他们是不可能让他休息的。"

"我明白。有人向德摩斯梯尼解释过这个原因?"

格拉夫微笑着说:"是德摩斯梯尼向别人解释。因为有一个人能够控制安德,让安德替他征服世界,让所有的人都听命于他,使地球陷入危机。除他之外,任何人都无法做到。"

"谁?"

"洛克。"

"可洛克不是极力主张让安德留在艾洛斯吗?"

"事物往往不能只看表面。"

"对我来说太深奥了,格拉夫。我看我最好还是玩玩体育算了,至少它还有严谨的规则,有裁判,有开始和结束。分出胜负之后,每个人都可以回到自己妻子身边。"

"偶尔给我弄几张球票,行吗?"

"你不会真的想留在这儿一直到退休吧?"

"不。"

"你要加入联盟政府,是吗?"

"我是新上任的殖民部长。"

"他们真的要殖民?"

"一旦我们得到从虫族的殖民星球发回的报告,我们就会出发。我的意思是,反正那些地方都空着,而且土地肥沃,没有任何工业污染,并且所有的虫族都已经被消灭。它就像人类的世外桃源。有了它,人类将会废止《人口限制法》。"

"所有那些为人所不齿的——"

"所有被称为老三、老四和老五的孩子都会登上远征飞船,前往那些已知的或未知的世界。"

"人们真的愿意去?"

"人们总是渴望到远方去。永远如此。他们总是相信能在别的地方开创更美好的生活。"

"那倒是,或许他们会成功。"

起初安德以为一旦事件平息下来,舰队就会把他带回地球。但至今事件已经平息一年多了,他终于明白他们根本不想让他回去。对他们来说,他作为一个名字和传奇比作为一个有血有肉的人更为有用。

地球上举行了一场针对格拉夫上校的军事审判。切瑞纳格将军试图阻止安德观看，但他没有成功——安德也被授予了上将军衔，和切瑞纳格将军级别相等。这是仅有的几次他利用这个军阶的特权为自己谋取便利。他观看了自己与史蒂生、邦佐打斗的录像，他看着他们尸体的照片，听着心理学家和律师争辩他的行为是谋杀还是自卫。安德有自己的看法，但没人问他的意见。在整场审讯中，安德一直是受攻击的对象。控方非常聪明，没有直接攻击他，而是极力把他描绘成一个变态的、有犯罪倾向的疯子。

"不要紧。"马泽·雷汉说，"政治家们怕你，但他们仍然无法毁掉你的名声。或许三十年后，历史学家才会对你口诛笔伐。"

安德对自己的名声一点也不在意。他看着那些录像，没有流露出一丝感情，但实际上他觉得好笑：在战争中，我杀死了数百亿虫族，他们都是活生生的，像人类一样聪明的智慧生命，而且根本没有对人类进行第三次进攻。然而，没有一个人把这种行为称为犯罪。

他的心上压着沉甸甸的罪孽感，其中也包括因史蒂生和邦佐之死所造成的罪孽感，不比别的罪孽感重，也不比别的罪孽感轻。

背负着这些心理压力，他等了整整一个月，等着那个被他拯救的世界决定是否允许他回家。

他的朋友一个接一个离开了，他们回到家中与亲人团聚，在家乡受到了英雄式的欢迎。安德看着报道他们回到地球后的电视新闻，他们对安德赞不绝口，把他称为良师益友，他们说是安德带领他们取得了胜利。安德被深深感动了。但每当他们呼吁允许安德回到地球时，他们的声音就会被删掉，没有人听到他们的请求。

有一段时间，艾洛斯上的唯一工作就是清理那场血腥内战后留下的残迹，剩下的就是接收从探测飞船上发回的报告。那艘飞船曾经是战舰，现在用来探测虫族的殖民星球。

现在的艾洛斯比以前更为繁忙。不断有殖民者被送来这里，准备开始前往已经空无一人的各虫族星球的旅程，艾洛斯变得比战时更加拥挤。安德在官方允许的范围内参加了殖民工作。这些人连想都没想过，也许这个十二岁的男孩能像战争中一样表现出他的天才。安德习惯了他们的忽视，他学会了通过一小群乐意听取他意见的大人提出自己的想法，并让他们把它当作自己的建议提交实施。他所关心的不是能获得什么回报，只是想尽快地把事情干好。

他无法忍受的一件事就是殖民者们对他的崇拜。他学会了避开他们居住的隧道，因为他们总会认出他——全世界的人们都记住了他的面孔——然后他们会高声欢呼，拥抱他表示祝贺。他们会把那些以他的名字命名的孩子指给他看，他们说他这么年轻实在出乎人们意料。而且，他们从不指责那些谋杀事件，那不是他的错，他只是个孩子——

他尽量避开他们。

但有一个殖民者是他无法回避的。

有些天里，他没有待在艾洛斯上。他坐上定期航班来到了新的内恒星空间站，在那儿他学会了从事飞船上的工作。切瑞纳格将军曾对他说，高级将领从事下级工作不太合适，但安德回答说他从前学的那一行手艺现在没什么用了，所以他得学点别的技能。

有人通过头盔里的无线电告诉他，等他回到舱室后有人想和他见面。安德想不出有什么人是他想见的，他慢条斯理地干着自己的工作。他完成了飞船上"安塞波"发射器的安装工作，沿着钩索跨过飞船表面，把自己吊上去进入气密室。

来人在更衣室外等着他。有那么一会儿，他对他们让一个殖民者来这里烦他感到很生气，他到这里来的目的就是想避开那些人。可他再一次看了看，终于意识到如果面前这位女士还是个小女孩的话，他一定能把她认出来。

"华伦蒂。"他说。

"嘿，安德。"

"你来这儿干什么？"

"德摩斯梯尼退休了。我参加了第一批殖民远征队。"

"得用五十年才能到达那里——"

"在飞船上只会是两年。"

"但如果你再回来的话，你在地球上认识的每个人可能都已经去世了——"

"我想的正是这个问题。我很希望，某个在艾洛斯上我所认识的人能和我一起去。"

"我不想去那个从虫族手上偷来的世界，我只想回家。"

"安德，你永远不能再回到地球了。离开之前我亲自做的安排。"

他无言地望着她。

"我现在就告诉你，所以，如果你要恨我的话，你可以从一开头就恨我。"

他们走向安德在空间站上的小型办公室，她边走边对他解释。彼得希望他能在霸主顾问委员会的保护下回到地球。"目前的事实是，安德，这样只会让你落入彼得的魔掌，因为半数顾问都听命于他。那些尚未成为他爪牙的人也被他用别的方式控制着。"

"他们知道他的真正身份吗？"

"是的，他并没有公开身份，但权力高层的某些人知道他。这不成什么问题，他的影响力已经使他们忽略了他的年龄。他做了很多令人难以置信的事情，安德。"

"我注意到一年前有一项条约就是以洛克命名的。"

"那正是他的突破点。他通过在公共政治论坛的朋友提出了这项建议，然后，德摩斯梯尼对他表示支持。这正是他所企盼的一刻，利用追随德摩斯梯尼的愚昧民众和追随洛克的政治精英取得一项辉煌的成就。

那项条约阻止了一场可能会延续数十年的邪恶战争。"

"他决定要做一个政治家?"

"我想是的。但他常常不自觉地暴露出内心的邪恶。那时他向我指出,如果联盟彻底分裂,他就不得不逐块逐块征服世界。而只要联盟存在,他就可以一劳永逸地解决这个问题。"

安德点点头。"那才是我认识的彼得。"

"真是滑稽,对吗?彼得拯救了数百万人的生命。"

"而我却杀死了数十亿虫族。"

"我不是这个意思。"

"所以他想利用我?"

"他为你安排了一个计划,安德。当你回到地球后,他就会公开自己的身份,在所有的媒体面前迎接你。安德·维京的哥哥,就是那个伟大的洛克,和平的缔造者。和你站在一起,在别人眼里他就会显得更加成熟。他跟你现在长得更像了。然后,他会轻易接收整个世界。"

"为什么你要阻止他?"

"安德,你的余生将活在彼得控制之下,你不会开心的。"

"为什么不呢?我的生活一直都在别人的控制之下。"

"我也是。我向彼得展示了我搜集到的证据,足以向公众证明他是个心理变态的杀人狂。这些证据包括他虐待松鼠的全息照片,还有一些他折磨你时的录像。我花了不少心血才搜集到这些东西,他看过之后,表示愿意满足我的任何要求。而我想要的只是你和我的自由。"

"在我眼里,自由的定义并不是去占据别人的家园,而那些人正死在我的手里。"

"安德,发生的事已经发生了。虫族的星球现在空无一人,而人类的世界却人满为患。我们能够给那个世界带去过去从来没有的东西——充满生气的城市,自由的人民,每个人都随自己的感受喜爱或憎恨别人。

所有虫族世界的生活都极其单调乏味,当我们到达之后,那个世界将会变得多姿多彩,我们会一天天走向美好的未来。安德,地球是属于彼得的。如果你现在不跟我走,他总有一天会逮到你,让你生不如死。这是你摆脱命运的唯一机会。"

安德没有说话。

"我知道你在想什么,安德。你在想我正试图控制你,就像彼得、格拉夫或其他人一样。"

"我有过这个念头。"

"这就是人类的本性。没有人能完全控制自己的生活,安德。你能做的最好方法就是选择被善良的人所控制,被爱你的人所控制。我来这里并不是因为我想做一个殖民者。我来这里是因为我已经浪费了此前的生活和一个我最恨的兄弟生活在一起。趁现在还来得及,在我们成为大人之前,我希望有机会了解另一个我最爱的兄弟。"

"已经太迟了,我们都长大了。"

"你错了,安德。你以为你长大了,你对任何事都感到厌倦,但在心里,你和我一样,还是孩子。我们俩可以保守这个秘密。那时你会领导殖民政府,而我则撰写政治哲学评论,他们不会发现每天夜里我们会溜进对方的房间,一起玩跳棋,打枕头战。"

安德笑了起来,但他留意到她的话对某些事形容得过分轻描淡写了,不可能是出于无意。"领导?政府?"

"我是德摩斯梯尼,安德,是个振臂一呼万众响应的人物呢。一项公开声明会说我极力支持殖民,甚至将亲自登上第一艘殖民飞船。而同时,殖民部长——一位名叫格拉夫的前任上校也会宣布远征飞船的驾驶员将由伟大的马泽·雷汉担任,至于殖民政府的领导者将是安德·维京。"

"可他们尚未征得我的同意。"

"我想亲自来问你。"

"但它已经宣布了。"

"没有。如果你接受的话，他们会在明天宣布。马泽几小时前同意了，他正在返回艾洛斯。"

"你要告诉所有人你就是德摩斯梯尼？一个十四岁的女孩？"

"我们只是说德摩斯梯尼将和他们一起出发。就让他们用五十年的时间去翻查乘客名单，搜索枯肠找出里面哪个才是与洛克齐名的伟大的政治煽动家吧。"

安德笑着摇摇头。"你可真的找到乐子了，华伦蒂。"

"这我不能否认。"

"好吧，"安德说，"我会参加。如果你和马泽愿意帮助我，或许甚至当个领导者也无所谓。现在我的天才已经没有用武之地了。"

她尖叫一声，拥抱了他，在任何一个世界里，这时的她都像个地地道道的、刚从弟弟手里得到礼物的少女。

"华伦蒂，"安德说，"有件事我想说明一下，我到那里并不是因为你，也不是因为我想做一个统治者，或是因为我讨厌这里。我去那里是因为我对虫族的了解比任何人都深，或许我在那里可以更加深入地了解它们。我从它们手中夺走了它们的未来，我所能补偿的就是从它们的过去中学习。"

旅程漫长而平静。航程结束时，华伦蒂完成了她的《虫族战争史》的第一卷，她通过"安塞波"将它传回了地球，署名为"德摩斯梯尼"。安德在殖民者中赢得了尊敬，他们不再把他当作神，但依然敬爱他，尊重他。

他在新世界里努力工作，他总是用说服代替命令，从不对别人指手画脚。他和每个人一样努力工作，致力于建立一个自给自足的社会。大家一致认为，他应该做的最重要的工作就是去探索虫族留下来的设施，从它们的建筑、机械和土地上找出能被人类利用的东西。这里没有典籍让他们阅读——虫族根本不需要那些，所有事情都存贮在它们的记忆里，它们用思想来交流。当虫族灭亡后，它们的知识也随之湮灭。

然而，虫族为畜栏和粮食仓库建造的房顶异常牢固，安德从这些情况得知这里的冬天一定十分难熬，风雪将会非常猛烈。建筑外围的篱笆都装上了尖头指向外面的锐利木桩，他由此知道这里一定有危险的猛兽来袭击它们的庄稼和家畜。从它们的磨坊里，他得知了果园里那种长长的、味道古怪的水果在干枯落地之后，将会成为它们的主食。而且，他知道那些普通的虫人虽然没有独立意识，但它们确实非常喜爱自己的孩子。

生活渐渐安定下来，日子年复一年地过去了。殖民者们居住在木屋里，他们把虫族城市的隧道当作仓库和工厂。他们还成立了议会，选出了行政长官。对于安德，他们虽然把他称作总督，但实际上他的作用更像是一位法官。这里有犯罪与争吵，也有友爱与协作，人群之中有爱有恨。这就是人类的世界。他们不再热切地企盼从"安塞波"里传来的地球消息，地球上的风云人物对他们来说影响甚少。他们唯一知道的名人就是彼得·维京，他现在是地球的统治者。从地球上传来的唯一消息是个和平的信息，地球又再度欣欣向荣，一支巨大的远征舰队正离开太阳系，穿过小行星带，前往虫族的殖民星球。很快将会有其他殖民者来到这个世界——安德的世界，他们将会成为邻居。那些殖民者离这还有一半的距离，但没有人关心这些事。当新来者到达之后，他们将帮助那些人，把所学到的知识教给他们，但眼下他们生活中最重要的就是谁和谁结了婚，谁生病了，还有什么时候才到播种季节等鸡毛蒜皮的事。

"他们正在变成扎根土地的人。"华伦蒂说，"现在不再有人关心德摩斯梯尼今天出版了他的第七卷历史著作。这里根本没有人看这些东西。"安德按了一下键盘，他面前的电脑显示了下一页。"非常深刻，华伦蒂。你还准备写多少卷？"

"还有一卷，关于安德·维京的历史。"

"你打算怎么做，一直等到我死以后才写完它？"

"不，我将一直写下去，写到现在为止，我才会结束它。"

"我有个好主意。你可以写到我们打赢最后一场战役的那天，就此结束。在那天之后，我所做的事都不值一提。"

"或许会，"华伦蒂说，"或许不会。"

"安塞波"传来消息，新的殖民者将在一年内到达。他们要求安德布置一个地方让他们安顿下来，地点要在安德的殖民地附近，这样他们就可以进行商贸交易，但又不能太近，以使他们之间能够分开管理。安德用低空探测船开始搜索。他带上了一个小孩，十一岁大的男孩艾博拉。发现殖民地时，艾博拉只有三岁，他只记得这里这个世界。安德和他坐上低空探测船飞到安德定下的新殖民点，然后在那儿扎营住了一晚。第二天一早，他们步行到四周探查。

第三个早上，安德觉得有点心神不定。他觉得自己仿佛从前来过这个地方。他朝四周望了望，这里人迹未至，他从未来过。他呼叫着艾博拉。

"喂，安德！"艾博拉站在一片陡峭的山坡顶上喊，"上来！"

安德爬了上去，泥炭从他的脚下滑落，这里的土质非常柔软。艾博拉指点着下方。

"这真难以置信！"他说。

从艾博拉的位置望去，山坡后面是一条峡谷，峡谷深处有些地方有水，两岸则是底下宽上面窄的弧形斜坡，而且间或不断向上延伸，在水面上接合，看上去随时都会塌下来。山坡后面，一头是由肋骨似的峭壁形成的V字形峡谷；另一头则是一片突起的白色岩石，形状像一个咧着嘴的骷髅头，嘴里长满了树木。

"就像有个巨人死在这儿，"艾博拉说，"然后泥土不断落下来盖住了他的尸体。"

现在安德明白了为什么这里看上去如此熟悉，因为这里像极了游戏中有巨人尸体的那个地方。在他还是个孩子的时候，他曾无数次在游戏中到过这里。但这是不可能的。战斗学校的计算机不可能知道有这个地方。他用望远镜朝四周观察，心里既害怕，又希望能看到其他属于那个地方的东西。

秋千、儿童滑梯、平梯，它们现在都长大了，但形状是不会看错的。

"这个地方肯定不是天然的。"艾博拉说，"看，这个像头盖骨的地方，那些不是岩石，仔细看看，是混凝土。"

"我知道，"安德说，"它们是为我而建造的。"

"什么？"

"我知道这个地方，艾博拉。那些虫族为我建造了它。"

"可在我们到达这里的五十年前，那些虫人全都死了。"

"你是对的，这是不可能的，但我有自己的想法。艾博拉，我不该让你跟着我。可能很危险。如果它们对我的了解已经到了这种程度，它们说不定会——"

"说不定会给你设下陷阱。"

"因为我杀死了它们。"

"不要下去，安德。不要上它们的当。"

"如果它们想复仇，艾博拉，我不介意。但它们可能不是这么想的。或许这是一种交流的方式，这是它们留给我的便条。"

"它们根本不知道书写和阅读。"

"或许当它们死后，它们学会了。"

"好吧，如果你想上什么地方去，我肯定不会死待在这儿。我和你一起去。"

"不，你年纪太小，不该冒这个险——"

"不要小看人!你是安德·维京,不要告诉我一个十一岁的孩子只能做些什么!"

他们一起登上探测船,飞到操场上空,俯视着森林和林间空地上的那口井。在那儿,陡峭的岩壁上有个洞,外面是个平台,正像在"世界尽头"里的情景一样,正在它应在的地方。而在远处,耸立着一座城堡,城堡上立着塔楼。

他把艾博拉留在探测船上。"不要跟着我,如果我一小时后还没有回来,你就自己回去。"

"去你的,安德,我跟你一起去。"

"听话,艾博拉,否则我用泥巴塞住你的嘴。"

虽然安德的语气是开玩笑,但艾博拉知道他是认真的,他只好留在飞船上。

塔楼的墙壁上有很多突起物,易于攀爬。这是它们有意做成的,方便他攀爬。

房间正像游戏里一样。安德记得很清楚,他扫视着地板,看能不能找到那条毒蛇,但地板上只有一张毯子,一角绣着一个蛇头。只是摹写,而不是复制,对于这些不存在艺术的种族来说,做得相当不错。它们一定是从安德的记忆里抽出了这些图像,它们穿越了很多光年找到了他,研究了他脑中最可怕的噩梦。但目的何在?为了把他带到这个房间,当然没错。这应该是为了给他留下什么信息。那些信息在哪里?他又怎能理解它?

墙上仍然挂着一面镜子。由一片灰暗的金属制成,里面勾画出了一张粗糙的人脸。它们试图描绘出我在游戏里见到的场景,安德想。

安德看着这面镜子,想起自己曾经打破了它,将它从墙上扯下来,然后一堆毒蛇从镜子后面的隐匿之处冲出来袭击他,用它们的毒牙噬咬着他。

它们对我了解到什么程度呢？安德很想知道。它们知道我常常想着死亡吗？它们知道我并不害怕死亡吗？它们知道就算我害怕，这种恐惧也不能阻止我将这面镜子从墙上扯下来吗？

他走向镜子，将它拿开放到一边。没有毒蛇冲出来，后面只是一个空穴，里面摆着一个白色丝茧，少许被磨损的丝线散落得到处都是。这是一只蛋？不。它是一只虫族女王的蛹，已经和雄性虫人交配过，正准备孵化，繁衍出数十万新虫人，包括少量女王和大量的雄性虫人。安德可以看到长得像鼻涕虫一样的雄性虫人黏附在黑暗过道的墙上，而成年的虫人正把刚出生的虫族女王送到繁殖室；每个雄性虫人依次与它交配，它们在狂喜中抽搐着身体，然后死去，掉落在过道的地板上干枯萎缩。尔后，新女王躺在老女王面前，这是一位华丽的虫人，身上覆盖着两片微微发亮的羽翼，虽然它们早已失去了飞翔的功能，但依然象征着权威与尊严。老女王吻了吻它，它的唇上有一些温和的毒药，新女王沉入睡眠，老女王用腹部分泌的羽丝把它包裹起来，向它祝福，赋予它伟大的使命，去领导一座新的城市，一个新的世界，诞生出更多的虫族女王和更多的世界。

我怎么会知道这些事，安德想，我怎么能看到这些情景，它们就像一直储存在我的记忆里。

似乎是为了回答他的疑问，他看到了他第一次与虫族舰队作战时的情形。他曾在模拟器里看见过，但这次他是从虫族女王的眼里看着它，通过它的多只复眼看着这一幕。虫族将舰队集结成球状，然后人类可怕的战机从黑暗中冲出，"小大夫"带着炫目的光芒毁灭了它们。他能体会到虫族女王那时的感觉，从它的战士眼里看到死亡迅速逼近，它们知道自己无法逃脱。然而，它的记忆里没有痛苦和恐惧。它只感到悲伤，一种万念俱灰的感觉。在它看到人类前来消灭它们时，它并没有想到这些词语，但安德明白它的意思：他们没有原谅我们，它想，我们一定会被杀死的。

"你们如何才能重生？"他问。

在丝茧里的虫族女王没有回答他；但当他闭上双眼冥想时，他的脑中出现了新的情景。把虫茧放到一个阴暗清凉的地方，那地方要有水，使它免于干枯。不，不仅仅是水，水里必须混入一种特殊树木的汁液，还要保持温热，孵化进程将会在茧里发生。然后等待着，几天或几周，幼虫会在里面发育成长。尔后，当虫茧变成深棕色时，安德看到他自己打开了虫茧，把发育成熟的小女王抱了出来。他看见自己牵着它的前肢，扶着它从出生地走到栖息处，那地方地表柔软，用枯黄的叶子铺在沙石之上。然后我将重生，他的脑海中浮现出一个念头，就好像虫族女王在和他说话一样。然后我将苏醒过来，繁殖出数万个子孙后代。

"不，"安德说，"我不能这么做。"

他感到从虫族女王身上传来的痛苦。

"你的孩子对我们人类来说是个噩梦。如果我令你苏醒，我们将不得不再次杀死你和你的孩子们。"

他让自己的脑子里闪现出数十幅人类被虫族屠杀的图像，图像中的人物带着强烈的悲痛，他无法忍受的悲痛。他替他们擦去了眼泪。

"如果你能让其他人类感受到我现在的感受，或许他们会原谅你。"

只有我，他蓦然想到。只有我才能和它们交流。它们通过"安塞波"找到了我，随之进入了我的头脑。从我在噩梦之中所经历的痛苦里，它们了解了我，即使我的时间都花在竭力摧毁它们上。它们知道我对它们的恐惧，但它们也明白我并没有意识到自己正在屠杀它们。它们花了几个星期为我建造了这个地方，建造了巨人的尸体、操场，还有"世界尽头"的悬崖，使我能通过自己的眼睛发现这个地方。我是它们唯一了解的人，它们只能和我交流。我们与你们一样，一股思维波闪现在他的脑中。我们的屠杀不是故意的，当我们明白曾造成对人类的伤害之后，就再也没有计划过新的入侵。我们以为自己是宇宙中唯一的智慧生命，直到遇上你们。我们绝没有想到不能接收别人思想的个体生物也是有智慧的生命。我们怎么会知道？我们本来是可以和平相处的。相信我们。相信我们！相信我们吧！

他把手伸进洞穴，取出虫茧。它带着神圣的光华，蕴含着一个伟大种族的所有希望和未来。

"我会带着你。"安德说，"我将周游世界，直到在适当的时间找到一个合适的地方让你安全苏醒。我会把你的故事告诉我们的人民，或许他们也会原谅你，就像你原谅我一样。"

他包起虫族女王的虫茧放进外套，把它带出了塔楼。

"里面有什么？"艾博拉问。

"一个答案。"安德说。

"什么答案？"

"关于我的疑问的答案。"之后，他再也没有对这件事多说一句话。他们又继续搜索了五天，然后在塔楼远处的东南方选择了一个地点作为殖民地。

几周之后，他来找华伦蒂，让她看看他写下的一些文稿。她从飞船的电脑里调出他的文档，细细阅读。

文稿是以虫族女王的口吻写成的，描述了虫族两次前往地球的意图和它们的所作所为，讲述着它们的失败与成功，渺小与伟大。我们不曾有意伤害你们，我们将原谅你们带来的死亡。书上还记述了虫族从成为智慧生命之初到那场灭族之战的历史。安德的故事讲得很快，仿佛它是个古老的传说。而当他讲述虫族始母的故事时，他却不吝笔墨，细细描述。虫族始母是所有虫族女王的祖先，它第一个学会了与新生的女王和平相处，而不是将新生女王杀死或驱逐，它无数次地杀死了自己的亲生婴儿，直到生出一个能够理解它的想法，与它和平相处的孩子。在它们的世界，这是个新生事物,两个女王彼此友爱,互相帮助,而不是生死争斗。它们联合在一起胜过了其他所有的虫族女王。它们这一族开始兴旺,更多的小虫族女王和平地加入到它们当中。虫族的智慧由此产生。

如果我们能早些与你交流,虫族女王在安德的书里说,这一切就不会发生。但悲剧已是既成事实,我们只有一个要求:请你们记住我们,不要把我们当作敌人,把我们当作你们遭遇不幸的姐妹,被命运,或是上帝,或是进化,改造成为另一种外形的姐妹。如果我们之间能够早点学会交流,双方都会把对方当作理性生物。然而,我们却一直在互相残杀。但我们仍然欢迎你们成为友好的客人。前往我们的家园吧,地球的儿女们,住在我们的隧道里,耕种我们的土地。我们做不到的事,现在都借你们的手来完成。树木为你们而茂盛,土地为你们而肥沃,太阳为你们而温暖,行星为你们而繁荣:哺育他们吧,人类是我们收养的儿女,他们已经到家了。

安德的书并不长,但已经原原本本讲述了人类与虫族之间的恩怨。最后一行,不是署名安德,而是写着一排黑体大字——死者代言人。

在地球上,这本书出版时并没有引起注意,但很快,它就传遍了整个世界,地球上几乎没有人不知道它。

大多数看过的人都认为这本书很有趣,有些人甚至爱不释手。他们开始按照这本书安排自己的生活——当所爱的人去世之后,一个人将站在坟墓旁边,以死者的口吻发言,坦率而真实地讲述他一生的事迹。那些要求这种服务的家人有时会为此感到痛苦和烦恼,但更多的人认为只有这样做,死者的一生才会更有价值。无论死者生前如何罪孽深重,当他去世之后,代言人都应该真实地讲述他的一生。

在地球上,它成为众多宗教之中的一种。但对于那些穿越宇宙,居住在虫族的隧道,耕种着虫族的土地的人来说,它却是唯一的宗教。每个殖民世界上都有了自己的死者代言人。

没有人知道，也没有人真的想知道谁是那个最早代言人。安德也不想告诉他人。

华伦蒂二十五岁时，完成了《虫族战争史》的最后一卷。她将安德的那本小书附在最后，但没有说明作者是安德·维京。

通过"安塞波"，她从遥远的地球上得到了一个人的答复，那是彼得·维京，地球的统治者，他已经七十七岁了，身体日渐衰弱。

"我知道那篇文章是谁写的。"他说，"如果他能替虫族说话，他也一定能成为我的代言人。"

于是安德和彼得通过"安塞波"开始交谈，彼得倾诉着他的一生，他的罪恶和仁慈。当他去世之后，安德写下了第二部书，同样署名为"死者代言人"。人们把他的两部书分别称为《虫族女王传》和《霸主传》，当作《圣经》一样看待。

"走吧，"一天，他对华伦蒂说，"让我们坐上飞船，翱翔太空，永远活下去。"

"我们做不到，"她说，"总有些奇迹是相对论做不到的，安德。"

"我们不得不走。我在这里几乎感到幸福了。"

"那就留下来。"

"我痛苦地过了一生，一旦没有痛苦，我就不知道自己是谁。"

于是他们上了飞船，从一个世界飞到另一个世界。无论来到哪个世界，他总是安德·维京，一个巡回宇宙的死者代言人。而华伦蒂则成了一个周游寰宇的历史学家。安德为死者代言，她则写下活人的故事。安德常常带着一个干瘪的白色虫茧外出游荡，没有人知道他在寻找什么。

[本书完]

奥森·斯科特·卡德
Orson Scott Card

1951年出生于华盛顿州。在加利福尼亚州、亚利桑那州和犹他州长大。

美国作家、评论家、公众演说家、散文作家、专栏作家、
反对同性婚姻的政治家，同时也是摩尔门教拥护者和终身执业成员。

作为科幻小说家十分多产，共有12个系列，
其中安德系列就有包括长篇、短篇、有声读物等20部作品，另有3部还在计划中。

目前和妻子一起定居于北卡罗来纳州，为当地一份报纸撰写专栏文章，
空余时间在阳台上喂养鸟、松鼠、花栗鼠、负鼠和浣熊。

安德的游戏

作者 _ [美] 奥森·斯科特·卡德　译者 _ 李毅

产品经理 _ 吴涛　装帧设计 _ 何月婷　产品总监 _ 吴涛
技术编辑 _ 白咏明　责任印制 _ 梁拥军　出品人 _ 吴畏

营销团队 _ 李洋　毛婷　孙烨

果麦
www.guomai.cn

以 微 小 的 力 量 推 动 文 明

ENDER'S GAME by ORSON SCOTT CARD
Copyright: © 1977,1985,1991 BY ORSON SCOTT CARD
This edition arranged with BARBARA BOVA LITERARY AGENCY
through Big Apple Tuttle-Mori Agency,Labuan,Malaysia.
Simplified Chinese edition copyright:
2016 Shanghai Gaotan Culture Co.,Ltd
All rights reserved.
版权合同登记号：图字：11-2016-189 号

图书在版编目(CIP)数据

安德的游戏 / (美) 卡德著；李毅译. -- 杭州：浙江文艺出版社，2016.6（2024.7重印）

ISBN 978-7-5339-4494-0

Ⅰ.①安… Ⅱ.①卡… ②李… Ⅲ.①儿童文学—科学幻想小说—美国—现代 Ⅳ.①I712.84

中国版本图书馆CIP数据核字(2016)第070068号

责任编辑　陈富余
装帧设计　何月婷

安德的游戏

[美] 奥森·斯科特·卡德　著
李毅　译

出版　浙江文艺出版社
地址　杭州市环城北路177号15楼　邮编　310006
经销　浙江省新华书店集团有限公司
发行　果麦文化传媒股份有限公司
印刷　河北鹏润印刷有限公司
开本　880mm×1230mm　1/32
字数　267千字
印张　10.25
插页　2
版次　2016年6月第1版
印次　2024年7月第56次印刷
书号　ISBN 978-7-5339-4494-0
定价　39.80元

版权所有　侵权必究

如发现印装质量问题，影响阅读，请联系 021-64386496 调换。